格列佛游记

（英）乔纳森·斯威夫特◎著　云逸◎译

全本无删减	名师批注	无障碍阅读	有声伴读	原创手绘

北方妇女儿童出版社

图书在版编目（CIP）数据

格列佛游记 / (英) 乔纳森・斯威夫特著 ; 云逸译
. -- 长春 : 北方妇女儿童出版社, 2021.1
（悦享丛书）
ISBN 978-7-5585-4923-6

Ⅰ. ①格… Ⅱ. ①乔… ②云… Ⅲ. ①长篇小说－英国－近代 Ⅳ. ①I561.44

中国版本图书馆CIP数据核字(2020)第248437号

格列佛游记
GELIEFO YOUJI

出 版 人	师晓晖
责任编辑	张晓峰
装帧设计	旧雨出版
开　　本	787mm×1092mm　1/16
印　　张	16
字　　数	350千字
版　　次	2021年1月第1版
印　　次	2023年1月第1次印刷
印　　刷	北京市兴怀印刷厂
出　　版	北方妇女儿童出版社
发　　行	北方妇女儿童出版社
地　　址	长春市福祉大路5788号
电　　话	总编办：0431-81629600

定　　价　41.80元

前言

Preface

德国诗人歌德说过："读一本好书，就等于和一位高尚的人对话。"阅读中外文学名著，简直就是在和一位位文学大师对话。他们创作的名著，纵贯古今，横跨中外，大浪淘沙，沙里淘金，成为全人类共同的宝贵财富。

名著是历史的回音壁，是自然的旅行册。它可以拉近古今的距离：我们阅读名著可以探访在时间长河中和我们擦肩而过的人，看看他们怎样面对生活。它可以缩短地域间的距离：我们阅读名著便可足不出户而卧游千山万水，体察各地的风土人情。

名著是全人类智慧的结晶，里面充满了智者的箴言。谁读了《论语》《老子》，不觉得是大师们站在人类思想的巅峰上，为我们播撒智慧的种子？我们阅读他们的书，就是站在巨人的肩膀上俯瞰世界。

名著是人类感情的储藏室，是传承文明的火炬手。它们展示着人类审视、确认、表现自身情感的过程，表现出一种摆脱生活的琐杂而趋向美与高尚的境界，其深厚的底蕴总是能够在我们的生活中唤起这种寓于诗意的情怀，因而具有永恒的魅力。

名著是真、善、美的化身，是人类生活中难得的一片净土。大师们在炼狱中心灵首先得到了净化，他们的作品无处不放射着高尚的光辉。在紧张而浮躁的社会中，我们的心灵有时会由于四处奔波而疲惫，由于过于好斗而阴暗，这时阅读名著能使我们变得宁静而高尚，在阅读的过程中抚慰心灵的创痕，涤荡心灵的浮尘。

本套丛书有《红楼梦》《水浒传》等中国传统名著，还有《钢铁是怎样炼成的》《格林童话》等国外经典名著。可以带领学生领略中外人文差异，徜徉思想之海，探索文字奥秘。编者在编制本套丛书时，本着学生的认知层面和生活经验，对原著进行了全方位的解读。每一章节前设置了“精彩导读”栏目，帮助学生获取本章的大致内容，增强总结能力；同时，在每一章的大量文段中选取了优美的词句，有精彩解读，帮助学生理解作者的情感变化、写作手法等，提升学生的写作技巧；在章节后设置有“精彩点拨”栏目，总结中心思想，剖析艺术手法，加深学生的阅读印象；还设置有“阅读积累”栏目，拓展了学生的知识层面。

相信广大学子读完这套为他们精心打造的丛书后一定能开阔眼界，增加智慧，健全人格，铸就人生的新境界！

编　者

学问速递

作者素描

乔纳森·斯威夫特（1667—1745），英国作家、政论家、讽刺文学大师，也是英国启蒙主义时期的作家。他却不同于大多数反对封建主义、讴歌资本主义的启蒙主义作家，他对资本主义本质进行了无情的鞭挞，并反映了普通人生活的艰辛与困苦。同时他放弃了长期统治英国文学界的古典主义文学标准，进行现实主义创作，从而使他的作品具有极高的文学价值。

乔纳森·斯威夫特早年生活艰苦，在亲友的帮助下才勉强上完大学。后来投奔远亲邓波尔爵士，做私人秘书，处境无异于“识字的奴仆”。不久，他便以见解精辟、讽刺犀利的文章，显示了自己的才华。他的一篇揭露政府贪污行径的政论，直接促成了英法停战，以至有人称那项和约为“斯威夫特和约”。后来他虽然成了首相的亲信和女王演说词的起草人，成为别人巴结的对象，但仍以清贫为荣。

斯威夫特没有官衔，给报社审稿不取报酬；哈利首相付给他写文章的奖金，被他愤而退回，声明自己不是被雇佣的文人墨客。女王及其要臣终因畏惧他的声望和讽刺文章的影响，将他逐出伦敦。他到都柏林后积极投入爱尔兰人民争取自由独立的斗争中，接连发表了战斗性极强的文论，深受爱尔兰人民热爱。斯威夫特晚景凄凉，亲人去世，头晕耳聋，每逢清醒，便执笔写作，直至七十八岁逝世。

斯威夫特的晚期作品对英国统治集团的腐朽政治和资产阶级唯利是图的剥削本质，都有严厉的斥责与无情的揭露。传世之作中，以《格列佛游记》流传最广，尖锐地驳斥了为当时的社会制度进行辩护的企图。

内容精讲

小说以外科医生格列佛的四次出海航行冒险的经历为线索，一共由四部分组成。分别游历了小人国、大人国、飞岛国、慧骃国。

第一卷：列利波塔（小人国）游记 。

叙述格列佛在小人国的游历见闻。外科医生格列佛随航途中遇险，死里逃生，漂到列利波塔（小人国），被小人捆住献给国王。格列佛温顺的表现逐渐赢得了国王和人民对他的好感，他也渐渐熟悉了小人国的风俗习惯。在格列佛的帮助下，列利波塔国打败了同样是小人国的伯赖弗什克，但是格列佛不愿灭掉伯赖弗什克帝国，使皇帝很不高兴。这时，皇后寝宫失火，格列佛情急生智，撒了一泡尿把火扑灭，谁知却让皇后大为恼火。于是，小人国君臣沆瀣一气准备除掉格列佛。格列佛听到风声，赶快逃到伯赖弗什克帝国，后来平安回到英国。

第二卷：布罗卜丁奈格（大人国）游记。

格列佛在列利波塔人的心目中是个庞然大物，但一到布罗卜丁奈格，他就像田间的鼬鼠一般小了。格列佛被当作小玩意装入手提箱里，带到各城镇表演展览。后来，国王召见他，他慷慨陈词，夸耀自己祖国的伟大、政治的贤明、法律的公正，然而均一一遭到国王的抨击与驳斥。

格列佛在该国的第三年，陪同国王巡视边疆。由于思乡心切，他假装生病，来到海边呼吸新鲜空气，天空中的鹰错把他住的箱子当成乌龟叼了起来，几只鹰在空中争夺，箱子掉进海里，被路过的一艘船发现，格列佛获救后，乘船回到英国。

第三卷：飞岛国、科幻国、巫师国、长寿国、日本国游记。

这些国家的人相貌异常，衣饰古怪，整天沉思默想。在科学院里，设计家们正在从事研究些荒诞不经的课题，结果造成全国遍地荒凉，房屋坍塌，人民无衣无食。在巫人岛上，岛主精通巫术，擅长招魂，他们博览古今，发现历史真相被权贵歪曲，娼妓般的作家在哄骗世人。格列佛又游览了拉格奈格王国，见到一种长生不老人“斯特鲁德布鲁格”。离开该国后，格列佛来到日本，然后乘船回到英国。

第四卷：慧骃国游记。

格列佛被放逐到慧骃国。这儿马是该国有理性的居民和统治者，而耶胡则是马所豢养和役使的畜生。格列佛的举止言谈在慧骃国的马民看来是一只有理性的耶胡。

在慧骃各种美德的感化下，格列佛一心想留在慧骃国。然而慧骃国决议要消灭那里的耶胡，所以格列佛的愿望无法实现。无奈之下，格列佛只好乘小船离开该国打道回府。格列佛怀着对慧骃国的向往，一辈子与马为友，并且厌弃了世俗，决心不与他人同流合污。

经典书评

作者用丰富的讽刺手法和虚构的离奇情节，深刻地剖析了当时英国社会现实，作品熔现实与幻想于一炉，具有强烈的感染力。

1. 想象与现实的统一：

斯威夫特利用虚构的情节和幻想手法刻画了当时英国社会。例如小人国的高跟党和低跟党，实际上是挖苦英国托利党和辉格党两个争斗不休的政党。讲述列利波塔与伯赖弗什克兵戎相见，是影射当时英法两国之间的连年征战。

2. 杰出的讽刺艺术：

（1）漫画式夸张手法。如对可恶怪诞的耶胡、飞岛国人和长生不老的人的塑造。

（2）巧妙地运用反语。例如作者本来是反对设计家废除口语的，但他却说俗人、妇女、文盲联合反对取消日常语言。他分明是在批评英国的殖民政策，却偏说和大不列颠国无关。

（3）善用严肃认真的口吻叙述渺小无聊之事。如对列利波塔国的历史的叙述。

（4）具有高度的概括性。如小人国大臣的绳技表演，拉格奈格的臣子谒见国王时要舔地板，讽刺高官厚爵获得者们阿谀奉承的丑恶嘴脸。耶胡为了争夺发亮的石头而互相打得头破血流，讽刺了资本家为了利润互相倾轧的行为。

角色卡片

格列佛

格列佛是一个天生喜欢冒险，不甘寂寞与无聊的人。他记忆力很强，善于学习和观察，善于思考，有独特的思维，性情朴实温和，对人态度友好，举止善良，容易与人交往，知恩图报，有君子之风，愿意帮助朋友，为了朋友他甘愿冒生命危险，也会随时准备抗击一切对朋友不利的人。同时他聪明机智，有胆识，处事圆滑合理，说话巧妙伶俐，做事坚决果断，能够见机行事，抓住一切机会追求自由，有着极强的自信心，相信自己能够成功。他为人坦率，爱国，也十分爱惜自己的面子，对敌视他的人充满了仇恨、厌恶与鄙视，但敬重高尚的人、知识丰富的学者。总的来说，他是一个具有质疑精神，酷爱真理，有忍耐力的游者。

佛林纳普（小人国财政大臣）

猜忌、阴险、狠毒、狡诈。相关情节：格列佛的仁怀宽厚和俘获伯赖弗什克国舰队的军功受到小人国国王的赏识，佛林纳普就大为恼火，并怀疑格列佛与自己的妻子通奸，就联络其他大臣设谋陷害、大加污蔑，最后迫使格列佛逃往伯赖弗什克。

斯开瑞士（小人国海军大将）

嫉妒、阴险、狡黠。相关情节：小人国的国王野心勃勃，在与邻国伯赖弗什克的战争中，格列佛涉过海峡把伯赖弗什克国大部分舰队俘获过来，从此格列佛受到小人国国王重用，斯开瑞士就大为不满，与财政大臣合谋谋害格列佛。

大人国国王

是位博学、理智、仁慈、治国能力强的开明国君。相关情节：他用理智、公理、仁慈来治理国家，他厌恶格列佛所说的卑劣的政客、流血的战争。

慧骃国国王

理智贤明、勤劳勇敢、仁慈友爱、公正诚信——作者心目中理想的人类。

目录

contents

悦享丛书 yue xiang cong shu

第一部　列利波塔游记

第二部　布罗卜丁奈格游记

第三部 飞岛国、科幻国、巫师国、长寿国、日本国游记

第四部 慧骃国游记

第一部　列利波塔游记

第一章

精彩导读

本章首先简要介绍“我”的家境、身世、学历、学业、职业。这个“我”当然不是本书的作者乔纳森·斯威夫特，而是虚构的人物格列佛。“格列佛”是姓，根据小说以后的交代，“我”的名是“勒牧尔”。“我”是个好学、正派、文明的青年，父亲很重视对“我”的培养和教育，而恩师贝茨对“我”的帮助也很大。

我出生于诺丁汉郡，父亲有一份小家业，家有五个儿子，我排行第三。十四岁时，我就被父亲送进了剑桥大学的意曼纽尔学院。我在那儿专心读书，安心地待了三年。虽说家里给我的学费并不多，但是对于一个贫困的家庭来说，这项负担仍不轻。为了减轻家里的负担，我来到伦敦最有名的外科医生詹姆斯·彼兹先生家当学徒，我跟他学了四年。在这四年期间，父亲有时也寄来小额款项，我就用这些钱来进行航海和数学学科的学习，这对于有志于旅行的人来说是大有裨益的。我一直认为，总有一天，我将有机会外出旅行。告别了彼兹先生后，我回家去见父亲，幸亏得到他和约翰叔父以及几位亲戚的帮助。我出乎意料地得到了四十英镑，而且他们还承诺以后每年给我三十英镑，以供我在莱顿念书。在那儿我学了两年零七个月，因为我清楚在长途航行中，医学是特别实用的。

> **知识延伸**
>
> 诺丁汉：位于英国英格兰东米德兰兹区域诺丁汉郡，英格兰的单一管理区、城市、自治市镇。英国英格兰东米德兰重要工业城市，诺丁汉郡首府，是英国仅次于伦敦的第二大贸易集散地。

> **简要说明**
>
> 这里是介绍说明性质的文字，表现了“我”得到的比较好的经济条件。

从莱顿回来过了几天，我被恩师彼兹先生推荐到亚伯拉罕·潘内尔船长统领下的“燕子”号商船上去当外科医生。我伴随这位船长干了三年半，曾几次航行去利凡特和其他一些地方。回来后又荣幸地得到恩师彼兹先生的关照，于是我决定留在伦敦，他介绍了几个病人给我。我就在老朱瑞街的一栋小楼上租下几间房子，先住了下来；后来，别人都劝我应该体验另一种生活，于是我就跟新门街做内衣生意的埃德蒙·伯顿先生的二女儿玛丽·伯顿小姐结了婚。就这样，我还另外得到了四百英镑的嫁资。

过了两年，恩师彼兹离开了人世。我既没朋友关系网，又不愿违背良心做事，所以生意不尽如人意，慢慢萧条。我和妻子以及几个朋友商量过后，决定再次出海远航。我先后在两艘船上担任外科医生，六年中先后多次航行穿梭于东西印度群岛，我的资产也因此增加了许多。由于身边总能找到大批有用的书籍，空闲时候我就找古今最优秀的作品阅读。每次上岸我就去考察当地人的风俗、人情，也学着说他们当地的方言。由于我的记忆力好，学起来也毫不费力。

最后一次航海很不顺利，我开始讨厌海上生活了，只想待在家中与妻子孩子生活在一起。我从老朱瑞街搬到脚镣巷，不久又搬到威平，希望能在水手们当中揽点生意，最终却一事无成。就这样平凡地过了三年，没有时来运转，我便接受了“羚羊号”船主威廉·普利查船长待遇优厚的聘请，当时他正打算到南太平洋一带去航海。1699 年 5 月 4 日，我们从布里斯托尔起航，开始了我们的航途。

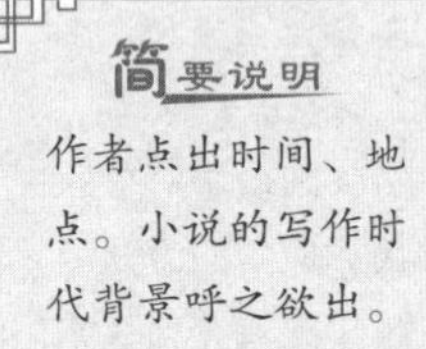
简要说明

作者点出时间、地点。小说的写作时代背景呼之欲出。

因为诸多原因，我无法将我们在这一带海域的历险详情完整地告诉读者，只谈谈以下的情节也就够了。去往东印度群岛的途中，一股飓风把我们刮到了万迪门兰的西北方。据推测，我们发现自己的位置是南纬三十度零二分。由于过度劳累，再加上饮食恶劣，两个水手因此而死亡，剩下的人也是特别虚弱。11 月 5 日，那一带正是初夏时节，天空中云雾弥漫，船员们在离船半链约九十三米的地方发现了礁石。但是由于当时风势太大，我们的船被刮得直撞上去，船身马上触礁破裂。六名水手，包括我在内，急忙把救生艇放下海去，竭力逃离大船和礁石。据我推算，我们大概划了三里路远，就没有体力动弹了。我们只好听任波涛的摆布，大约过了半个小时，从北方突然吹来一阵狂风，小船一下就被掀翻了。小船上的同伴，还有那些逃上礁石或留在大船上的人命运如何，可想而知，不过由此推判他们全都死了。至于我自己，则听天由命地游着，风浪将我推向前方。我常常把腿往下伸，却总也伸不到底，就在我无力挣扎感觉生命将要完结的时候，我突然发现水没有淹没我，此时风暴也不太强了。海底没有什么坡度，我走了大约一英里才来到岸上，我想那时大约是晚上八点钟。我又继续向前走了大约半英里，依旧一点房屋和居民的迹象也看不见，也许是由于当时我身体过于虚弱，没有看见。我已筋疲力尽，再加上天气炎热，离开大船之前又喝了半品脱的白兰地，所以十分困乏。

我在草地上躺下，草短短的，软绵绵的，我睡得很香，一辈子也没睡得这样香甜过。我睡了大约有九个小时，当睁开眼时，天刚好亮了。我那时正朝天仰面躺着，我想站起来，却动弹不得，发现胳膊和腿都被牢牢地捆在地上。我那一头黑黑的长发也被绑在地上，从腋窝到大腿的身体被几条细绳子横绑着。我只能朝上看，太阳逐渐热起来，阳光刺痛了我的眼睛。我听见周围一片喧闹声，可我只能照样躺着，除了天空便什么也看不见。过了片刻，我觉得有什么活东西在我的左腿上爬，还慢慢向前移，越过我的胸脯，快要到我的下巴前了。我竭力往下看，却只见一个身高不足六英寸，手拿弓箭、身背箭袋的人。此刻，我感觉至少有四十个他这样的

知识延伸

飓风（jù fēng）：大西洋和东太平洋地区将强大而深厚的热带气旋称为飓风，也泛指狂风和任何热带气旋以及风力达 12 级的任何大风。飓风中心有一个风眼，风眼愈小，破坏力愈大，其意义和台风类似，只是产生地点不同。

人物描写

18 世纪中期英国男性平均 5 尺 6，女性 5 尺，也就是 168cm 和 153cm 左右，从中可以看出小人国的高度是当时英国平均身高的十分之一。后文写了小人国的人通过计算分析格列佛的身高是小人国的十二倍，说明格列佛在当时的英国身高也算高个子。

人跟在他身后。我心中一震，便大吼起来，吓得他们转身就逃。后来有人告诉我，他们中有几个人在从我腰间往下跳的过程中摔伤了。不过他们很快又都返回来，其中有一人竟敢走到能看清我整个面孔的地方。他高举双手向上看，露出惊讶的神情，并用尖厉而清晰的声音喊道："赫吉那·德古尔"，其他的人也把这几个字重复了好几次，可我当时并不明白他们的意思。读者可以想象当时的情景，我就一直这么躺着，很难受，浑身无力；最后，我挣扎起来，挣断了绳索，拔出束缚我左臂的木钉。我将左臂举到眼前观察，明白了他们捆绑我所用的方法。此时我再用力一扯，尽管疼痛难忍，但却把左边绑着头发的绳索扯松了很多，这样我便可以把头轻轻转动那么两英寸的距离。我刚想抓住他们，他们就逃跑了。然后就听到他们一阵齐声的尖叫，叫声过后，我就听见其中有一人大声喊道"汤昂戈·风纳克"，马上就感觉到有几百支箭射中了我的左臂，针刺般地疼痛；随后他们又朝天空狂射了一阵，就好像我们欧洲人放炮弹似的。我想其中有很多会落在我身上，还有些会落在我的脸上，我急忙用左手去遮挡。一阵箭雨过去之后，我发出一阵悲痛的哭喊声。然后我又一次挣扎着想脱身，他们便更加猛烈地朝我弯弓射箭，还有些人企图用矛来刺我的腰部，幸好我穿了一件他们刺不透的背心。我想，稳稳地躺下不动才是最安全的办法。我寻思着，先这么挨到天黑，既然我的左手已经松开，我可以很轻松地获得自由。而那些当地的村民，假如他们长得只有我所看到的这般大小，哪怕他们将最强的军队调来，我相信我也有实力打败他们。不过，命运却为我另做安排。这些人发现我安静下来不动后，就停止放箭，但从我听到的嘈杂声来断定，他们的人马愈来愈多了。在距我不到四码远的地方，冲着我的右耳方，我听到敲敲打打的声音整整闹了一个小时，好像有人在卖力干活似的。在木钉绳索允许的范围内，我用力将头朝那个方向转去，才发现地上建成了一个约一英尺的高台，上面能容纳四个人，旁边还搭着两三副梯子用来攀登。他们中有一位看上去是显贵达人，正向我发表他的言论，不过我一个字也听不明白。此刻我必须先声明一下，这位显贵在言论发表之前，一连喊了三声"朗格罗·德胡尔·桑"。他一喊完，跟着就上来五十个村民，把我头左边的绳索割断，于是我能把头转过右边，并能看清说话人的面孔和他的手势。看起来他像一个中年人，比其他三位随从都要高。那三人中的一个是随从，身材比我的中指要长些，为他牵着衣服，另外两人分别站在他两旁扶持着他。他一副十足的言论家派头，我看得出他说了很多威胁的话，也许下许多诺言，表示其同情与友好。我态度恭敬地回了他几句，我双眼看着太阳，举起左手，请它为我作证。

从离开商船到现在，我已经好多个小时滴水未沾了，饿得饥肠辘辘，这种求生欲实在太强烈，我真是忍无可忍了，就不停地把手指放在嘴上，表示出想要吃东西的样子。那位"赫够"（我后来得知这是他们对地位尊贵的人的称呼）能明白我的意思。他从平台上下来，命手下人在我身体两侧竖几副梯子，一百多位国民把盛满肉的篮子送到我嘴边来。这些肉都是皇帝一听到我的情况后，下令准备好并送到这儿来的。我看见其中有好几种动物的肉，

不过从口味中却分辨不清到底是些什么肉。从样子上看像是羊的肩、腿和胸部的肉，烧得还挺好吃，只是还没有百灵鸟的翅膀大，我一口要吞掉两三块。面包的大小像步枪子弹，一口我就能够吞掉三个。他们不停地给我供应食物，我的身躯和胃口让他们大为惊叹。然后我又示意要喝水。他们看我吃东西的情形，知道量小了不够我喝。他们是聪明人，十分娴熟地吊起了一只头号大桶，随后把桶滚向我手边，敲开桶盖。我举桶一饮而尽，喝完才发觉是酒，此事对我来说简直是小菜一碟，本来一桶酒还不到半品脱。这酒的味道很像法国勃艮第产的淡味葡萄酒，而且更香一些。他们又为我送上了一桶，我又一口喝了个精光，并又表示我还想喝，可他们已经没有了。我喝完这些酒后，他们愉快地欢呼起来，在我的胸脯上手舞足蹈，又跟开始那样，重复地呼喊着“赫吉那·德古尔”。他们向我做了个手势，示意要我把两只酒桶扔下去，然后大声喊着：“博拉契·米哦拉”，告诉下边的人赶快躲开，当看见酒桶在空中飞起时，他们又一起叫道：“赫吉那·德古尔”。看到他们在我身上到处乱走，我忍不住想抓几十个人把他们狠狠扔到地上。可想起他们始终没有打算把我置之死地，而且保证过我要以礼相待，于是我立刻否决刚刚的念头。况且，这些人还这么热情地款待我，我自然不能恩将仇报。不过，我也暗自吃惊，这帮小人儿竟如此大胆，在我有一只手获得自由的情况下，还敢爬上来在我身上来回走动；在他们看来我肯定是个庞然大物，可在我面前竟然不颤抖一下。过了一会儿，他们见我不再要肉吃了，便有一位皇帝派来的大臣来到我面前。十二三位随从沿着我的右小腿径直爬上来，一直走到我的面前。他出示盖章的文件，递到我眼前，对我讲了将近十分钟的话，脸上虽然没有愤怒的表情，但说话时的神情却很坚决。他一个劲儿地用手指着前方，后来我才明白他指的原来是离这儿半英里远的京城，皇帝已在御前会议上做出决策，要把我运到那儿去。我回答了几句，可是没有用。我又用那只松开的左手放在右手上面，然后又触了一下头和身子，告诉他我想获得自由。他似乎是明白了我的意思，但是他摇头不同意，还打了个坚决的手势，意思是非得把我

词苑撷英

小菜一碟：比喻小事一桩。形容事情轻而易举或微不足道。

动作描写

再一次写小人儿如此大胆，在他身上走动，这种场景，使人感到有趣。

当成俘虏押走不可。不过他又做了另外一些手势，告诉我会有足够的酒肉供我享受，待遇会很好。这样一来，我又想要努力挣扎了，但我同时感觉到脸上、手上的箭伤还有点疼痛，而且还起了疮。面对当时寡不敌众的情形，我只好做手势告诉他们，他们想怎么处置我就怎么处置。这样，“赫够”和他的随从们才彬彬有礼、面带微笑地退去。不一会儿，我就听到他们齐声大喊，一次次地重复着“派布龙·塞兰”。我只感觉左边有许多人在为我松绑，使我能把身体转向右边，撒泡尿放松一下。我撒了很多很多，让他们大吃一惊，我的举动使他们怀疑到我将要做的事情，便连忙向左右躲闪，要避开那股来势凶猛的洪流。在我撒尿之前，他们在我的脸上和手上涂了一种气味很香的油膏，这种油膏很有用途，不一会儿所有的箭伤就愈合了。他们所做的这一切，再加上营养丰富的酒肉，我的精力马上充沛了许多，又不知不觉地睡着了。后来我才知道，我睡了将近八小时，其实这并不感到奇怪，因为医生们奉皇帝之命，提前在酒里放了一种安眠药水。

没想到当时我刚上岸躺在地上就有人禀告了皇帝，所以他早就知道了这件事，于是就商议决定用我前面讲过的方式把我绑起来，又决定送给我丰盛的酒肉，还备了一架机器要把我押到京城中。

他做出了一个非常大胆而危险的决定，我敢说在同样状态下，任何一位欧洲的君王都不会让他们这么干的。不过在我看来，他们这样做是既慎重又大度的，因为假如他们在我睡着时用矛和箭刺死我，那么我一旦感觉到疼痛，就一定会苏醒过来，没准会使我怒火中烧，一气之下挣脱绳索。到那时，他们根本没有还手之力，而我对他们绝不会手下留情。

这些小人儿都是特别优秀的数学家，皇帝本人又以崇尚学术而出名，在皇帝的支持鼓励下，他们的机械学水平已经发展得相当完善。皇帝有好几台装有轮子的机器，可用来运载木材和另外一些重物。他还在生产木材的树林中建造最大的战舰，有的竟长达九英尺，然后又用这些机器把战舰运到三四百码以外的海上去。这一次五百个木匠和机械师开始动手建造他们最大的机器。这是一座木架，离地三英寸高，长约七英尺，宽约四英尺，装着二十二个轮子。看来在我上岸后四小时他们就开工了，我听到欢呼声就说明机器运到了。他们把机器推到我身边，与我的身体平行搁放着。不过怎样才能把我抬到车上去是最困难的。为此他们搭起了八十根一英尺高的柱子。工人们利用绷带把我的脖子、手、脚和身子都捆绑起来，然后用包扎线粗细的绳索，一头用钩子钩住绷带，另一头绑在木柱顶端的滑车上。九百个强壮的男子齐心协力拉起绳索，不足三小时，我就被抬上了车。在车上我仍被捆绑得结结实实。这一切都是他们后来告诉我的，因为在他们忙活时，我因喝了掺了催眠药的酒，当时正睡得香甜。不知不觉地，五百匹最大的御马——每匹都有四英寸多高——拖着我朝京城走去。前面我已说过，京城离这儿只不过半英里路程。

在路上我们行驶了大约四小时之后，我被一件十分可笑的事情惊醒了。原来是车子出了毛病，需要修理。在停车的时候有两三个年轻人由于好奇，想观看我睡觉的样子，便爬

上了车，悄悄地来到我的面前。其中的一个卫队军官把他的短枪伸往我左鼻孔里，仿佛一根草似的弄得我鼻孔发痒，猛打喷嚏，随后他们就偷偷地溜走了。三周后，我才搞清楚当时我突然惊醒的原因。接下来我们又走了很长的一段路，傍晚休息时，有五百名卫兵分别站在我的两旁，他们一半手持火把，另一半手握弓箭，只要我企图动一下，他们就随时准备向我开弓。第二天早晨，我们又继续赶路，快中午时，离城门已不足两百码了。皇帝率全朝官员出来迎接，但他的大臣们说什么也不愿让他冒险爬到我的身上。

停车的地方有一座古庙，据说是全王国最大的。几年前这里发生过一起惨无人道的凶杀案。用当地人的话说，这有污圣地，所以便搬走了这儿所有的用具，只把这地方当作一般的公共场所使用。最终他们决定让我住在庙的大厅中。朝北的大门将近四英尺高，两英尺宽，我可以很方便地爬进爬出。门的两边分别设有一扇小窗，离地不过六英寸。皇帝的铁匠从左边的窗口引进九十一根链条——就好像欧洲妇女的表链子，粗细程度都相同；还用三十六把挂锁把我的左腿紧紧锁在链条上。寺庙的对面，也就是大街的另一边，有一座塔楼立在离这二十英尺远的地方，楼高不少于五英尺，皇帝和大臣们就登上此塔楼，来瞻仰我的容颜。这些也是我后来听人说的，因为当时我看不见他们。大约有十万人出城来观望我。虽说我有卫兵护着，可我敢说有很多次，由梯子爬上我身子的人上万。只是不久就发出通告禁止，违令者斩。工人们确定锁链不会被我挣开后，就将捆绑我的绳子全部砍断。我站了起来，人生第一次这么沮丧。不过人们见我站起身走动，其惊讶和嘈杂的情形实在难以形容。锁住我左腿的链条长差不多两码，这样我可以在这个距离半径的范围之内自由走动，而且由于拴链条的地方离大门不到四英寸，所以我还能够爬进庙去，伸直了身子躺在里面。

词苑撷英

瞻仰：恭敬地看（多用于与逝者有关的事物）。

“十四岁时，我就被父亲送进了剑桥大学的意曼纽尔学院。我在那儿专心读书，安心地待了三年。虽说家里给我的学费并不多，但是对于一个贫困的家庭来说，这项负担仍不轻。为了减轻家里的负担，我来到伦敦最有名的外科医生詹姆斯·彼兹先生家当学徒，我跟他学了四年。在这四年期间，父亲有时也寄来小额款项，我就用这些钱来进行航海和数学学科的学习，这对于有志于旅行的人来说是大有裨益的。”这些文字交代清楚了“我”的个人情况，为下文情节的开展埋下了伏笔。

阅读积累

内科医生

18世纪英国的行医者存在着三层式等级结构，即内科医生、外科医生和药剂师。作为上层医生的内科医生以“伦敦皇家内科医生协会”为自己的行业团体，该协会接受拥有指定大学医学博士学位的人入会，并且只有具备牛津大学和剑桥大学研究生学历背景的人才能进入其核心圈，获得评议员职位。

内科医生认为内科包含外科，外科医生和药剂师仅仅是他们的帮手，他们与后两者的关系是头与手的关系。内科医生在行医队伍中属于少数精英，所占比例很低。据1783年医疗行业登记簿册显示，当年注册的医疗人员共有3120人，其中内科医生363人，仅占11.6%；外科医生兼药剂师2614人，占83.8%，为行医者的大宗成员；另有79名药剂师（2.5%）和64名外科医生（2.1%）。由于内科医生大多集中于伦敦和郡一级地方城市，极少涉足乡村地区的医疗业务，加之收费昂贵，因此他们所服务的对象多为社会上层的显贵。尽管内科医生在行业内部和社会上都处于上层，但是他们与贵族乡绅相比仍然位于末流，并且十分羡慕和向往贵族的显赫地位和经济实力，希望通过与后者的医疗交往提高自己的社会地位和业务声望，进一步融入上流社会。

第二章

精彩导读

本章主要写“我”被关押在古庙初期（约五个星期）的生活经历。被关押的第二天，皇帝带着皇后以及公子、驸马们来看“我”。皇帝和随员们跟“我”谈话约两小时，他们走后，留下一支强大的卫队。“我”带着锁链在古庙门旁度过了大约两个星期。随着“我”的来到，消息传遍王国，引得无数富人、闲人和好奇的人们前来围观。

我起身站立四处张望，我从没见过那么美丽的风景！四周的田野仿佛绵绵不绝的花园，圈起来的田地大多都是四十平方英尺，好像一个花圃。田地之间夹杂着树木，林子的占地有八分之一英亩。我估计最高的树不到七英尺。我观察左边的城池，看样子就好像戏院里描绘的城市布景。

有好几个小时我被大便憋得难以忍受，从上次大便到现在已足足两天了，这也很正常。我又急又羞，极其不自在。我能想到的最好办法就是爬到庙里去，进门后便把门关上，根据链子的长度尽可能往里面走，把体内那些不舒服的东西排除掉，我这样做了。但是这种不干净的事我就做过这么一次，为此我希望公正的读者多多包涵，能够体谅我当时的处境和所经历的痛苦。从那以后，我经常是一大清早就起来尽量扯着链子到外面去解决此事。这也得到了良好的处理，每天早晨在行人出门之前，便由两位特派的仆人用手推车把这恶心的东西推走。因为这与我爱清洁的习惯有关，所以我才认为有为自己解释的必要，不然也不会啰唆半天来说这么一件不值得一提的事情。不过我听说我的对手却很乐意用这件事和一些其他的事来刁难我。

这事解决之后，为了呼吸一下新鲜空气，我又走出屋

知识延伸

布景：戏剧演出视觉形象中构成景物环境的实体部分。源于拉丁语装饰之意。曾称舞台装饰。布景艺术创造的艺术形象，由设计者根据剧情的要求进行构思和设计，用舞台技术的方法造型和塑形，使其体现在演出中，与灯光、化妆、服装等共同综合塑造演出外部形象，帮助演员表演，揭示剧本内涵。

去。皇帝此时已从塔楼上下来，骑马向我走来，这差点上演了一场悲剧。因为虽说那匹马训练有素，但见了我却完完全全改变了，就仿佛见到一座山在面前晃来晃去，不由得一阵惊慌，前蹄悬空而立。幸亏皇帝是位出色的骑手，仍然能够骑在马背上。这时侍卫跑来把缰绳勒住，皇帝才能够及时从马背上跳下来。下马后，他很惊奇地围着我绕了一圈，仔细地盯着我看，不过一直保持在链子长度以外的范围内。他命厨师和管家把早就准备好的酒菜送给我，一听到命令，他们就用轮车把酒菜推到我能够拿到的地方。我接过这些车子，三下五除二地把里面的酒菜吃得精光。其中有二十辆车满载着肉，十辆车盛满了酒。每辆车上的肉足够我吃上两三大口。每辆酒车上有十小坛酒，我把这些酒统统倒在一块儿，一饮而尽，余下的那几车我也是如此。皇后和皇室的男女青年们在众侍女的陪同下，坐在远处的轿子里，不过皇帝的马一出事，他们就纷纷下轿来到皇帝跟前，看皇帝是否安好。

现在我来描述一下皇帝的外表。他比所有的大臣随从都高，高出我的一个指甲盖，这一点就足以令人肃然起敬。他不仅长得英俊威武，有着奥地利人的嘴唇和鹰钩鼻子，棕色的皮肤，面容坚毅端庄，而且四肢匀称，举止庄重文雅。他现在二十八岁零九个月，已不再青春年少。他在位的七年中，可以说是国泰民安，总的来说是所向无敌。为了更便于瞻仰皇帝的容貌，我侧身躺着，和他脸对着脸。他站立在离我三码远的地方，后来我还屡次把他托在我的手掌，所以我的描述是非常准确的。他的服装简单朴素，样式介于亚洲和欧洲之间，不过头上戴有一顶饰满珠宝的轻巧黄金盔，盔顶上插了根羽毛。他手握着出鞘的利剑，一旦我脱身，他就可以用它来预防危险了。那剑约有三英寸长，金子做的柄和鞘，上面镶着钻石。显贵和大臣们衣着华丽光艳，一行人站在那儿，看上去就似乎是一条绣满了金色和银色图案的裙子铺在地上。皇帝偶尔和我说话，我也回应他，但彼此都听不懂。在场的还有几个牧师和律师，也奉命来和我交流。我便用我略懂一点的各种语言和他们进行交流，其中有高地荷兰语和低地荷兰语、拉丁语、法语等几种语言，可还是无济于事。

差不多又过了两小时，宫廷的人才纷纷离去。我身边有一支强大的卫队，可以避免乱民们一些无礼的行为。这些人迫不及待地朝我四面拥来，壮胆近距离地靠近我。我坐在房门口地上的时候，有人竟贸然地向我射箭，有一支差点射中我的左眼。带队的军官下令逮捕了六个罪犯，他认为最合适的惩罚方式就是把他们捆绑了交到我手中。他手下的卫兵遵守命令，用长矛无尖的一端将他们赶到我手可以够着的地方。我把他们全放在右手里，先把前五人依次放进上衣口袋，至于第六个，我假装要生吃掉他的样子。那可怜虫号啕大哭，军官和其他官员也很不忍心的样子，尤其是当他们见我掏出小刀时。不过我马上就打消了他们的惊恐，用小刀割断了绑着他的绳索，缓慢地把他放在地上，他撒腿便跑。对其余的五人我也用同样的方法把他们释放了。无论卫兵还是百姓对我这种宽宏大量的举动表示感激，这为后来我在宫廷获得认可起了极大的作用。

直到傍晚的时候，我费了九牛二虎之力才爬回屋里，躺在地上。就这样一直沉睡了差不多两周。这期间皇帝下令为我准备一张床。他们用车送来了六百张一般尺寸的床，在我房中开始安置了。他们把一百五十条褥子缝在一起，叠了四层。不过我睡在上面并不觉得比睡在平滑的石板地上舒服到哪里去。他们又照同样的尺寸给我准备了床单、毯子和被子，对像我这样一个过惯了贫苦生活的人来说，这一切待遇已经让我心满意足了。

我来到这里的消息在整个王国传得沸沸扬扬，引来无数人前来看我。乡下的人大约都走光了。如果不是皇帝及时下了几道敕令并颁布告示禁止这种行为，那么肯定会出现田地荒芜和无人顾家的严重后果。他还命令看过我的人必须要回家，没有宫廷的许可证，不准进入离我房子五十码以内的地方。大臣们却由此而获得了数目惊人的税款。

就这样，皇帝召开了好几次会议，讨论应如何来处置我。我有一位德高望重的挚友，也参与了这件机密大事。他后来告诉我说，宫廷的确因我伤透了脑筋。他们怕我逃跑，但我的饭量又太大，担心会引起饥荒。他们曾一再决定将我饿死或者用毒箭射我的脸和手，以便很快就能把我处死。但他们又想到这么大的尸体，发出恶臭气会在京城酿成瘟疫，可能还会蔓延到整个王国。就在他们商议的时候，有几位军官到了会议大厅门口，其中两人被召见，报告了我前面提到的处置六名罪犯的情形。我这种友好的举动在皇帝和全体大臣心中产生了良好的印象，因此皇帝颁布了一道命令：京城周围九百码以内的村庄，每天早晨一定要交纳六头牛、四十只羊和其他食品作为我的给养；另外还要提供一定数量的面包、葡萄酒和其他饮料。这笔支出皇帝指令由国库承担。原来这位君王主要靠自己领土上的收入生活，只有遇到重大事件，才向百姓征税。不过每当战事爆发，百姓须随皇帝出征，费用也由他们自己承担。皇帝还雇了一支六百人的队伍为我当差，发给他们伙食费用维持生计，又在我门口的两旁搭起帐篷供他们住宿，方便服侍我。他还指派三百名裁缝根据本国样式给我做了一套衣服，并派了六位最高学者教我研究他们的语言。最后，他还让自己的御马以及贵族和卫队的马时常在我面前操练，使它们慢慢对我习惯起来。

侧面描写

“大臣们却由此而获得了数目惊人的税款。”这正是18世纪英国现实的写照。

词苑撷英

挚友：亲密的朋友。

所有这些命令都得以实行。差不多三个星期过去了，我在语言学习方面进步很大，这期间皇帝也经常来看望我，而且还很乐意协助老师一起教我。我们已经可以进行些简单的交谈了。我学会的第一句话就是向他表达自己的愿望，他是否可以给我自由，我天天都跪在地上重复这句话。根据我的理解，他的回答可能是：这要经过时间的考验，没征得内阁会议的意见之前，是不会给予考虑的；而且首先我要“罗蒙森，凯尔敏，派索，德丝玛尔，龙，恩普索”，意思是，要宣誓同他和他的王国和平共处。不过，他们始终会友好地待我；他还劝我要有耐心，行为须谨慎，以博得他和臣民的好感。同时他还命令几个主管官员来搜我的身，让我不要介意，因为我这个庞然大物，身上带有一些物件，那一定是很危险的凶器。我回答说皇帝一定要放心，我随时可以脱下衣服，把口袋翻出来给他们看，积极配合他们。这番意思是我边用语言边打手势表达出来的。他告诉我，根据王国的法律，我必须经过两位官员的搜查。他也清楚，如果不先赢得我的同意和配合，这也是很难办的事情。不过他很清楚我为人大度和正直，便很放心地把两位官员交给我。不管从我身上拿走什么，等走的时候他们都会如数奉还，或按我规定的价格进行赔偿。于是我把那两位官员拿到手上，先放进上衣口袋，然后又放入我身上的其余口袋。只有两个表袋和另一个放有几件零用必需品的秘密口袋没让他们搜查，因为我觉得这些物品对别人来说无意义，也没有必要搜查。一个表袋里放着一只银表，而另一个里面有一个存着少量金币的钱包。两位先生随身都带着钢笔、墨水和纸，他们把看到的一切一一记在清单上；检查完毕后我把他们放回地面，他们要把清单递交给皇帝。我后来将这份清单译成了英文，逐字抄录如下：

在巨人山上衣的右边口袋里，经严查，我们只发现一大块粗布，其大小足够用作皇帝大殿的地毯。在左边口袋里，我们看见了一口巨大的银箱，盖子也是银制的，可我们却打不开，我们中的一人跳了进去，一种灰尘般的东西马上就没到了他腿的中部，灰尘扑面而来，弄得我俩打了好几个喷嚏。在他背心的右边口袋里，我们发现了一大捆层层相叠，足有三个人那么大，又白又薄的东西，用一根粗壮的缆绳捆着，上面有黑色的图形。依我们的愚见，这大概就是他们的文字，每个字母有我们半个巴掌那么大。而左边那只口袋里仿佛是一部机器似的东西，从其背后伸出二十根长长的柱子，好像皇帝宫殿前的栏杆，我们推断那是巨人山用来梳头的东西。我们也不好意思多去麻烦他，因为我们发现要他明白我们的意思并不容易。在他的中罩衣右边的大口袋中，我们看到一根空心的铁柱子，有一人来高，固定在一块比铁柱子还要粗大的坚硬的木头上，柱子的一头伸出几块大铁片，样子很特殊，我们搞不清它有什么用处。左边的口袋里放着同样的东西。在右边小一些的那个口袋里，装了一些大小不相等的圆而扁的金属板，有白的、红的等不同的颜色，白色的像是银子，又大又重，我和

我的同伴都搬不动。左边的小袋中放着两根形状不一的黑柱子，由于我们两人站在口袋底部，爬到柱子的顶部并不是容易办到的事。有一根柱子上盖着东西，好像是一个整体，另一根柱子的顶部上有一个白色的圆东西，与我们的两个头的大小差不多。两根柱子都镶着巨大的钢板。我们因害怕是某种危险的机器，就吩咐他出示给我们看。他从盒中把它们拿出，并向我们解释，在他们那儿，他一般用其中一个来刮胡子，另一个在切肉时使用。

还有两个口袋我们无法进去，他称它们为表袋，其实是他中罩衣上方开着的两个长缝口，这两只口袋由于肚子的压力，很紧很紧的样子。右边的表袋口外吊着一根巨大的银链，另一端拴着一部神奇的机器。我们让他把那拴着的东西拉出来，却发现是个球状的玩意儿。一半是银，另一半是种透明的金属，我们发现里面画着一圈奇异的图形，本以为可以用手去触摸，结果透明物把它给挡住了。他把那机器放在我们的耳边，只听见它发出水磨似的声音。我们怀疑这不是某种无名的动物，就是他崇拜的神明。我们比较倾向于后一种说法，因为他对我们说，无论做什么事，他都要先向它请教。他管它叫“先知”，说他一辈子无论做什么都由它来指明时间。他从左边表袋中掏出一个网——渔夫使用足够了，不过它能够像钱包一样开合，其实是他的钱包。我们在里边搜查到几大块金属，如果是金子的话，那价值可就大了。

词苑撷英

崇拜：尊敬钦佩。

我们遵奉皇帝的指示，把他身上所有的口袋都认真地搜查了一遍。我们还看见他腰间系着一条用巨兽皮制的腰带。腰带的左边挂着一把有五个人那么高的长刀，右边挂着一只皮囊，里面被分成两个小袋，每个小袋可容纳三位皇帝的臣民。其中的一只里装了些仿佛我们头大小的重金属球，大力气的人才拿得动；另一只里放了一堆黑色颗粒，颗粒很小很轻，我们一手便可以抓起五十多个。

外貌描写

这是交给皇帝“清单”中对“我”（巨人山）的描述。主要围绕我身上的装扮及所带物品展开。

这就是我们在巨人山身上搜查后的详细清单。他对我们礼貌有加，对皇帝的命令也表现得特别的尊重。

皇帝登基第八十九月零四日。

签字盖章。

科列弗里·弗里洛克

莫尔希·弗里洛克

读完这份清单后，皇帝虽然言辞婉转，但还是强令我把那几件物品交出来。他先让我交出腰刀，我便听从命令连刀带鞘一块摘了下来。就在这时，他又命令随身的三千侍卫精兵远远地将我包围，持弓搭箭准备随时向我开弓，不过我没有去留意它，因为我两眼正聚精会神地盯着皇帝。他接着要我将腰刀拔出，刀虽受海水浸泡稍微有些生锈，但大体还是雪亮的。刀被我拔出，所有官兵惊吓不已，立即齐声叫喊。此时正是烈日当空，我手持腰刀挥来舞去，阵阵刀光使他们眼花缭乱。好在皇帝气度非凡，没有我想象的那么惊慌失措，他命令我将刀放回刀鞘，并轻轻地放在离拴着我的链子的末端大约六英尺的地上。他要我交出的第二件物品，是那两根空心铁柱中的一个，他指的便是我的袖珍手枪。我把手枪拔出来，按照他的要求，尽量把这枪的用途向他解释清楚。由于皮囊收得紧，海水没有把里面的火药浸湿，我只装了些火药，并事先提醒皇帝不要害怕，接着朝空中放了一枪。这一次他们所受的惊吓，早已超出刚才见我拔出腰刀时的情形，有好几百人倒在地上，似乎给震昏死了一样，就是皇帝，虽说仍挺立着没有倒下，却也好半天没有回过神来。我像交出腰刀一样，交上了两把手枪和弹药包。我请求他谨慎，别让火接近火药，否则就是一丁点火星也会引起爆炸，并会把他的宫殿炸飞。我还交出了表，皇帝看了十分好奇，命两位高个子士兵用杆子抬在肩上，很像英格兰的搬运车夫抬着一桶啤酒的样子。对表发出的连续不断的声响，他也颇为新奇（由于他们的视力比我们要好许多，所以很清晰地看出分针在走动）。他听取了身边学者们的意见，虽然我不大清楚他们说的话的意思，却还是能看出他们的分歧很大，这

词苑撷英

气度非凡：常用来形容人的气质。气度：气魄和度量。非凡：出色的或突出的。

知识延伸

英格兰：即英吉利，大不列颠及北爱尔兰联合王国领土的主要部分，因此习惯上英格兰一词也泛指英国。

英格兰位于大不列颠岛的东南部，苏格兰以南，威尔士以东，还包括怀特岛、锡利群岛和沿岸各小岛，面积约13万平方公里，是英国面积最大、人口最多、经济最发达的一个部分。在历史上，英格兰与苏格兰之间是以哈德良长城为界。

也无须我多说，各位读者自然会领会。然后我又交出了银币和铜币，钱包和里面的九个大金币及一些小金币，还有我的小刀、剃刀、梳子、银制鼻烟盒、手帕和旅行日记。结果我的腰刀、手枪和弹药包被车运送到皇帝的御库，其余物品又归还于我。

前面已说过，我那只秘密口袋还是逃过了检查，有我的一副眼镜，还有一架袖珍望远镜，以及其他一些小东西。这些无关紧要的东西对于皇帝来说是没必要拿出来的。况且我也害怕，我怕随随便便拿出这些东西可能会把它们损坏或弄丢。

精彩点拨

在本章皇帝让好几百人照看“我”，“我”尽力表现温顺与友好，期望重新获得自由，而皇帝的意思：“要经过时间的考验，没征得内阁会议的意见之前，是不会给予考虑的；而且首先‘我’要‘罗蒙森，凯尔敏，派索，德丝玛尔，龙，恩普索’，意思是，要宣誓同他和他的王国和平共处。不过，他们始终会友好地待我；他还劝我要有耐心，行为须谨慎，以博得他和臣民的好感。同时他还命令几个主管官员来搜我的身，让我不要介意，因为我这个庞然大物，身上带有一些物件，那一定是很危险的凶器。”其中以小人国大臣的角度分别对我随身携带的腰刀、手枪、弹药包、大金币及一些小金币、银币、铜币、钱包、小刀、剃刀、梳子、银制鼻烟盒、手帕和旅行日记进行的描写非常新颖、形象。

金币

金币多为圆形盘状，价值昂贵，现代属于名贵收藏品。在古代为一种货币，进行买卖。人类历史上相当长的一段时间内是很多国家的官方货币。在现代一般为私有的收藏品，是一种纪念价值相当高的纪念物。金币质量的标准单位：盎司。

第三章

精彩导读

本章主要写宫廷的娱乐。首先具体地描写了“小人”的两种娱乐活动：一、在拉直的绳子上舞蹈、表演、蹦跳（实际上是指踩钢丝之类的杂技）；二、在两根平行的竿子上跳来跳去，或在竿子下前后爬行。参加者的表现是考核、选拔、奖励官员的重要依据。作家显然借此揭露封建王朝上层生活的腐败与无聊。

知识延伸

绅士风度：是西方国家公众，特别是英国男性公众所崇尚的基本礼仪规范。经要求在公众交往中注意自己的仪容举止，风姿优雅，能给人留下彬彬有礼和富有教养的印象。多指男士彬彬有礼的样子。

承上启下

承接前面的简要介绍，接着给予详细叙述。上下文承接自然，结构严谨，激发读者阅读兴趣。

因为我的良好举止和绅士风度，赢得了皇帝和大臣们的欢心，坦白说，军队和人民也都对我有好感，所以我产生了在短时间内获得自由的想法。我尽可能地想一切办法来表现我的温和。慢慢地，当地的人民就不太担心我对他们会造成什么危险了。有时我在地上躺着，让他们五六个人在我手掌上尽情地跳舞。后来就连男孩和女孩们也敢跑到我的头发里来玩耍了。我在他们语言的听说方面，也提高了很多。有一天，皇帝想邀请我欣赏他们国家的几场表演，他们演出的精彩和宏大场面超过了我所知道的其他国家。最令我高兴的是绳上跳舞表演。他们在一根长约两英尺，离地高十二英寸的白色细绳上表演节目。这场景我想详细地介绍，请读者们耐心地看。

这种技艺的表演者都是些正在候补朝中重要官职或渴望得到皇帝赏识的人物。他们很小就开始接受这种技艺的训练。他们可能不是贵族，也可能没受过良好的教育。每当有重要官职空缺，不论是原官职者逝世还是失宠撤职，就会有五六位候补人员呈请皇帝批准他们为皇帝和全朝官员进行一次绳上舞蹈表演，谁跳得最高而又没跌下来，谁就胜任这个职位。官员们也常常奉命表演这种技艺，好让皇帝相信他们还记得自己的本领。大家都认为财政大臣佛林纳普在拉直的绳子上跳舞，比国内任何一位大臣至少要高出一英寸。我曾见过他在一块固定在绳子上的木板上面一连翻了好几个跟头，那绳子只有英国普通的包装线那样细。说实在话，就我看来，我的好友内务大臣瑞尔得里沙的本事与财政大臣有得一拼，其他大臣们的本事更是相差无几。

这种演技经常会引来丧命的意外事故发生，已发生的许多事故都有记录。我就亲眼看到两三个候补人员摔断了胳膊和腿。不过更大的危险来源于大臣们奉命表演技艺的情形，因为他们都想跳得更高，同时又想超过同僚。由于他们跳得很剧烈，跌倒是不足为奇的，有的甚至要跌两三次。我听说在我来到这里之前的一两年，佛林纳普差点跌死，如果不是皇帝的一块坐垫正好摆在地上减轻了跌落的力度，他的脖子必断无疑。

简要说明

介绍这项演技，并且说明其极具危险性。

另外还有一种游戏，每逢重大节日时专门表演给皇帝、皇后和首相看的。皇帝将三根六英寸长的精美丝线放在桌上，丝线分蓝、红、绿三种颜色。这三根丝线是皇帝准备的奖品，分别代表了他对那些受奖励人的不同赞赏程度。这样的表演被皇帝准许在大殿上举行，候补人员在此比试与以前完全不同的技艺（这是我在新旧大陆的任何国家没有见过的一种技艺）。皇帝手持一根木棍，与地面保持平行，他们一个连一个地跑上前去，有时要跳过横杠，有时又从横杠下爬过，来回反复，这要看横杠是往上提还是往下放。有时候皇帝和首相分别拿着木棍的一端，有时则由首相一人拿着。谁表演得最灵活，跳来爬去坚持的时间最长，谁就是第一名得主，奖赏一根蓝丝线，第二名赏红丝线，第三名赏绿丝线。他们都把丝线缠两圈围在腰间。你可以发现满朝文武官员们差不多都用这种腰带作装饰。

简要说明

蓝、红、绿三色丝线——英国嘉德勋章、巴思勋章、蓟花勋章。

由于他们每天把战马和皇室御马带到我面前，它们就不再恐惧了，即便走到我脚下也不会惊跳起来。我把手放在地上，骑手们就纵马一跃而过。皇帝手下的一名猎手就骑着一匹高大的马从我的脚面跳了过去，这确实是惊人的一跳。有一天，我很荣幸地表演了一种特殊的游戏供皇帝开心。我请

他派人给我几根粗细像一般手杖那样，几根两英尺长的木棍。皇帝命令主管森林的官员照办。第二天早晨，六位伐木工人驾着几辆马车来了，每辆由八匹马拉着，我从车上取下九根木棍，牢牢地插在地上，摆成一个二点五平方英尺的四边形。我又取出四根木棍，横绑在四边形的四角，离地高约两英尺。接着手帕被我绑在九根直立的木棍上，四边绷紧后就像鼓面一样。那四根横绑的木棍高出手帕约五英寸，当作四边的栏杆。做完了这些活后，我便请皇帝让一支由二十四人组成的精骑兵队伍上到这块平台来进行操练。皇帝爽快地同意了我的建议，我用手将马队一匹匹耐心地拿到手帕上，全副武装的军官骑在马上，准备就绪。他们一站好队就分成两个阵营，进行小型的军事演习，一时间钝箭齐发，刀剑出鞘，你跑我追，你攻我退，总之他们组成了一支我未曾见过的出色的队伍。那四根横着的木棍护卫着人马，保护他们不至于从平台上摔下来。皇帝对游戏非常感兴趣，这个游戏被命令在几天内反复排练。有一次他甚至让我把他放上平台去发号施令。他还尽力地劝皇后允许我把她连人带椅放到离平台不足两码的地方，使她能够看清楚演习的整个过程。

我也算走运，几次表演都很幸运，并没有严重事故出现。仅有一次，一位队长骑的是一匹性情暴烈的战马，它用马蹄在手帕上乱蹬，结果把手帕蹬出了一个洞，马腿一滑，连人带马摔倒在地。好在我立马将人马救了起来，用一只手将洞遮严，另一只手把他们一一放回地面。失足的那匹马扭伤了左肩胛，骑手却有惊无险。我试着将手帕修补好，但我再也不相信它有多么坚牢，能够承受这种危险的游戏了。

在获得自由的前两三天，有一次我正在给皇帝和文武百官表演搞笑的技艺时，突然有一位专差来向皇帝禀告，有几个百姓骑马走到我曾经被俘的地方，发现那儿躺着一个黑色的大东西，样子看起来古怪，有着圆圆的边，展开的面积有皇帝的寝宫那样大，中间凸起的部分有一人多高。人们开始还担心那是个有生命的活物，不过有人绕着它走了几圈，见它仍在草地上躺着纹丝不动，才明白它不是什么活东西。他们踩着彼此的肩头尽力爬上了那东西的顶部，顶是平的，用脚一踹才发现里面是空的。依他们的猜想，这很可能属于巨人山的东西。假如皇帝允许，他们可以用五匹马车把它拉回来。我当时就听清楚他们说什么了，我心里一阵欢喜。或许在船倾后我上岸那阵意识模糊，以至于在走到睡倒的地方之前就把帽子给丢失了。那只帽子我在划船时用绳子系在头上，就是游水时也戴着，我怀疑是后来出了意外，在我没注意的时候绳子断了，我还以为是它掉进了大海中。我于是恳请皇帝下令尽快将帽子运还给我，同时还向他说明了帽子的用途和功能。第二天，车夫把帽子送来了，可是已有损坏——他们在帽檐边上不到一英寸半的地方钻了两个小洞，洞上扎了两个钩，再用一根长绳系住钩子，把它连接到马具上，照此把我的帽子拖了半英里路程。幸好这个国家的土地表面光滑，帽子的受损程度比我预想的要轻很多。

两天后，皇帝命令驻扎在京城内外的部分军队做好演习工作，原来他又想出了新花招，多么奇特的取乐方式呀！他要我像一座巨塔似的矗立着，两腿尽量分开。然后命令

他的将军号令军队以密集队形从我的胯下行进过去。步兵二十四人为一排，骑兵十六人为一排，擂鼓飘旗，手持长矛列队行进。这支人马共计三千步兵和一千骑兵。皇帝还号令三军，行进中每名士兵务必要严守军纪，违者处以死刑。不过有几位年轻的军官从我胯下经过时，违犯禁令，抬起头来瞧着我。说实话，我的裤子当时也破烂不堪，因此引得那些军官们哄然大笑，但也惊羡不已。

词苑撷英
哄然大笑：形容许多人同时发出笑声。

我已多次向皇帝奏请恢复自由，所以皇帝终于在内阁会议上提出此事，接着又在国务会议上提出此事。只有斯开瑞士·鲍尔高兰姆一人反对，其他人都表示赞同。这人我其实并没有招惹过他，可他却偏要与我对着干。不过其他成员都反对他的意见，于是我的请求自然得到了皇帝的批准。这位大臣是当朝的“葛贝特”（海军大臣），深受皇帝的信任，且知晓国家事务，不过个性阴郁。他最终还是被说服了，表示赞同。但他坚持释放我有条件，我得发誓遵守那些条件，条件的具体内容由他来起草。斯开瑞士·鲍尔高兰姆在两位次官和几位显贵的陪同下，亲自将文件递交给我。宣读完文件以后，他们命我宣誓要严格遵守文件中的规定。我先按照我国礼仪宣誓，然后又照他们国家法律规定的方式宣誓。他们的方式即用左手拿住右脚，又将右手的中指放在头顶上，大拇指放在右耳的尖部。

读者们也许还想了解这个民族所特有的表达方式，以及我获得自由而应遵守的条件，因此我现将文件的全部条文尽可能详细地翻译出来让大家共同欣赏：

高尔伯斯脱·蒙玛伦·依夫兰姆·戈尔迪洛·谢芬·木利·乌力·古，列利波塔国至高无上的皇帝，万人拥戴且令人敬畏，领土延绵五千布拉斯特洛格（相当于12英里），边境延伸到地极，比任何人类都要高大的万王之王，脚踏地心，头顶太阳。只要他一声令下，全球君王便双膝颤动，他犹如春天般和蔼，夏日般舒适，秋天般丰饶，冬日般可怖。至高无上的我皇陛下，向近日来到本国的巨人山提出如下条款，巨人山须庄严宣誓

词苑撷英
至高无上：最高；没有更高的。至：最。

排比手法
用四季的特点来形容高大的万王之王，十分新颖。

并严格遵守执行：

一、如果没有加盖我国国玺的许可证，巨人山不得离开我国国境。

二、没有得到命令，巨人山不能擅自进入首都；如经特许，人民应在两小时前接到通知且闭门不出。

三、巨人山只准许行走在我国的主要大道上，禁止在草坪或田地上行走或坐卧。

四、在上述大道走动时，巨人山须特别小心谨慎，禁止践踏我国良民及车马；没有征得本人的同意，禁止将我国良民随意拿在手里。

五、如有特殊情况需要发派急件，巨人山应将专差连人带马放入口袋，每月一次跑完六天的路程。如有必要，还应把专差安全送回皇帝驾前。

六、巨人山应和我国联盟，共抗敌人，全力以赴摧毁现在正设计向我国入侵的敌方舰队。

七、巨人山闲暇时应帮助我们的工匠搬运大石头，协助他们建造公园的围墙，还有皇室建筑。

八、巨人山须精确勘测我国疆域，在两个月的时间内，呈交一份我国疆域周长测量图。

最后，巨人山如果郑重宣誓遵守以上条款，他每天可以得到相当数量的肉食与饮品。可随时谒见皇帝并享受皇帝的其他恩典。

我皇登基以来第九十一月十二日于伯尔法勃拉克宫。

知识延伸

联盟：两个或两个以上的独立的国家或民族为了互相保卫通过正式协定（条约或合同）建立的集团，个人或多人与其他人或组织集合在一起的组织的统称，当作为动词时，意为结盟。

我心服口服地宣完誓，并且签了字。有好几条不如我所希望的那样公正，那是这位海军大臣斯开瑞士·鲍尔高兰姆的居心叵测所致。如果脚上的锁链被打开，我就完全解放自由了。皇帝也给足了面子，御驾亲临并参加了整个仪式。我俯身于皇帝脚下以示谢恩，但他命令我站起来，还对我说了好多好多话，但是为了避免别人说我虚荣，我就不打算在这儿啰唆了。他又表示希望我能成为一名有用的仆从，免得辜负他已经赏赐我并包括将来可能赐予我的恩典。

词苑撷英

居心叵测：指存心险恶，不可推测。居心：存心；叵：不可；测：推测。

读者们也许已经发现，在给我恢复自由的末文，皇帝规定每天供给我足以维持一千七百二十八个列利波塔人的饮食。不久以后我询问了宫中的一位朋友，他们是如何得到这个准确的数字的。他透露说，皇帝手下的数学家们用四分仪测定了我的身高，算出我的身长与他们的身长比例为十二比一，由于他们的身体结构与我几乎相同，由此得出结论：我的身体至少可以抵得上一千七百二十八个列利波塔人，所以也就相应需要提供这么多数量的食品。读者也可看出，这个民族多么聪明、能干呀，而我们这位伟大的皇帝又是如此地精明节俭。

转述手法

叙述的一种特殊形式，表示所述内容为别人所说。既然是"宫中人"所言，信息来源或许更加"可靠"。

精彩点拨

这一章中，小人国用跳绳表演来选拔官员，按照技术高低获得各种丝线，小人国的官员没有腰上不缠丝线的，可见小人国的人全是昏庸、奸佞、献媚的小人。作者借此抨击了英国宫廷和大臣们的昏聩无能，无情地讽刺了高官厚爵获得者们阿谀奉承的丑恶嘴脸。

阅读积累

英国帽子文化

在英国，许多社交习俗都与帽子有关系。英国不论男女，帽子都是一项重要的装备，在什么场合下该戴什么样的帽子，什么样的身份该怎么戴，无一不显露出历史悠久的英国帽子文化。英国有一种黑色圆顶硬礼帽，已成为英国男子社会地位的象征。

第㈣章

精彩导读

本章前一半写“我”参观小人国的皇宫。“我”这样一个庞然大物是怎样参观小人国皇宫的？“我”想出了什么办法呢？原来是花了三天工夫，砍树木做了两条凳子，凭着这两条凳子，双腿跨过了皇宫的屋顶！挺新鲜的想象，真有趣的想象！“小人”的唯一特点是“小”，本章就在这个“小”字上大做了文章。

获得自由后，我的第一个请求就是允许我参观首都密尔敦多。皇帝特别爽快地答应了，只是再三强调不要伤及无辜。人们获悉了我要参观京城的消息。

环绕首都的城墙有两英尺半高，至少有十一英寸宽，因此能够安全地驾一辆四轮马车在上面绕行。城墙两边每隔十英尺便有一座坚固的塔楼。我迈过西大门，缓慢地往前走，又侧着身子穿过两条要道。我身上只穿着一件短背心，因为我担心穿上外衣，衣服的摆动很可能会碰坏屋顶和屋檐。虽然皇帝已严令任何人不得外出，免得危及生命，可我一路上仍是非常非常小心，生怕脚下踩住了在街上闲逛的人。阁楼的窗口还有房顶上都挤满了看热闹的人群，我不由自主地想，在我以前的任何一次旅行中，还从没有见过人口如此众多的国家。这城市属于正规的正方形，每一边的城墙都有五百英尺长。城中的两条大街宽五英尺，十字岔口将全城分为四个部分。其他巷子和胡同我无法进去，只是从路旁过时瞅上一眼，它们的宽度从十二英寸到十八英寸不等。全城上下可容纳五十万人。楼房有三至五层，商店和市场都有琳琅满目的物品。

知识延伸

塔楼：伦敦的标志性建筑是坐落在英国伦敦泰晤士河畔的伊丽莎白塔，旧称大本钟，即威斯敏斯特宫钟塔，世界上著名的哥特式建筑之一，英国国会会议厅附属的钟楼的大报时钟，2012 年 6 月，英国宣布把伦敦著名地标“大本钟”的钟楼改名为“伊丽莎白塔”。

皇帝的宫殿设在全城中央，位于十字路口处。四周的城墙有两英尺高，宫殿离城墙还有二十英尺的距离。我得到皇帝的允许后，抬腿迈过了围墙。城墙与宫殿之间有一大块空地，我因此能够尽情地绕着宫殿四处参观。外院是四十英尺的正方形，其中包括两座宫院。最里面是皇宫内院，我很想目睹，但发现这是非常困难的一件事情，因为从一座宫院通往另一座宫院的大门只有十八英寸高、七英寸宽。外院的建筑高度至少有五英尺，虽然院墙是用结实的石块砌成，厚度达四英寸，可就这样贸然迈过去，会对整个建筑群造成严重的损害。这时，皇帝也极其希望我去参观他那金碧辉煌的宫殿，只是当时我没有办法进入。三天以后我才达成心愿，三天来我用小刀在离城约一百码的皇家公园里砍下几棵堪称最大的树，我用它们做了两张托架，每张高三英尺，足以支撑住我的体重。市民们再次得到通告后，我又来到城中，手里拿着两张托架来到皇宫。走到外院旁，我站在一个托架上，把另一个举过屋顶，小心翼翼地放在第一个院子和第二个院子之间那块宽八英尺的空地上。然后我从一个托架轻便地迈上另一个托架，迈过外院的楼群，接着又用带钩的手棍把第一个托架钩过来。我轻而易举地来到了皇室内院。我侧身躺下来，把脸靠近中间几层楼上那扇特意为我打开的窗子前，从那儿我可以一览人们凭丰富的想象力建造的最富丽堂皇的内宫。我还看到了美丽的皇后和年轻的王子们，他们在自己的寝宫里，身边陪同着亲信随从。皇后陛下非常高兴，朝我很客气地微笑，又从窗口伸出手来让我亲吻。

词苑撷英

金碧辉煌：形容建筑物等异常华丽，光彩夺目。

到此我不再过多地描述这件事了，因为我将在另一本更大篇幅的书中详细介绍这些内容，并且那书马上就要出版了。书中概括讲述了这个帝国从创建时起历经各代君王的整个历史，并详细讲述了该帝国的政治、法律、学术、宗教、动植物、特殊的风俗习惯和其他稀奇古怪的事情。目前我主要想来描述一下在这个帝国的约九个月中发生在我自身和公众身上的每件事情。

补叙手法

既是对文中所叙内容的补充交代，也是对之后情节的巧妙提示。

在我获得自由约两个星期后的一天早晨，内务大臣芮尔得列沙来到我的住所，只带了一个随从。他命令自己的兵马在远处等候，请我和他交谈一个钟头。由于我看重他的品德和欣赏他的才能，也由于我向皇帝提出请求时他帮助过我许多，所以我立即就答应了他。我本来打算躺下身子，这样听他说话更容易些，可他却更愿意站在我手掌上和我交谈。他首先向我表示获得自由的祝贺。他说在此事上他的确是有些功劳的，不过他又接着说，如果不是宫廷眼下面临的处境，我并不会这么快得到自由。他说，因为在外人看来我国繁荣昌盛，其实却潜伏着两大忧患：一是国内党派争斗激烈，一是外敌的入侵危险。对于第一个，你应该知道，七十多个月以来，国内有两个党派一直在互相争斗。一个党叫作特兰姆克桑，另一个叫斯兰姆克桑，两者的不同在于一个党的鞋跟高些，另一个党相反。据说高跟党最适合古代的制度，但不管怎样，皇帝却执意要求一切政府行政部门只任用低跟党人。对此你可能也注意到了，皇帝的鞋跟就十分低，比宫廷中任何一位官员的鞋跟至少要低一个都尔（都尔是一种长度计量单位，一都尔等于十四分之一英寸）。两党间结怨已久，他们从不在一起吃饭和交谈。我们估计特兰姆克桑即高跟党的人数比我们要多，但是我们手中掌握着大权。我们所担心的是继承王位的太子殿下有几分偏袒高跟党，我们至少可以明显地看出他一只鞋跟高，另一只鞋跟矮，因此走路的样子一瘸一拐的。而就在我们内忧未了结的时候，外患又起。伯赖弗什克岛的敌人向我们发起了侵略性的威胁。这是又一个大帝国，面积和实力都可与我皇统治下的帝国相抗衡。而且我们也听你说过，世界上还有另外一些王国和国家，住着像你一样如此庞大的人类。只是我们的哲学家对此表示怀疑，他们都宁可承认你是从月球或某个星球上掉下来的。因为身材像你这么高大的人如果再来一百个，就会把皇帝陛下领土上所有的果实和家畜都吃尽。再说，在我们六千个月的历史记载中，除了列利波塔和伯赖弗什克两个大帝

词苑撷英
潜伏：隐藏；埋伏。

词苑撷英
偏袒：袒护双方中的一方。

国，还从没有提到过任何其他地方。我接下来要告诉你的是，这两大强国整整苦战了三十六个月。战争是由以下原因引发的：大家一直认为，在吃鸡蛋时，先打破较大的一端，可现在皇帝的爷爷幼年吃鸡蛋，有一次按原始的方法打蛋时不小心把手指给割破了。因此他的父亲，也就是当时的皇帝就颁布一道命令，命所有臣民吃鸡蛋时先打破鸡蛋较小的一端，违者重罚。人民对这条法令非常不满。历史告诉我们，由此曾引发了六次叛乱，其中还有一位皇帝断送了性命，另一位皇帝丢掉了皇位。这些内乱经常是由伯赖弗什克国的君王们挑拨起来的。动乱结束以后，流亡分子总是逃到那个帝国去避难。根据统计，长久以来共有一万一千人宁愿死也不肯打破鸡蛋较小的一端。关于这一争端，曾出版过好几百本大部头著作，但是大端派的书早就被禁止出版了，法律也规定这一派的人被禁止做官。在这种争端不断的岁月里，伯赖弗什克的君王们常派大使来向我们提出抗议，指责我们在宗教上搞门户分立，说我们违反了伟大先知拉斯特洛格在《布兰得克拉尔》第五十四章中的一条基本教义。不过我们却认为这只是他们对经文的一种曲解。因为原文是："一切正义的信徒都应该从他们认为比较方便的一端打破鸡蛋。"依我看，到底哪一端是方便的呢？好像只能听凭个人的喜好了，或至少也应由主要行政长官来做出决定。这帮大端派的流亡分子深得伯赖弗什克宫廷的重用，同时又得到国内同党的秘密援助和怂恿，所以两大帝国的血战拉开了帷幕。三十六个月过去了，双方各有胜负。在此期间我们损失了四十艘主力战舰和不计其数的小艇，还折损了三万最精锐的水兵和陆军。我们估计敌方的损失比我们还大。不过他们目前又建起了一支庞大的舰队，正准备向我们入侵。皇帝深信你的胆量，所以才命我来把这件大事讲给你听。

我请内务大臣回禀皇帝，虽然我不是本国人，也不便干预党派间的矛盾，但是为保护皇帝与江山社稷我甘愿赴汤蹈火，在所不惜，时刻准备出击一切侵略者。

对比手法

此处"损失四十艘战舰和三万精兵"和上文"鸡蛋要从大头端还是小头端打"相对比，起到了极强的讽刺效果。

词苑撷英

赴汤蹈火：跳进滚水，踏着烈火，比喻不避艰险，奋不顾身。赴：前往；汤：热水；蹈：踩。

作品描写小人国列利波塔的党派之争以鞋跟高低划分阵营，高跟党和低跟党之间尔虞我诈，争权夺利，这里影射的是当年英国的托利党（即保守党的前身）和辉格党（后来发展成自由党）两党政治，实际上是挖苦英国两个争斗不休的政党。讲述小人国列利波塔与邻国兵戎相见，是影射当时英法两国之间的连年征战。

阅读积累

英国的政党

英国主要有三大政党，分别是保守党、工党、自由民主党。

保守党：议会第一大党。领袖戴维·卡梅伦，2005年12月当选。保守党前身为1679年成立的托利党，1833年改称现名。1979—1997年间曾4次连续执政18年。2010年5月英国大选后，保守党重获执政地位，与自民党组成联合政府。支持者一般来自企业界和富裕阶层。主张自由市场经济，严格控制货币供应量，减少公共开支，压低通货膨胀，限制工会权利，加强“法律”和“秩序”等。

工党：议会第二大党。1900年成立，原名劳工代表委员会，1906年改用现名。1997年至2010年连续执政13年。2010年5月大选失利，成为反对党。2010年9月，埃德·米利班德当选新领袖。

自由民主党：议会第三大党。1988年3月由原自由党和社会民主党内多数派组成，领袖尼克·克莱格，2007年12月当选。自由民主党政治主张居中偏左，在很多问题上与工党立场相近。主张通过减税还富于民，提高个税起征点；呼吁限制金融城过度扩张，对银行家薪酬课以重税；承诺公平教育，保护公民权利和自由；倡导宪政改革，提出减少议员议席，在选举制度上采用比例代表制；支持欧洲制宪，主张加入欧元区，反对进行英欧关系公投。2010年5月大选后，与议会第一大党保守党达成协议，组建联合政府，获得5个内阁位置，首次成为执政党。

英国其他政党还有：苏格兰民族党、威尔士民族党、绿党、英国独立党、英国国家党，北爱尔兰一些政党如：北爱尔兰统一党、民主统一党、社会民主工党、新芬党等。

第五章

精彩导读

本章主要写"我"为小人国立了两件大功。小说前半部描写"我"涉过海峡，拖来了约五十艘敌人的战舰，因为这件事，皇帝赐给"我"朝廷最高的荣誉称号，但海军上将因此感到脸上无光，威望扫地，从此成为"我"的死敌。但后来由于"我"拒绝帮助皇帝打败并吞并对方而失宠。

伯赖弗什克帝国是位于列利波塔东北方的一个岛屿。两国间只隔一条宽八百码的海峡。到目前为止，我还未曾见过这个岛屿。从得知敌人试图入侵的消息后，我就很少去那一带，以免被敌人发现。他们现在还不知道关于我的一切消息，因为在战争期间两国间禁止任何来往，违者处死，同时皇帝又下令任何船只不得通行。我向皇帝提出了一个奇取敌方整个舰队的方案。据我方侦察员汇报，敌人的舰队正停泊在港湾，等到顺风就要出航。我向一位经验最丰富的水手询问海峡的深度。他们曾多次测量过，海峡中心水位最高时有七十哥拉莫格兰夫深，约等于欧洲度量单位的六英尺，其他地方最深也不超过五十哥拉莫格兰夫。我走向东北海岸，正对面是伯赖弗什克。我趴在一座小山丘后面，拿出我的袖珍望远镜，观察停泊在港内由五十艘战舰和大量运输舰构成的整个敌方舰队。然后我回到住所，下令（我有委任状）让他们准备大批最结实的缆绳和铁棍。缆绳有包扎线那样粗细，铁棍的长短和大小跟编织针接近。我把三根缆绳拧成一股，这样就更加牢固了。同理，我也把三根铁棍拧成一根，两头弯曲成钩形。然后我将五十个钩子拴在五十根缆绳上，又回到了东北海岸。我裸身就下海去了。这时离涨潮还有近半小

> **知识延伸**
> 岛屿：指四面环水并在高潮时高于水面的自然形成的陆地区域，而且能维持人类居住或者本身的经济生活。

> **知识延伸**
> 海峡：指两块陆地之间连接两个海或洋的较狭窄的水道。

时，我急忙涉水而过，在海峡中心一带游了约三十码，直到我的双脚能够着海底。结果不到半个小时，我就到达了敌方舰队。敌人一见我便吓得要命，纷纷从舰上跳下朝岸边游去，人数不低于三万。我忙取出工具，将钩子套在每一艘船头的一个孔内，接着把所有缆绳的另一端聚拢系在一起。就在这时，敌人开始朝我射来几千支箭，有好多射中了我的手和脸，使我疼痛不堪，因此工作大受干扰。最可怕的是我的眼睛受伤了，幸亏我临时想到了应急的措施，不然准会双目失明。我前面也说过，我在自己的秘密口袋中藏了一些日用品，其中就有一副眼镜，这些东西完好地藏在我身上。我把眼镜牢牢地戴在鼻梁上。有了这些防护设备，我又大胆地工作起来了。虽然敌人仍在射箭，很多也射中了镜片，但最多对镜片有小部分损坏而已。现在我已把全部的钩子都拴牢靠了，便拿起绳结拉了起来，可是舰船丝毫没动，原来它们的锚扎得太稳。因此，我必须尽最大可能做最后一拼了。于是我放下缆绳，铁钩仍搭在船上，我把小刀取出，用力去把系着铁锚的绳索割断。而在这个过程中，我的脸上、手上又中了约两百支箭。接着我又捡起拴着铁钩的绳结，没费多大劲就把敌方最大的五十艘军舰给拖走了。

> **知识延伸**
> 缆绳：许多股棕、麻、金属丝等拧成的粗绳。

> **知识延伸**
> 军舰：有武器装备能执行作战任务的军用舰艇的统称，主要有战列舰、巡洋舰、驱逐舰、航空母舰、潜艇、鱼雷艇等。也叫兵舰。

伯赖弗什克人没有察觉我想干嘛，开始只是惊慌失措。接着见我在割锚绳，以为我只是想让军舰随海漂流或相互碰撞。等到他们看见整个舰队的船只都有规律地动了起来，又见我在一头拉着缆绳时，才明白过来，徒然地发出悲惨的喊声。我脱离危险后，稍微停顿了一会儿，把手上和脸上的箭拔出，涂抹些药膏。我曾说过，这药膏是我刚到列利波塔时当地人送给我的。我摘下眼镜，等了大约一小时，潮水渐退，再带上我的战利品，涉水渡过海峡的中心，顺利地返回到列利波塔皇家港口。

站在岸上的皇帝和文武大臣，迫不及待地想知道这次行动的结果。他们见船只排成一个大半月形向前行进，却不见我的人（因为我正游在和胸一样高的水中）。当我游走到

海峡中心时，他们就更加担心了，因为当时的水位已到达了我的脖子。皇帝看见乘势而来的敌舰后，断定我一定是淹死了。不过他很快就放心了，因为我越往前走，海峡的水就变得越浅。不一会儿我就出现在岸边，就连说话声都可以听见了。我抬起拖着舰队的缆绳一端，大声呼喊着："最强大的列利波塔皇帝万岁！"这位伟大的君王迎接我上了岸，对我说了许多赞美之辞，当场给我加封了"那达克"，这可是他们最高的荣誉称号了。

皇帝希望我另找良机把敌方剩下的战舰也拖到自己的领域内。君王的野心真是深不可测，他好像想要把伯赖弗什克帝国一齐歼灭，划为自己的一个省，然后派一位总督去统治。他想彻底歼灭大端派的流亡分子，也强迫那个国家的人民吃鸡蛋时从鸡蛋的小端剥起，这样他就可以做全世界高枕无忧的君王了。可是，我要想尽方法让他打消这个念头，我从政治角度和正义的观点等方面对他讲了很多深刻的道理。我坦白地向他说明，我不愿做别人的工具，也不愿让一个自由、勇敢的民族沦为奴隶。这个问题在国务会议上讨论的时候，最明智的那一部分内阁成员认同了我的意见。

> **词苑撷英**
> 高枕无忧：垫高了枕头睡觉，无所忧虑。指平安无事，不用担忧。

> **阐明观点**
> 18世纪的英国，在世界各地疯狂地进行殖民掠夺，把亚非拉许多民族沦为他们的奴隶。

我这样公开反对皇帝的计划，他是永远也不会原谅我的。在国务会议上，就这一点他委婉地提了出来。听说有几位最聪明的大臣好像是站在我这一方的，至少他们在会上对这件事没有发表意见。可另一些我的敌人，却忍不住了，说了好多对我不利的话。从那以后，皇帝和一小部分对我有偏见的内阁大臣开始谋划要陷害我。不到两个月，阴谋暴露，我差点送命。对君王来说，伟大的功绩又能算什么呢？只要你一时没完成他的心愿，满足不了他的野心，以前再大的功劳也算不了什么。

我立功后大约过了三周，伯赖弗什克正式派使者前来求和。不久，双方就达成了对我方较为有利的和约，不用说读者也想象得到。他们派来六位大使，近五百人的随行队伍，入境的场面极为隆重，以不失其主子的尊严，表示其使命的

> **简要说明**
> 介绍了"我"在小人儿中的作用，因为"我"的出现，因为立功，事情有了很大不同。

重大。和约签订完之后，有人私下告诉那几位大使，说我是他们的朋友。我也凭借我在朝中的名望——至少在表面上看是这样，在签约过程中帮了他们许多的忙，为此他们也礼节性地拜访过我。开始时他们说了一大堆势利的话，说我勇敢、慷慨，接着又以他们皇帝陛下的名义邀请我去访问他们的国家。他们已听说了许多关于我力大无比的传奇故事，很希望我能为他们表演一番，让他们共睹我的风采。我高兴地答应了他们，只是详情就不必叙述了。

我为这几位使臣表演了几个节目，他们既满意又吃惊。我请他们代我向他们皇帝致以最诚挚的敬意，他的仁德远播，举世同钦。并向他转达我在回祖国之前，一定会前去觐见的。为此我在后来谒见我们的皇帝时，就向他提出请求允许我去拜会伯赖弗什克的君王。他虽口中答应了，但看得出他的态度非常冷漠。我不知道是什么原因。后来有人暗地里告诉我，是佛林纳普和博尔戈兰姆将我与那些大使的交谈情况报告了皇帝，说我不忠诚。但是我觉得在此事上我问心无愧。那是我第一次开始对宫廷和大臣们有了不同的意见。

有一点值得说明，我与这些使臣交谈是通过翻译完成的。两帝国的语言与欧洲任何两个国家的语言一样，彼此虽不同，但也不存在太大的差别。每个国家都夸奖自己语言的精练、有力且历史悠久，对邻国的语言公然轻视。但列利波塔的皇帝凭借夺了人家舰队而取得的优势，一定要对方用列利波塔语递交国书并致辞。同时也得承认，由于两国间的商贸往来频繁，又经常互相接受对方的流亡分子，且两大帝国都互派贵族子弟到对方国度以增长见识，了解异国风土人情以吸取知识。所以名门贵族和沿海一带的海员、商人差不多人人都会说两国语言。这一事实在几星期后我去觐见伯赖弗什克皇帝时才得以发现。由于那时我的仇敌对我有偏见，使我处于各种不幸之中，但这次朝见还是相当愉快，对此我还要在合适的章节加以描述。

读者们大概还记得，在我签订获得自由的条文中有好几

生字背囊

觐(jìn)：朝见（君主），朝拜（圣地）。

词苑撷英

问心无愧：反躬自问，没有什么可惭愧的或对不起人的地方。

简要说明

从这里可以看出，“我”已经熟悉了这里的生活，“我”的一些情况，以后会多加说明。

条令我很不满意，有些内容让我非常反感，当时为了自由我也是没有更好的办法，只好屈服。而目前我是帝国头衔最高的“那达克”了，再履行条约中的那些条款太有失身份。而且，公正地说，皇帝后来也没有提起要我做那些事。然而没多久，我就得到一次为皇帝立功的机会，至少我自己认为是一件极其了不得的功绩。一天深夜，有好几百人来到我门前把我喊醒了，因为是忽然被惊醒，心里不免会不高兴。我只听见有人不停地喊着：“布兰哥拉莫”，同时从人群中挤出几位大臣请求我赶快进宫。原来宫中有一位粗心的女仆在看传奇小说时睡着了，导致皇后的寝宫失火。我马上起床，命令所有人为我让路，幸好是个月明之夜，我一路小心谨慎地赶往皇宫（没有踩伤任何行人）。我看见寝宫墙上已安好了梯子，水桶也都备好了，只是水源离这儿还有一定的距离，水桶也只有大针箍一样的大小，虽有些可怜的小人儿将水一桶桶地传递给我，可毕竟火势太猛，无济于事。本来我可以用上衣轻而易举地将火扑灭，可由于惊慌，我身上仅穿了件皮背心，就急忙跑来了。情形不妙，眼看这座金碧辉煌的宫殿就要化为灰烬了。还好我当时急中生智，想出一条妙计。前一天晚上我喝了大量名叫“格林格瑞姆”的美酒，这是我喝过的最美味的酒了，这种酒有很好的利尿效果。真是事有巧合，当时我想撒尿。我靠近火焰，忙着参与救火，身体吸收了热，酒便开始转化为尿了。我舒舒服服地撒了一大泡尿，刚好对准了起火的地方，果然三分钟不到火就被扑灭了，这才把花了多年心血的皇家建筑中的其余部分给保存了下来。

天已大亮，还没来得及等皇帝向我表示道贺我便回家了，虽说我立下了一个大功，但我说不准皇帝对我这种灭火的方式会不会反感。因为根据这个国家的法律规定，任何人不论他的地位怎样，若是在皇宫区域内撒尿，一律处死。不过皇帝提前给我的通知又使我的心稍微放宽了些，他说他会命令司法部赦我无罪，但赦免书不能给我。后来有人偷偷告诉我，皇后对我的行为十分不满，早已远远地搬到皇宫的另一边去住了。她坚决不准许让人修复那座被毁的寝宫，她再也不到那儿去住了。她曾经还当着几个心腹的面发誓说要报复我。

精彩点拨

“他想彻底歼灭大端派的流亡分子，也强迫那个国家的人民吃鸡蛋时从鸡蛋的小端剥起，这样他就可以做全世界高枕无忧的君王了。”小人国的国王对其他国家开战的理由，居然是伯赖弗什克国的人吃鸡蛋从大端剥起，要把自己的意识强加到其他国家，这和英国的做法何其相像。这是多么深刻的讽刺。

日不落帝国

西班牙帝国衰弱后，第二个获得“日不落帝国”称号的是大英帝国。

自1588年击败西班牙无敌舰队后，英国逐渐取代西班牙，成为海上新兴的霸权国家，开始不断扩张海外殖民地。之后，英国相继在英荷战争和七年战争中，打败最强劲的对手荷兰和法国，夺取了两国的大片殖民地，确立了海上霸权。1815年英国在拿破仑战争中的胜利，又进一步巩固了它在国际上的政治、军事强权地位，工业革命更让英国成为无可争辩的经济强国。维多利亚时代的大英帝国步入了鼎盛时期，当时，全世界大约4亿~5亿人——也就是当时全球人口的约四分之一——都是大英帝国的子民，其领土面积则有约3000万平方千米，是世界陆地总面积的20%，从英伦三岛蔓延到冈比亚、纽芬兰、加拿大、新西兰、澳大利亚、马来西亚、香港、新加坡、缅甸、印度、乌干达、肯尼亚、南非、尼日利亚、马耳他以及无数岛屿，地球上的24个时区均有大英帝国的领土。英国霸权领导下的国际秩序被称为“不列颠治下的和平”。英国出版的大英帝国全球地图，通常用红色把帝国的领土标出，可以清晰地了解到这个庞大的帝国在全球的影响力。

英国经济学家杰文斯在1865年曾这样描述：北美和俄国的平原是我们的玉米地，加拿大和波罗的海是我们的林区，澳大利亚是我们的牧场，秘鲁是我们的银矿，南非和澳大利亚是我们的金矿，印度和中国是我们的茶叶种植园，东印度群岛是我们的甘蔗、咖啡、香料种植园，美国南部是我们的棉花种植园。

第六章

精彩导读

“我”首先介绍了小人国的一般情况，特别是法律和教育，也显然是借此表达自己有关的看法与理想。实际上，小人国在一定意义与一定程度上也是作者“我”的理想社会。这是建立在商品经济基础上的、法制健全、教育完善的理想社会。

我原计划写本关于描写这个帝国的所有一切的书，但还是先交代一下大体的情况来满足读者的好奇心。由于当地人的身高大都不足六英寸，所以其他动物、农作物和树木的大小均按这个比例进行估计。比如说最高大的牛马也只有四五英寸高，绵羊差不多为一英寸半，鹅也只有麻雀那么大，其余的就依次往下推，直到最小的物种——我用肉眼快要看不见了。不过列利波塔人的眼睛已经熟悉眼前所有的东西。他们能看清楚很细微的东西，只是不会太远。我曾颇有兴致地见一位厨师在给一只还没有普通苍蝇大小的百灵鸟清理内脏，也曾看到一位年轻姑娘拿着一根细得看不见的丝线在穿一根小得无法看见的针。他们那儿最高的树将近七英尺，我提到的是皇家御花园中的那几棵，我伸出攥着的拳头刚好能触着它们的顶端。蔬菜一类的东西的尺寸也以此比例缩小，就让读者自己去想象吧。

因为他们的学术有漫长悠久的历史，所以每门学科都非常先进，现在不必我多说了。不过他们的书写方式十分特别，写起字来既不像欧洲人那样从左向右，也不像阿拉伯人那样从右向左，更不像中国人那样从上至下，还不同于卡斯卡吉人那样由下到上，而是从纸的一角斜着写到另一角，和英国的妇女们一个样。

讽刺手法

这段文字含蓄而幽默。在当时的社会上时髦女性以写字歪斜为时髦，成为一种流行风尚。而斯威夫特很重视英语的规范化，对于书写，他自然也要求统一整齐。这种含蓄的讽刺一方面不太刺伤被批评的对象，另一方面也让人印象深刻。

他们埋葬死人的方式是把死者的头直接朝下，因为那是他们的一种信仰，他们相信一万一千个月以后死去的人都会复活。到那时地球会上下颠倒。按这种埋法，等死人复活时就会安稳地站立着了。他们中有学识的人也声称这种说法荒唐可笑，但为了随俗，这种做法仍持续着。

> 词苑撷英
> 辩解：对受人指责的某种见解或行为加以解释。

此国有着稀奇古怪的法律与风俗，如果不是和我国风俗和法律完全不同的话，我还真想替他们说几句辩解的话。但愿他们能严格执行这样的法律。我首先要说的是关于告密者的刑罚。凡是背叛国家的罪行都应受到最严厉的惩罚。但是如果被告能在开审时充分说明自己清白没有罪，原告就会马上被处死，同时无辜的被告还可从原告的财产和土地中获得四项赔偿：损失的时间、经历的危险、监禁的痛苦以及辩护费用。如果原告的财产不够赔偿，那么费用的大部分便由皇家承担。皇帝还会公开对被告赐予恩典，同时向全城颁发告示，宣布被告无罪。

> 词苑撷英
> 老奸巨猾：形容十分奸诈狡猾。

欺诈在他们看来比盗窃更严重，所以犯欺诈罪的人几乎都要判死刑的。他们认为一个人只要小心谨慎，提高警惕，就能够预防自己的东西被偷，不过老实人如何防范得了老奸巨猾之辈？既然人们需要进行公平买卖、诚实交易，倘若国家包庇欺诈的行为，或对此不予以相应的法律制裁，那么诚实的生意人便会倒霉，流氓无赖反而大获其利。记得有一次，我曾在皇帝面前替一个骗取了主人一大笔钱财的犯人求情。那人奉主人之命去收钱，收完后竟携钱潜逃。我对皇帝说，这属于一种忘恩负义的行为，希望皇帝减轻对他的惩罚。皇帝认为我太荒谬，竟会将最严重的罪行提出来替他求情。其实我当时真是无话可说，只好轻声地说，各国都有自己不同的风俗。应该承认，我当时的确很羞愧难堪。

虽然赏与罚被看作政府行使职权的两个重要手段，可是除了在列利波塔，我还未见过有哪一个国家能真正谨守这一格言。无论是谁，只要能证明自己在七十三个月内始终遵守本国法律，便可以享受一定的特权，并按其地位和生活状况的差别，从专门的基金中，领取相应的一笔钱，同时还获得“斯尼尔普尔”或“守法者”的荣誉称号，只是这种称号不能传给后人。我告诉他们，我们那儿的法律只有惩罚没有奖赏，他们认为这是我们政策方面的一大弊端。因此他们在法庭上的象征公正的女神雕像有六只眼睛，前有两只，后有两只，左右还分别有一只，以此表示公正。女神像的右手托着一袋金子，袋口是敞开着的，左手握一柄宝剑，剑在鞘中，由此可知她更喜欢奖赏而不是惩罚。

他们在用才方面，更重视美好的品德而不是超凡的才能。在他们看来，既然人类必须要有政府总管国家事务，那么人类的普通才能就足以胜任各种职务了，再说上天从来就没有把公共事务的管理搞得十分深不可测，只赐予数目有限的天才理解其有意义的能力，而这样的天才在一个时代里也没有出现几个。反而，他们认为人人都能具备诚实、正义、谦和等美好的品德，大家只要实践这些品德，加上经验和为善之心，经过一段时间的学习，就都可为国效劳。可是如果一个人没有刚才提到的那些道德，他们认为，即使才能再高，任何事务也万万不可交给这类有才无德的家伙去做。若是一个品行端正的人因为无知而犯错，怎么也不会像那些存心贪污腐败的人那样，给社会造成非常严重的影响。相反，若是那些有本事的人存心腐败，那他们就会加倍营私舞弊，同时还会巧妙地掩饰自己的腐败行径。

同样，不相信上帝的人是不能担任公职的。既然国君们声称是上帝的代表，因此列利波塔人认为，皇帝所任用的人却不认同他所仰仗的权威真是太荒谬了。

读者一定要知道，我介绍的这些和以下我要说到的这些法律指的是这个国家最初始的制度，而不是后来所规定形成的那些臭名昭著的腐朽政治制度。至于读者读到的那些凭借在绳上跳舞而夺取高位，或在御杖上下跳跃爬行以征得恩宠和荣誉勋章等做法，起初均是由当今皇帝的祖父所规定形成的。随着党派之争日趋激烈，这些劣迹便逐渐发展到现在无可收拾的地步。

忘恩负义之人会被判死罪，我们在书中也提到过，有的国家就有这样的法律。他们认为那些恩将仇报的人应该是人类的公敌，这些人对恩人都会以怨报德，对人类便会更加歹毒，根本没有资格活在世上。

他们对于为人父母和为人子女们的一些观念和我们的根本不一致。男女结合顺天理，为的是传宗接代，所以列利波塔人也需要这种结合关系。他们认为，和其他动物一样，男女结合的目的是出于性欲，而父母对子女的爱护也是天经地义的事情。根据这些道理，他们根本不认为，因为孩子是父亲的骨血，也是母亲把他带到这个人世上的，孩子就应该对父母承担义务。如果认真思考人生的悲惨，那么生儿育女本身也没有什么益处，做父母的也本没想要生儿育女，从相爱到结合，他们的心思还用在别的上面，也就是还有别的目的。根据这些和其他相近的理由，他们认为让父母亲来教育自己的亲生子女最不应该。因此他们在每一个城镇都兴办公共学校，做父母的（除了村民和劳工外）必须把已满二十个月大的儿女送到学校接受培养与教育，因为他们已具备了一定的受教育条件。学校也分为好多种，以适应不同层次和不同性别的孩子。学校里有经验阅历丰富的老师，他们根据孩子父母的地位和他们自身能力及兴趣爱好帮助他们培养生活方式。我先讲述男校的情况，接着再讲女校。

培训名门贵族的男校里配有一批知识渊博的老师，他们手下还有几名助教。孩子们衣服朴实。他们受到自尊、公正、勇敢、谦逊、仁慈、虔诚、爱国等方面原则的教导，除了短暂的吃饭、睡觉和两小时的游戏锻炼活动之外，还有自己的事情要做。四岁以前男仆会给他们穿衣，四岁之后他们无论出身多么高贵，都得自己亲自动手。女仆们的年纪大都在五十来岁，她们只干最卑微的工作。孩子们不允许与仆人们说话，只允许一小伙或一大群地在一起游戏，同时必须有一位老师或助教陪伴，这样一来他们就不会像我们小时候那样染上粗陋的坏习惯。一年之中只准许父母看望两次，每次探访的时间只有一小时，见面和分手时可以亲吻自己的儿女，但即使在这时也总有一位老师站在旁边，不准父母对子女轻声说话或表示爱抚，更不允许他们将玩具或糖果之类的东西带进来。

对于子女的教育和娱乐费用家长必须交付，若超过期限不缴，由宫廷强行收取。

一些普通的学校也按此来管理。不过那些想去经商的孩子到了十一岁就要放出去当学徒，而贵族子弟却依然留在学校直到十五岁，不过最后三年的管教慢慢就放松了。

在优秀的学校中，出身贵族的女孩子受教育程度基本上和男孩子相同，不过替她们穿衣服的都是些整洁端庄的女仆，每次也都有老师和助教在场，一直到她们五岁时自己可以穿衣为止。一旦发现这些女仆随意给女孩子讲一些吓人、愚蠢的故事，或玩一些那些侍女所惯于玩逗的游戏给女孩子们看，那她们就会在街上被鞭打并游行示众，然后处一年监禁，最后终生流放到本国最偏远的地方去。因此这儿的女孩子和男孩子相同，都不想成为懦夫或傻子，认为这是最可耻的事情，也瞧不起所有不整洁不正派的个人装扮。她们的教育好像和性别没有太大的联系，只不过女孩子的运动没有男孩子的那样剧烈而已。女孩子还要学一些持家理财的本领，她们所研究的学问在范围上也比男孩子稍小些，因为这儿的人相信这么一句格言：贵族人家的主妇始终要保持通情达理、温柔贤淑，因为女人是不可能永远那样美丽动人的。他们认为女孩子到了十二岁就可以出嫁了，她们的父母或监护人就把她们领回家，同时对老师深表感谢，女孩在与同伴离别时往往会情不自禁地落泪。

词苑撷英

情不自禁：抑制不住自己的感情。禁：抑制。

在低一等的女子学校里，女孩子们学到各种适合她们性别和身份的工作的本领。想要学手艺的在九岁时就退学，其余的仍要学到十三岁。

孩子被送往这种学校的那些贫寒人家，除了要交最低限度的年度学费外，还得将每月收入中的一小部分交给学校的膳务员作为孩子的食宿费，因此父母的开支是受法律约束的。列利波塔人认为，将小孩带到这个世上，却要公众来负担教养，这是不公平的。至于有身份背景的人，也得根据自己的情况，保证缴纳一定资金留给每一个孩子，这笔钱将被绝对公正地进行管理和使用。

村民和劳工的孩子养在家中，他们要学习的就是耕地种田，所以他们是否接受教育对公众来说没有什么影响。不过他们中那些老弱病残者都应由养老院抚养，因为在这个国家

对比手法

把社会底层孩子的教育与贵族阶层相对比，反映了作者现实主义的人文关怀。

乞丐是不存在的。

我在这个国家待了九个月零十三天，感兴趣的读者或许愿意听我讲述我在那儿是如何度过的。我从小就擅长机械物理，同时也是因为生活的需要，我就用皇家公园中最大的树木为自己做了一套非常方便实用的桌椅。他们还雇用了两百多名女裁缝给我缝制衬衫、床单和桌布，使用的是当地最耐用的粗厚布料，他们还需把几层布缝叠在一块才行，因为就是他们最厚的布也要比我们上等的细麻布要细好多。他们的亚麻布大多是三英寸宽、三英尺长，这就算为一匹。我躺在地上由女裁缝们给我测量尺寸，她们在我脖子上站一个人，在我小腿肚上站一个人，她二人每人各执一根粗线的一端，再让别人拿一根一英寸长的尺子来量粗线的长度。后来她们又量了我右手的大拇指，测量就结束。由于依照数学的方法来计算，大拇指的两周就等于手腕的一周，根据类推的方法，她们又算出了脖子和腰身的尺寸；我又把自己的一件旧衬衣展铺在地上供她们作为样品，结果她们做出的衬衣果然非常合身。他们还雇用了三百名男裁缝为我制作外衣，不过他们却使用另外一套量尺寸的方法。我跪在地上，他们把一架梯子搭在我脖子上，然后一个人顺利地爬上梯子，把一根带铅锤的线从我的衣领处竖直放到地面上，这样就可以测量我外衣的长度。不过腰身和手臂的长度需由我自己来测量。这些衣服全是在我的房间里做成的，因为他们最大的房子也没法放下这么大的衣服。衣服做好后，看上去就仿佛是英国妇女们做的百衲衣，只是我这件衣服只有一种颜色而已。

有三百名厨师为我做饭，他们带了家属，就住在离我房子不远的方便舒服的小茅屋里。每位厨师为我做两样菜。二十名服务员被我用手轻而易举地放到饭桌上，另外有一百名在地面上忙碌着，有些端着一盘肉，有些肩膀上扛着一桶葡萄酒或其他饮料。只要我想吃食物，桌面上的服务员就用绳索把吃的食物拉上去，就好像我们在欧洲从井里打起一桶水的样子。他们的一盘肉只够我吃上一口，一桶酒也只够我喝上一口。他们的羊肉不如我们的好吃，但牛肉的味道却非常棒。有一次我吃到一片牛腰肉，大得让我咬了三口才吃

> **词苑撷英**
> 轻而易举：形容事情很容易做到。

> **夸张手法**
> 形象的比喻，夸张的表达，造成极其幽默的效果。

完，不过这种情况很难得。我将那些肉连骨头也都一并吃了下去，仿佛我们在那儿吃麻雀的腿一样，他们见了十分惊讶。他们的鹅和火鸡我基本上是一口吃下一整只，我必须承认它们做的味道比我们的要好得多。对于他们的小家禽，我用刀一次就可以挑起二三十只。

有一天，皇帝了解到我这样生活的状况后，就带上他的皇后和所有王子公主跟我一起就餐。我把他们放在桌上的御椅上，面对着我，侍卫们就守卫在他们旁边，财政大臣佛林纳普手里拿着他那根白色权杖也在一旁侍候着。我发现他经常在一旁冷眼看着我，我就假装没看见，只一个劲儿地吃，比平时要多吃好几倍，这一来是为了祖国的荣誉，二来也想让宫廷的人更加惊叹。我心里总感觉皇帝这次亲临，又给佛林纳普一次在他主子面前陷害我的机会。这位大臣一直在暗地里和我作对，表面上却假装爱戴我的样子，就他的阴险本性而言，他这样对我是非同一般的。他向皇帝报告说，目前的财政状况很不乐观，拨出的款项都要打折扣，国库券的价值比票面价值低百分之九才能流通。总之我已经花掉皇帝一百五十万的“斯布鲁格”了，为全局着想，皇帝最好还是找个时机把我赶走。

用词生动
不仅一个“冷眼”，前面还用“经常”来修饰，可见确实对“我”是恨之入骨了。

知识延伸
国库券：是指国家财政当局为弥补国库收支不平衡而发行的一种政府债券。

我一定要为一位品质高尚的夫人的名节来辩解，她因为我而被冤枉。谁会想到财政大臣居然会冤枉自己的妻子呢。这全是有人算计，挑拨他说他的妻子疯狂地爱上了我。这一丑闻一时间在宫廷里传开了，说她有一次曾偷偷到过我的住处。对此我必须声明这根本就是不存在的，纯属谣言，这位夫人只是喜欢用天真无邪的坦诚和友谊对待我罢了。我承认她常来我家，但每次都是公开的，同来的马车里总有三四个人，大多数是她的姐妹、年轻的女儿和一些挚友，可这样的事在宫廷其他贵妇人身上也是常见的。对此我要我的仆人为我作证，让他们说明曾经是否看见过我门口停着辆马车，而不知道里面坐的是什么人。每次有人来，总是先由仆人迎接，我再到门口去迎接。我行过礼以后，就特别小心地用手拿起马车和两匹马放到桌子上，桌子四周我特意设了一道五英尺高的活动桌边，预防意外发生。经常是桌上同时有四辆马车，里面坐满了客人，我这时就坐在椅子里，用脸靠近她们。我与其中一辆马车中的客人交谈时，车夫就驾着其他马车在桌子上缓缓地绕圈子。我便在这样的谈话中度过了很多愉快的下午。不过我要向财政大臣或那两位向他告密的人进行挑战，这两个人就是克拉斯特利尔和德隆洛。我要他们拿出足够的证据来，除了我以前提到过的内务大臣芮尔得列沙曾奉皇帝之命来过以外，还有谁匿名来找过我。如果不是因为此事关系到一位贵妇人的名节与清白，我是不会这么辩护半天的，我自己的名声受点损害倒没关系。我那时的爵位是“那达克”，而财政大臣却不是，大家都知晓他只是一个“克拉姆格拉姆”，比我要低一等，就好像英国侯爵比公爵要低一等一样。我得承认，我在朝中的地位没有他高。谣言曾使这位财政大臣对他的妻子态度恶劣，对我就别提了。这些谣言还是我后来偶然得知的，至于是怎样偶然得知的，我还是不说为妙。尽管他最终还是醒悟了过来，又与妻子和好如初，但我却永远不被他信任。不久皇帝就对我失去了兴趣，他受这位宠臣的影响太大了。

精彩点拨

在这章中，“我”首先介绍了小人国的一般情况，特别是法律和教育，借此表达自己有关的看法与理想。揭露了当时英国的朝廷与上层社会的种种弊端，尖锐地提到了金钱社会贫富悬殊的社会矛盾。作者塑造这一形象的意图是影射英国国王的狂妄自大。

百衲衣

百衲衣，因用许多方形小块布片拼缀制成而得名，泛指补丁很多的衣服。文中指英国太太们做的拼布衣，是当时非常流行的古典唯美主义的时尚。

中国一些地区，有的僧人为了表示“苦修”，破除对穿着的贪求，常拾取别人丢弃的陈旧杂碎的布片，洗涤干净后，加以密缝拼缀而成衣，通称为“衲衣”，也称功德衣、无畏衣等，形似袈裟。

第七章

小人国的一位要人深夜秘密来访，将朝廷的四位大臣阴谋陷害“我”的计划与内幕，包括皇帝与内阁会议的内容详细地告诉了“我”，在他走后，“我”准确记录下来该阴谋计划的要点。可以说，这是《小人国游记》故事情节发展的高潮，关系到主人公的生死存亡，是小说最吸引读者注意的部分。

在叙述我是怎样离开这个王国之前，我觉得有必要把这两个月来一直都在进行着的关于他们针对我的一场阴谋告诉读者。

到那时为止，朝中之事我不太了解，我地位卑贱，也没有必要知道这么些事。对于君王和大臣们的性格脾气，我听了许多也读过好多这方面的书，但是从没有想到在如此偏远的一个国度里也会受到同样糟糕的影响。我原以为这个国家的统治原则会与欧洲国家的不同。

叙议结合

这段文字又进一步证实，作者笔下的小人国的国民与欧洲国家没有不同：阴谋、诡计、陷害，为了一己私利不惜陷害他人。

我正准备拜见伯赖弗什克皇帝的时候，宫廷中的一位朋友夜里突然坐着轿子偷着来到了我家。他没有通报姓名就急忙要求见我。他把轿夫打发走后，我就把这位大人和他乘坐的轿子一齐放入了上衣口袋。然后我嘱托手下，若有人来找我就说我身体不适已经睡了。我关上大门，把轿子安放在桌上，和平常一样在桌边坐下来。寒暄了几句之后，我从他的脸上看出他非常忧虑，便问他怎么回事。他要我认真地听他说，并说这事关系到我的荣誉和生命。他说话的内容主要有这些，他一走，我便立即把它们记录了下来：

词苑撷英

寒暄：见面时谈天气冷暖之类的应酬话。

“你要知道，”他说，“因为你，最近国务会议的几个委员召集了一次非常保密的会议，就在两天前皇帝终于做出了最终的决定。”

词苑撷英

黯然失色：本指心怀不好，脸色难看。后多比喻相形之下很有差距，远远不如。黯然：心里不舒服、情绪低落的样子；失色：因惊恐而变脸色。

“你应该明白，你一来这儿，司卡芮什·博尔戈兰姆就成了你的敌人。他当初为什么恨你我不知道，不过自从你大败伯赖弗什克之后，他对你的仇恨便日益加深了，由于你的丰功伟绩使他这个海军大将黯然失色。这位大臣和财政大臣佛林纳普狼狈为奸，还收买了陆军大臣利姆托克、侍卫大臣拉尔孔以及大法官巴尔墨夫，他们联名拟定了一份弹劾书，控告你犯了叛国和其他重大罪行。”

他这一段开场白听得我不禁想要打断他，因为我认为自己有功无罪，可他请求我不要贸然打断他的话，接着又说道：

“为了表示对你的感激，我才冒着生命危险想方设法打听到这件事的全部内容，并且还弄到了一份弹劾书。”

对巨人山肯浦思·夫莱思逊的弹劾书

第一条

大皇帝喀列·德法·普鲁恩陛下在位时曾制定法规，规定凡在皇宫内撒尿者一律以叛国罪论处。当事人肯浦思·夫莱思逊公然触犯这项法令，借口以为皇后寝宫救火，竟然撒尿灭火，居心叵测，实属罪大恶极。当事人还擅自闯入皇宫内院寝宫，不仅违反法令，且有不恭之嫌。

情景描写

分层表达，不仅层次清楚，而且主次分明，逻辑性也极强。

第二条

当事人肯浦思·夫莱思逊曾把伯赖弗什克皇家舰队俘获并押至我皇家港口。这项任务结束后，皇帝陛下又命其前往夺取伯赖弗什克的残余船只，将该帝国降为一省，派总督统辖，并将逃亡该国的大端派及该国中不愿轻易放弃大端派邪说者一律斩尽杀绝。当事人夫莱思逊确系奸诈叛逆之徒，以不忍心违背良心去摧残一个无辜民族的自由与生命为借口，竟敢抵抗至高无上的皇帝陛下，呈请罢免予执行上述任务。

第三条

伯赖弗什克国派遣使臣来我朝议和，当事人夫莱思逊系奸诈不法之辈，竟辅佐、教唆、安慰、款待来国的

使臣，尽管当事人明知这些人都是与我国公开宣战的敌国臣子。

第四条

当事人肯浦思·夫莱思逊不遵守忠顺臣民的职责，只取得皇帝陛下的口头批准，就准备前往伯赖弗什克帝国。现又借此口头批准，还真打算前往伯赖弗什克，然后公开向陛下宣战，此事已在前项中提到了。

“还有其他一些条款，不过这几条是最重要的，我已经简略地念给你听了。

“在关于这宗弹劾案的几次研讨中，首先应当承认皇帝陛下多次都表现得宽宏大量，再三强调你创建的丰功伟绩，一心一意想为你减轻罪行。而财政大臣和海军大将却一定要置你于死地，他们预谋在夜里放火烧了你的屋子，让你痛苦万分。陆军大臣将会率领两万名士兵，用毒箭射你的脸和手。他们还要悄悄命令你的几个仆人将毒汁洒在你的衬衫上，让你抓破自己的皮肉，非常痛苦地死去。陆军大臣也赞同这个狠毒的意见，因为这么长时间来，大部分人都站到反对你的队伍中，唯有皇帝竭力保住你的性命，最终才劝住了宫廷大臣。

“对此事皇帝还令内务大臣芮尔得列沙发表意见。他一直称作你的挚友，就说出了他的看法，他的意见证明了他没有辜负你对他的印象。他也承认你罪行重大，但却有可以饶恕的原因，而饶恕是帝王最值得人们赞赏的美德，皇帝陛下正是因胸襟宽广才天下闻名的。他还说他和你是要好朋友这是众人知晓的事情，也许尊敬的阁员会以为他是在袒护你，但既然皇帝命令他说，他也就坦率地说出了自己的看法：如果皇帝还念你过去的功劳，像以往那样以慈悲为怀地想保你一命，可下令将你的双眼刺瞎。他觉得，这种解决方式是非常公正的，全世界也会纷纷称赞皇帝的仁慈，皇帝的阁员也会落个办事公正的美名。虽然你双目失明，但不会影响体力，以后照样可以为陛下效劳。再说由于看不见危险，失明反而会为你增加勇气。当年你就是害怕眼睛被人射瞎，所以

知识延伸

弹劾：指由法律或宪法设定的，当享有特别权利（或豁免权）的政府高级官员或者法官等有特定的违法行为（如叛国、腐败或与其职业道德不相符的行为等）时，对其进行刑事追诉的一种法律程序。

语言描写

在这段语言中，小人国皇帝下令刺瞎格列佛，还觉得自己仁慈，格列佛理应感恩戴德，继续为他效劳，这样的描写让人不寒而栗。

你后来违抗皇帝让你再次出击的命令。再说你以后能凭借大臣们的眼睛来帮你看也就足够了，伟大的君王就是这么做的。

“而这个建议遭到全体阁员的强烈反对。海军大臣博尔戈兰姆已忍不住，气势汹汹地站起来说，他不明白内务大臣怎么胆敢主张保全一个叛国者的性命。如果从政治的实际角度来说，你所创建的那些功劳只能付之一炬。你既然一泡尿就可以将皇后寝宫的大火扑灭，也许下次还可能同样带来一场水灾，将整个皇宫淹没。既然你有力气俘获整个敌方的舰队，那么也有可能把舰队再拖回去。他有理由相信，你打骨子里就是一个大反派。叛逆者总是先作打算，然后才公开行动实施方案，因此他控告你是叛徒，并坚持要把你处死。

“财政大臣也是同样的意见。他说，由于支配你的日常生活花费太高，财政面临危机，这笔款项眼看就无法承担了。内务大臣提出弄瞎眼睛的方法绝不是消除这一祸害的上策，有可能还会加重这一祸害，因为从弄瞎某个家禽眼睛的一般情况看来，很明显，它们失明之后反而吃得更多，很快就会发胖。神主的皇帝和阁员就是你的法官，他们都坚持你有罪，这就能够判你死刑，并不需要有法律明文规定的证据。

“但皇帝坚决不能将你处死，他仁慈地说，既然阁员们认为弄瞎眼睛的刑罚太轻了，那么以后还可以增加其他刑罚嘛。这时你的朋友内务大臣恭敬地请求再次得到发言的权利，来答复财政大臣提出的皇上为了维持你的生活开支而付出的巨额款项的问题。他说既然阁下有权处理皇家的财政，这个问题很容易解决，就不妨日益减少你的饭量，不给你足够的饭吃，你就会一天天消瘦，胃口减退，用不了几个月就会渐渐枯萎而饿死。到那时你的身体减轻了一大半，尸体发出的臭味也不至于造成太大危险。你一死，五六千个平民用两三天时间就可以把你身上的肉从骨头上全部割下来，用货车拉走，远远地埋起来，以防传染病的发生，还可把你的骨架留下来供后人参观。

“就这样，因为内务大臣，一切事情才有了折中的解决方法。皇帝命令：逐步将你饿死的计划必须秘密实行，不过弄瞎你眼睛的判决却写进了弹劾书。除海军大臣博尔戈兰姆之外，大家都赞同。博尔戈兰姆是皇后的心腹，皇后陛下一直在命令他一定要把你处死。自从那次你用非法的手段扑灭了她的寝宫大火之后，她就对你一直耿耿于怀。

“三天以后，你的朋友内务大臣就会拿弹劾书到你家宣读，同时还要向你声明皇帝陛下以及阁员们的宽大与恩典，正因为如此，你才只是被判决弄瞎双眼。皇帝陛下深信你会感激不尽，低声下气地接受这一判决。之后就会有二十名御医前来监督着为你施行手术以确保顺利，他们会让你躺在地上，然后用特别锋利的箭射入你的眼球。

“该如何面对，就靠你自己定夺了，为了避免疑心，我必须像刚才来时那样秘密地溜回去。”

这位大人走了，空留下我一人，我心中茫然，疑惑万分。

这位君王和他的内阁有一个习惯，即每当宫廷颁布一项残酷的判决时，不管那是为了替皇帝泄愤，还是宠臣的预谋，皇帝总要在全体内阁会议上发表演讲，表明他是怎样宽厚、仁慈，以示他这些品质是闻名天下，众所周知的。这篇演讲在全国影响很大。再没有比宣扬皇帝仁爱的颂词更让百姓害怕的了，因为谁都清楚，这样的颂词越是夸大地称赞，刑罚也就越是残酷，而受害者也就越冤枉。就比如我，说实话，不管是我的家庭还是我所受的教育，我都不配做朝臣。我不善于判断事物，因此我也看不出这一判决有什么宽大和仁慈可言，我反而觉得这与其说是宽厚还不如说是苛刻。

叙议结合

在这段语言中，小人国国王阴险、狡诈的嘴脸显露无遗。但他还要披上宽厚、仁慈的外衣，一个伪君子的形象呈现在读者眼前。

我有时想索性就去受审，我承认审判书上对我所列的几项事实，但总希望他们能对我从轻发落。但是我曾经也曾考察过许多由国家提出起诉的政治案件的审判，发现法官们总是草率地结案了事。在这紧要的时刻，面对如此有势力的敌人，我不敢相信这样危险的决定方式。

我一度想反抗，因为我现在还有自由，这个帝国就是全部力量都用上也很难制伏我，我可以很轻易地毁掉整个京城。可是，一想起我曾对皇帝发过誓，想起他对我的恩典以及授予我的“那达克”称号，我马上就打消了这样的念头。我也没有如此快就学会了朝臣们善于报恩的心态，我自我安慰说：既然现在皇帝对我这么残酷，那么我也可以放弃以前那一切应尽的义务。

最后，我做出了决定，这样做或许引来一些人的反对，那倒也不能说是不公平。我得承认，由于我匆忙行事没有经验，才保全了双眼，获得了自由。因为，若在那时我就知道了帝王与大臣们的性格，以及他们对待罪行比我轻的犯人的手段，我一定会心甘情愿地接受这么轻的刑罚。可那时由于自己年轻急躁，又得到了皇帝的许可，准我前去拜见伯赖弗什克皇帝，我便利用这一时机，趁三天限期还没有到，送了一封信给我的朋友——内务大臣，表明我已得到的许可，决定当天早上就动身前往伯赖弗什克。

词苑撷英

心甘情愿：心里愿意，一点儿也不勉强。

我没等对方回信，就独自来到舰队停泊的海边。我抓起一艘大战舰，在船头系上一根缆绳，拉起锚，将衣服脱掉，连同腋下夹来的被子一起放在船上。我拖着船，半涉水半泅渡地来到了伯赖弗什克皇家港口。

那里的人民早已等候着我了。他们派了两人来带我前去首都——伯赖弗什克。一路上我把那两人放在我手中，一直来到离城门不到两百码的地方，我叫他们去向里面报告我的到来，告诉他我在这儿等候皇帝的命令。过了一小时左右，我得到消息说皇帝已经率领皇室成员和宫廷众臣出来迎接我了。我向前又走了一百码。皇帝和所有随行人员跟着下了马，皇后和贵妇人们也都下了车，我看不出他们有什么害怕或忧虑的表情。我躺在地上亲吻了皇帝和皇后的手。我告诉皇帝，我是来践约的，我对得到自己皇帝的许可来觐见他这位伟大的君主真是感到十分荣幸。我愿意为他效劳，因为这同我对自己君王尽的责任一样。我对失宠之事没说一个字，因为我那时并没有接到正式通知，彻底装着不知道此事的样子。我已超出他的势力范围，我想皇帝不会将密谋之事公布出来的。但是不久我就发现我这回是想错了。

我不想把在这个国家受到的接待细节再给读者们讲了，总之这种接待是不枉这位伟大君王的慷慨气度的。我也不想多说我在那里既没有房子也没有床，而不得不裹着被子睡在地上等的艰难情景了。

精彩点拨

作者以漫画式的夸张手法无限夸大人物的可恶与怪诞，勾画出一幅群丑图，善于用严肃认真的甚至天真的口吻叙述渺小无聊的事，造成形式和内容诸多方面的不一致而形成一种内在的张力，从而产生了强而有力的反讽效果，以丰富的想象和生动的描写来展示讽刺性场景，通过高度概括化的细节进行辛辣的讽刺。

阅读积累

英国内阁

英国内阁是一个包括多个由首相任命的政府部门的官方体制。多数成员是高级的政府大臣，他们大多被冠以政府部门“大臣”的称号，内阁的正式成员根据惯例必须是议会议员，下院开会时，坐在前排议席，也被称为“前座议员”。

第八章

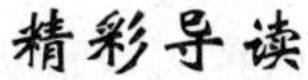

精彩导读

简要地叙述了“我”在伯赖弗什克国皇帝陛下的支持与帮助下，修补好小船，制造了船上的用具（船桨、桅杆、风帆），航行出海，途中遇到祖国的一艘商船，然后搭船回到英国。这样给《小人国游记》一个圆满的结局。

我到达后第三天，因为好奇，我来到这个岛的东北海岸。在离海岸差不多半里格的海面上，我看见了一样东西，看上去像是只翻了的船。我脱了鞋袜，涉水走了两三百码，发现那东西被海浪冲得逐渐靠近了海岸，我可看得清清楚楚，那真是一条小船，我猜想它也许是遇上暴风雨时从大船上吹下来的。我立刻回到城中，请求皇帝把上次舰队受损以后剩下的二十艘最大的军舰，以及由海军中将率领的三千水手全部借给我。这支舰队绕道而行，我则抄近路回到原来发现小船的地方，发现海水把小船又向岸边推进了很多。

> **简要说明**
> 伯赖弗什克帝国海军的规模是军舰70艘，前文格列佛拖走了五十艘，加上现剩下的二十艘。

水手们全都带着绳索，我先将它们牢固地拧在了一起。等军舰一到我立刻脱掉衣服，涉水来到离小船不到一百码的地方，水已没过胸部，我一直游到小船旁边。水手们把绳的一头扔给我，我把它系在小船前面的一个小孔里，另一头则拴在一艘战舰上。可是我发现我所有的努力根本不起作用，因为我的脚够不着水底，没有办法进行工作。于是我只好游到小船的后面去，用一只手尽可能地推着小船向前行。顺着潮水的冲力，我前进得很快，两脚慢慢地探着了水底，下巴也刚好露出了水面。

> **动作描写**
> 利落的动作描写，交代了事情的经过。可以看出，这些水手的动作相当敏捷。

休息了一会儿后，我又开始推船，直到把船推到海水没过我腋窝的地方。最困难的工作已经完成，我又取出放在一艘军舰上的另外一些绳索，将它们的一头拴在小船上，另一

头拴在我指挥的九艘军舰上。这时刚好顺风，水手们在前面拉，我就在后面推，终于将船推到离岸不到四十码的地方。潮水退后，我把小船弄出水，在两千人的帮助下，外加绳索和机械的力量，费了半天时间终于把它底朝天地翻了过来，这才发现这只小船只是受了一点小伤。

简要说明

这里作者很巧妙地与读者对话，并且向读者介绍“我”把小船划进伯赖弗什克的皇家港口。在那儿所见到的情况。

我不想将自己所经历的各种困难说给读者们听，总之我费了十天的时间做了几只桨，然后才把小船划进了伯赖弗什克的皇家港口。我一到那儿，只见人山人海，人们见这么大个庞然大物，都非常吃惊。我告诉皇帝，上天赐给我这只船真是太好了，它可以把我载到别的地方去，或许我能回到自己伟大祖国的怀抱。我请求皇帝给我一些材料，好让我把小船修好，并请他答应我离开这里。他先是好心地挽留了我好长时间，最后还是愉快地答应了我的请求。

在这段时间里我始终觉得奇怪，为什么一点儿也没有听说我们皇帝在我的事情上给伯赖弗什克宫廷来过什么紧急文件呢？不过后来有人私下里告诉我，原来皇帝陛下始终没有料到我已经知道了他的计划，他以为我只是按照他的许可去给伯赖弗什克践约了，这事本来宫廷内外都知道。他认为我朝见任务结束后，很快就会返回。不过我这么长时间没有消息，终于使他不安起来。他找财政大臣和那一帮党羽讨论过后，就派了一名大臣带上一份对我的弹劾书前往伯赖弗什克，他奉命向伯赖弗什克君王声明他主公的宽厚、仁慈，说只给我刺瞎双眼的刑罚，而我正在躲避正义的惩罚。还说如果我在两小时后还不能赶回去，就要取消我“那达克”的爵位并判我为叛国犯。这位使臣最后说，为了两国的友好交往，他的主公希望伯赖弗什克皇帝能下令将我手脚绑住送到列利波塔，以叛国罪受审。

叙议结合

用可笑的“那达克”的爵位来威胁丝毫不在意名利的格列佛，滑稽、可笑。

伯赖弗什克皇帝和大臣们商讨了三天，然后得出结果，说了许多请求原谅的客气话。他说，至于把我手脚捆绑了送回去，那是办不到的。虽然我曾夺走了他的舰队，但求和时我帮了他很多忙，他对此非常感激。而且两国君王很快就可以放心了，因为我在海边找到了一艘巨大的船，可以带我出海，他已下令在我的帮助和指导下把船修好。他希望再过几周两国就可以摆脱我这个累赘了。

使臣带着这个消息回列利波塔去了。伯赖弗什克皇帝把事情的全部经过都告诉了我，同时在非常保密的情况下对我说，如果我肯继续为他效劳的话，他也会全力保护我。虽然我相信他是真心的，但我已拿定主意，只要有可能避免，我就再也不和帝王大臣们将心比心了。我非常感谢他的一番美意，恭敬地请求他原谅。我对他说，既然上天赐给我一条船，不管会遇到什么危险，我都要冒险出海，我也不想再见这么两位伟大的君王因我而发生战争了。我并没有发现皇帝有什么难过的表情，后来我发现他也赞同我的这个决定，而他的大部分大臣也赞同。

这种种原因促使我决定提前离开这里，而宫廷中的那些人也希望我快些走，都很乐意来帮助我。五百名工人在我的指挥下把十三层最牢固的亚麻布缝在一起，为我的小船做了两面帆。我又费了好大劲才把十根、二十根或三十根最粗最牢的缆绳各拧成一股，又找了好久才在海边找到一块大石头，用它来做船锚。我得到三百头牛的油脂来涂抹船体和备用。我又砍了几根最大的树干来做船桨和桅杆。不过幸好有皇家船匠的大力帮助，我先把粗活做好，然后他们帮我细加工。

过了将近一个月，所有工作都准备好了，我就向皇帝请示，向他道别准备出发。皇帝带着皇室成员出了宫，我躺在地上，皇帝仁慈地伸出手来让我亲吻，我还吻了皇后和王子公主们的手。皇帝还送了我五十个钱袋，每个袋中有两百个“斯普鲁格”，还送了一幅他的全身画像给我，我立即就把它放入一只手套中，好好保存。告别的仪式太复杂了，就不再一一详说了。

我在船上装了一百头牛和三百头羊的肉，非常多的面包和饮料，以及四百名厨师制作的大量的熟肉。我还随身带了六头活母牛和两头活公牛，以及大群活母羊和活公羊，计划把它们带回祖国去养殖。因为要在船上喂养它们，我又带了一大捆干草和一袋谷子。我还想把十二个本地人也带走，但是皇帝不允许。除了对我的衣袋认真地搜查外，皇帝还要我

生字背囊

赘（zhuì）：多余的；无用的。

照应前文

呼应前文的“累赘”，看似挽留，实则内心却不同。

总分结合

前面具体描述道别情形，结尾概括总结。总分结合，详略得当。

以我的人格发誓不带走他的任何臣民，就算是他们自己愿意也不行。

一切都准备好了，我就在1701年9月24日早晨六点钟出发了。我向北驶了约四里格路，那时正刮着东南风，傍晚六时左右，在西北方向约半里格的地方，我看见了一座小岛。我继续向前驶去，在小岛的背风面抛下了锚。这儿没有人居住，我吃了些东西后就睡着了。这一觉睡得非常舒服，至少睡了六个多钟头，等我醒来时发现不到两小时天就亮了。那一晚天空明朗。我在太阳没出来之前就吃了早饭，然后又开始航行。这时正是顺风，我便按照指南针的指示，按昨天一样的航向驾船继续前进。我心里想着只要有可能，就把船开到大约位于凡迪门东北面的一个岛那里去。一整天一无所获，到了第二天下午差不多三点钟的时候，我估计离伯赖弗什克已有二十四里格了，我一直向正东方行驶，突然看见一艘帆船正向东南方向行驶。我大声朝那船呼喊，但船没有反应，不过风势减弱，我发现自己正慢慢靠近那艘船。

词苑撷英

一无所获：什么东西都没有获得。一无：全无。

我扬起帆加速前进，半小时后，他们发现了我，便升起了一面旗，还开了一枪。一想到我还能再次回到我亲爱的祖国和见到我的亲人，那种快乐真是无法言语。那艘船降帆慢行，我于9月26日傍晚五六点钟终于登上了这艘船。看到船上飘扬的英国国旗，我的心异常激动。我把牛羊都装到上衣口袋，带上我所有的食品和货物上了那艘船。这是一艘英国商船，经北太平洋和南太平洋然后由日本返航。船长是有名的戴浦特律的约翰·比得尔先生，他非常有礼貌，是位出色的海员。此时我们的位置在南纬三十度。船上大约有五十个人，还有一位我的老同事，叫彼得·威廉姆斯，他一个劲儿地向船长说我人很好。这位船长先生对我也非常友好，他要我告诉他我从哪儿来，又要到哪儿去。我说了个大概，可他还以为我是在编故事，或是因为我经历的危险太多而大脑有点不正常。我便从口袋中掏出黑牛和黑羊，他看了非常惊讶，这才相信我说的都是真的。然后我又给他看了伯赖弗什克皇帝送给我的金币，皇帝的全身画像以及给他讲了那个国

埋下伏笔

只写带上活的母牛和公牛，没带走本地人。为后文写自己回到英国，避免再次写小人国的人，埋下了伏笔。

家里的其他一些古怪事。我送了他两袋钱，每个里面都有两百个“斯普鲁格”，并承诺回英国后再送他一头母牛和一头母羊。

对于这次航行，我就不再多说了，总之还算顺利。我们于1702年4月13日到达唐兹。航行中我只发生过一次不幸的事，我的一只羊被船上的老鼠偷走了，后来我在一个洞里找到了羊的骨头，肉已经给吃完了。其他的牛羊我都安全地带上了岸，我把它们放在格林威治的一个滚木球场草地上喂养，那儿的草很鲜嫩，它们吃得很痛快，虽然我老怕它们吃不好。好在漫长的航行中有船长帮忙，他为我找来几块精细的饼干，研成粉末后再加上水，可当作它们每天的食物，要不是这样它们早就死掉了。接下来在英国短暂的逗留中，这些牛羊被我拿给很多贵族及其他一些人看，倒赚了不少钱。第二次出海远航之前，它们被我卖了，卖了六百多英镑。自从我回来以后，我发现它们繁殖得非常快，尤其是羊。我希望这种精细的羊毛能给毛纺业带来可观的利润。

我和家人相处了两个月，我太想去异国观光旅游了，所以就不想再待下去了。于是我给妻子留了一千五百英镑，并给她和家人在瑞德里夫买下了一所豪宅。我将其余财产随身携带，有钱也有物品，希望这些能为我赚更多的财富。我继承了大伯父约翰在衣平附近的一块田产，一年有三十多英镑的收入。我又把脚镣巷的黑公牛旅馆长期出租，大大增加了我的收入，这样我走后就不用为家人的生活担心了。我儿子约翰尼是以他叔叔的名字给他命名的，他已经上中学了，是个出色的孩子。女儿贝蒂已经出嫁，已经有了自己的儿子，那时她在家干点针线活儿。我同妻子儿女告别时，大家都流泪了。我乘了一艘载重量为三百吨位的商船，计划前往索拉坦。这艘船的船长是利物浦的约翰·尼古拉斯先生。关于这次航海的情况，我会在游记的第二部中进行描述，这里就不再多说了。

知识延伸

繁殖：指生物为延续种族所进行的产生后代的生理过程，即生物产生新的个体的过程。

词苑撷英

载重量：包括货物、燃料、储备品、船员和乘客的船舶装载总重量。

精彩点拨

格列佛初到小人国时，通过自己友善的行为获得了小人国国王和人民的好感，使得国王同意恢复他的自由并得以参观全国，但随着格列佛以后发生的一系列事件，我们对小人国的了解开始逐渐深入。当小人国遇到了外敌的骚扰，面临战争时，国王派大臣请求格列佛的帮助，格列佛很高兴地同意了，并且凭借着勇敢和在小人国人面前高大强壮的身体的优势帮助小人国赢得了战争，得到了国王的嘉奖。对于国王要霸占失败国的要求，格列佛很不同意，这也使他自己与国王间的关系破裂，为下面的章节出现的危机埋下伏笔。这时，皇后寝宫失火，格列佛急中生智，撒了一泡尿把火扑灭，谁知却让皇后大为恼怒。格列佛的仁怀宽厚和俘获伯赖弗什克帝国舰队的军功受到小人国国王的赏识，使得其大臣司卡芮什·博尔戈兰姆大为恼怒，就联络其他大臣设谋陷害，大加污蔑。于是，小人国君臣贯通一气准备除掉格列佛。格列佛听到风声，赶快逃到伯赖弗什克，最后平安回到英国。

在本章，作者为小人国的故事结束做了合情合理的结构安排，也为第二次的冒险做好了铺垫。

阅读积累

18世纪英国的毛纺业

英格兰西部诸郡是14至16世纪英国毛纺业的主要生产中心，是英国出口的宽幅优质呢绒的主要产地。西部毛纺业主要是乡村毛纺业。在西部毛纺业中，还较早出现了包买商制度和集中手工工场这些新的生产组织。然而，这个英国“原工业化”的先锋在迈向工业革命的进程中却失败了。由于羊毛供应不足和羊毛质量变差，以及东部地区新呢绒工业的竞争，西部毛纺业从17世纪后期开始走向衰落。它没有引导西部继续向工业化挺进，也未能根据形势变化而转变发展方向、找到新的经济生长点。这个中世纪晚期英格兰最富裕的地区之一，从18世纪起却成为英格兰最不富裕的地区之一。

第二部　布罗卜丁奈格游记

第一章

精彩导读

本章写“我”随同十二个水手上岸寻找淡水，水手们被巨人吓得坐舢板逃回去了，唯独“我”一人被大人国的农民发现，由农场主带回家，由阶下囚成为座上客。对比《小人国游记》与《大人国游记》，饶有趣味。《小人国游记》着重描写“小”，《大人国游记》着重描写“大”，二者都虚构得合乎情理，生动有趣。两个寓言，如本章所写，都能帮助哲学家开拓思路与丰富想象，从中吸取对社会与人生的教益。

我的性格决定我的命运，注定了我要活跃而不安定地过一生。回家才两个月，我又离开了亲爱的祖国。1702年6月20日，我在唐兹登上了“冒险号”商船，出发前往索拉坦，船长是康沃尔郡人约翰·尼古拉斯。我们一路顺风到达了好望角，在那儿上岸去取饮用水，但发现船身破了一个洞，就卸下船上的物品就地过冬。由于船长患了疟疾，所以我们只能等到三月底才能离开好望角。起航后一帆风顺，直到穿过了马达加斯加海峡。但是船行驶到那个岛的北面大概南纬五度的地方时，突然遭遇大风。据观测，那一带海上，12月初至5月初这段时间，西北之间总是吹着恒定的风。可是4月19日那天，风刮得比平时要猛烈得多，也比平时更偏西一点，这样一直刮了二十天，我们被吹到了摩鹿加群岛的东面。根据船长5月2日的观测，风停下来时，我们所在的位置大概是北纬三度。这时海上风平浪静，我真是高兴极了。虽然船长在这一带海域的航海经验非常丰富，但是他要我们准备好迎接风暴的到来。第二天风暴果然来了，开始刮起了南风，那就是所谓的南季节风。

发现风似乎刮得太猛了，我们把斜杠帆收了起来，然

知识延伸

好望角：“好望角”一名的由来有着多种说法。最常见的说法有两种：一说为葡萄牙王国的探险家迪亚士1488年12月回到里斯本后，向若奥二世陈述了“风暴角”的见闻，若奥二世认为绕过这个海角，就有希望到达梦寐以求的印度，因此将“风暴角”改名为“好望角”；另一种说法是达·伽马从印度满载而归后，当时的葡王才将“风暴角”易名为“好望角”，以示绕过此海角就带来了好运。

> **生字背囊**
>
> 桅（wéi）：竖立于船的甲板上的长杆，用来挂帆悬旗或兼做吊杆柱等。

后站在一边打算收前桅帆。由于天气太坏，我们就检查了一下船上的炮是否都已拴牢，接着将后帆也收了。船偏离航道太远了，所以我们想与其这样让它缓缓地行驶或者放下帆随波漂流，还不如侧转船身驶向前海。我们卷起前桅帆把它定住，接着将前桅帆下端索拉向船尾，船舵迎风很紧，船尾猛烈地转向风的一面。我们把前桅帆索拴在套索桩上，可是帆破裂了，我们就把帆桅收了下来，将帆放入船内，解掉了上面所有的东西。这是一场非常猛烈的风暴，大海一下子变得非常惊险。我们协助舵工紧拉舵柄上的绳索。我们没有把中桅降下来，而是让它仍旧直立着，因为这样才能使船在海上顺利行驶，我们也确信中桅直立在那里，船会更安全一些，而且在海上有操纵的余地，船就更能向前顺利行驶。风暴平息以后，我们扬起了前帆和主帆，继续行驶。随后我们又挂起后帆、中桅主帆、中桅前帆。我们船的航行方向是东北偏东，风向西南。右舷的上下角索被我们收到船边，同时解开迎风的转帆索和空中挂索，背风转帆索则通过上风滚筒朝前拉紧、拴牢，右帆上下角索也被我们收过来，这样船就满帆沿着航道行驶。

> **知识延伸**
>
> 里格：是一种长度名称。它是陆地及海洋的古老的测量单位。一里格等于3.18海里，但在海洋中通常取3海里（1海里=1.852千米，折合6000英尺），相当于5.556千米。里格通常在航海时运用。在陆地上时，一里格通常被认为是3英里（1mile（英里）=1 609.344米），即4.827千米（公里）。

这场风暴过后，又刮起了强有力的西南风，据我推测，风已把我们吹到了东面大约五百里格的地方，就是船上资格最老的水手这时也说不清我们到底是在世界的哪个角落。我们的食物还有很多，船也很坚固，并且全体船员的身体也都很健康，但是我们却非常缺少饮用水。我们觉得最好还是坚持走原先的航线，而不是转向北边去，否则我们将进入大鞑靼的西北部，驶向冰冻的海洋。

1703年6月16日，爬到中桅上的一个水手发现了大陆。17日，我们清楚地看到了一座大岛或者是一片陆地，岛的南边有一片狭长半岛与大海相连，还有一个很小的港湾，但港湾内水太浅，百吨以上的船无法停泊。我们在离这港湾一里格内的水域抛锚停船。船长派了十二名水手带着武器、各种容器乘坐长舢板上岸去寻找饮用水。我请求船长让我一起去参观这个国家，看看能不能找到饮用水。上岸后，既没有发现什么饮用水也没有发现有人的足迹。水手们因此就在海岸

边反复寻找，看看海边上是否有淡水。我则独自一人到另一边走了大概一英里，发现这地方全都是岩石，一片荒凉。我开始感到没意思，没什么好玩的东西，就慢慢朝港湾处返回。大海一望无际，我看到我们的那些水手已经上了舢板在拼命朝大船划去。我正打算向他们呼喊，却突然发现有个巨人在海水中拼命地追赶他们。他迈着大步，海水还没有到他的膝盖。但我们的水手比他快了半里格路，那一带的海水里又到处是尖锐的礁石，所以那巨人没有追上小船。这都是后来我听别人说的，因为当时我根本不敢待在那里观看会发生什么。我顺着原路拼命地往回跑，接着爬上了一座陡峭的小山，从那里我才基本看清了这是个什么地方。我发现这是一片耕地，但最使我奇怪的是那草的高度：在那片好像是种着干草的地上，草的高度高达二十英尺。

> **词苑撷英**
> 一望无际：一眼看不到边，形容辽阔。际：边。

我走上了一条大道，而在当地人眼里，那只不过是一条羊肠小道罢了。我在这条路上走了很长一段时间，两边什么也看不到。快到秋收的时候，麦子长得至少有四十英尺高。我走了一个小时才走出这一片田。篱笆围在田的周围，高度至少有一百二十英尺。树木就更不用说了，我简直没法估算出它们的高度。两块田地中间有一段台阶。台阶有四级，爬到最高一级之后还要迈过一块石头。我是没办法爬上这台阶的，因为每一级至少都有六英尺那么高，而最上面的那块石头有将近二十英尺高。我尽力在篱笆间寻找一个缺口，突然看见一个当地人正从相邻的田里朝台阶走来。这人跟我看到的在海水中追赶我们小船的那人一样高大。他有一般教堂的尖塔那么高，我估计他一步就是十来码。我十分害怕，就跑到麦田中间躲了起来。

> **衬托手法**
> 作者观察的角度从小人国进入大人国，让读者随着这一段的描写充分进入大人国的世界。

> **词苑撷英**
> 篱笆：用竹子、芦苇、树枝等编成的遮拦的东西，一般环绕在房屋、场地等的周围。

我看到他站在台阶的最上面正回头看他右边的那块田，又听到他在呼喊，声音比喇叭筒还要响好几倍，但由于那声音是从高空发出的，我开始还以为是打雷了呢。他这一喊，就有七个和他一样的巨人手拿着镰刀向他走来，那镰刀每把都有我们的长柄镰的六倍大。这些人穿得没有他那样好，像是他的仆人或者雇工，听了他的命令之后，正好来到我躲的这块田里收麦子。我尽可能远远地躲着他们，但是由于麦秆

间的距离有时还不足一英尺，我移动起来就非常困难。尽管如此，我还是设法向前移，一直到一片被风雨吹倒的麦子地。这里我就再也无法向前走一步了，因为麦秆全都缠绕在一起，我无法从中间爬过去，而落在地上的麦芒又硬又尖，穿透了我的衣服，直刺到肉里去。就在此时，我听出割麦子的人在我后面已经不足一百码了。我浑身无力，悲伤绝望到了极点，就躺倒在两道田垄间，只想着就在这里等死算了。想到我妻子要成为孤苦伶仃的寡妇，孩子要成为没有父亲的孤儿，我就十分悲伤。我又悔恨自己愚蠢、固执，不听亲友的劝告，一心想着要做这第二次航行。

词苑撷英

固执：（性情或态度）古板执着，不肯变通。

我心里非常害怕，不由得又想起列利波塔来。在那里人民全都把我看作世界上最了不起的庞然大物。在那里我可以一只手牵起一支皇家舰队，创造的其他一些伟绩，也将永远记载入那个帝国的史册。然而这一切令人难以置信，尽管有许多人可以作证。可我在这个民族中间却十分渺小可怜，就像在我们中间的一个细小的列利波塔人一样，想到这一点，我真感到十分羞愧。但是我认为这还不是我最大的不幸，因为据说人类的野蛮残暴和他们的身材是相关的，身材越高大，就越野蛮凶残。那么，要是这帮巨大的野人中有谁把我捉到，我除了成为他口中的一小块点心之外，还能奢望什么呢？显然，哲学家们的话还是对的，他们告诉我们：通过比较，万事万物才能分出大小。命运也许某天也会大发慈悲，让列利波塔人也找到一个民族，那里的人比他们还要小，就如他们比我们小一样。谁又能怀疑，就算是眼前这么高大的一个民族，会不会同样被世界上另外某个地方的更高大的人比下去呢？只不过那样的巨人我们至今还没有发现罢了。

词苑撷英

残暴：残忍凶恶。

那时我心里乱得忍不住会这样胡思乱想。这时有一个割麦人距我趴着的田垄已经不到十码了，我怕他再往前走一步，就会把我踩扁，或者被他的镰刀割成两半。因此，就在他又打算向前移动的时候，我吓得拼命大叫起来。一听到我

的叫喊声，巨人忽地停了下来，他朝下面向四周看了很长时间，终于看见了躺在地上的我。他愣了一会儿，那小心的样子就好像一个人想捉住小动物而又生怕被它咬伤一样，我在英国时，有时候捉黄鼠狼也是这样。最后，他鼓起勇气从我身后用拇指和食指捏住我的腰将我提到了他眼睛前面，他这样是为了更好地看清楚我的样子。我猜到了他的想法，幸亏当时我很冷静，他把我举到空中，离地大约有六十英尺，又怕我从他的指缝中间跌落，所以紧紧地捏住我的腰部，我暗下决心绝不乱动一下。我所能做的，只是抬头望着太阳，双眼合拢做出一副可怜兮兮的样子，又低声下气、苦苦哀求地说了几句适合我当时处境的话，因为我时刻担心他会把我摔到地上，就像我们经常对待我们想弄死的任何讨厌的小动物一样。可是我也真是运气好，他好像很喜欢我的声音和姿态，开始把我当作一件稀奇的宝贝来看。听到我发出清晰的说话声，虽然听不懂是什么意思，他还是非常好奇。这时我忍不住流起泪来。我把头扭向腰部两侧，尽可能让他明白，他的拇指和食指捏得我好痛啊。

词苑撷英

处境：所处的境地（多指不利的情况下）。

他好像听懂了我的意思，因为他随后就提起了上衣的下摆，把我轻轻地放了进去，然后兜着我马上跑去见他的主人。农场主掏出一块手帕放在手心上，示意我走上去。他的手还不到一英尺厚，所以我很轻易地就跨了上去。我想我只有顺从，但又怕跌下来，就伸直了身体在手帕上躺下。他用手帕多余的部分把我兜起来并只露出头部，这样我就更安全了。我被他这样带回了家。一到家他就把妻子叫过来让她来看我。可她被吓得大叫起来，回头就跑，就好像英国的女人见了癞蛤蟆或蜘蛛一样。可是过了一会儿，她见我举止安详，并且她丈夫让我做什么我就做什么，非常听话，也就慢慢放心了，并开始越来越喜欢我了。

神态描写

突出我在“这位妻子”眼中的不可思议。反过来由此神态再凸显大人国“人”之大。

中午十二点钟的时候，佣人把饭送来了。没什么菜，只是满满的一盘肉，装在一只直径大约二十四英尺的碟子

> **知识延伸**
> 加仑：是一种容（体）积单位，分英制加仑和美制加仑。

> **词苑撷英**
> 惊魂未定：指受惊后心情还没有平静下来。

> **心理描写**
> 尽管是一个十岁左右的小家伙，但看着他的身形，以及回想自己的经验，不和他保持良好的关系，后果可能也是不堪设想的。

里。一块儿吃饭的有农民和他的妻子，三个孩子，还有一位老奶奶。他们全部坐下以后，我被农场主放到桌子上，离他有一段距离。桌子离地面有三十英尺。我非常害怕，尽可能远离桌子边以防跌下去。农场主的妻子切下一小块肉，又在一只木盘上把一块面包切碎，然后一起放到了我的面前。我对她深深地鞠了一躬，拿出刀叉就吃了起来。大家见状非常高兴。女主人让女佣取来一只容量约为三加仑的小酒杯，倒满了酒，我非常吃力地用两只手将酒杯捧了起来，十分恭敬地把酒喝光，并且扯开嗓门用英语说："为夫人的健康干杯。"大家听到这话后全都大笑起来，我却快要被这笑声震聋了耳朵。酒的味道像淡淡的苹果酒，非常好喝。接着主人打了一个手势叫我走到他切面包用的木板那边去。大度的读者一定能理解并且原谅我，就是因为我一直惊魂未定，所以走在桌上的时候，刚好被一块面包屑绊了一跤，摔倒在了桌子上，幸好没有受伤。我立刻爬了起来，看到他们很在乎我的样子，我就拿起帽子，举过头顶挥了挥，连呼三声万岁，表示我没事。但就在我往前向我的主人走去的时候，坐在他旁边的他的那个最小的儿子，一个十岁左右的小家伙，他抓住我的两条腿并高举到半空，吓得我手脚直颤抖。幸好他父亲连忙把我从他手里夺了过来，同时狠狠地给了他一个耳光，让人把他带走，不许他上桌。这一个耳光足可以打倒一队欧洲骑兵。但是我怕这家伙以后报复我，又想起我们的孩子天生都爱捉弄麻雀、兔子、小猫和小狗，就跪了下来，指着孩子，尽可能地让主人明白，我希望他能原谅他的儿子。父亲答应了，小家伙再次回到座位上。我走过去吻了吻他的手，我的主人也拉过孩子的手让他轻轻地抚摸我。

正吃饭时，一只猫跳到了女主人的腿上。我听到身后一阵闹哄哄的声音，好像有十几个织袜工人正在工作，回头一看，发现原来正是那只猫在愉快地哼哼着，女主人正一边抚摸一边喂它食物呢。我看到了它的头和一只爪子，估算这猫有三头公牛那么大。我老远地站在桌子的另一边，与猫相距有五十多英尺。女主人也怕它会跳过来抓我，所以紧紧地抱着它，即使如此，那只猫狰狞的面孔还是让我感到十分不安。幸好并没有出现什么危险，我的主人把我放到不足三码远的地方，它连理都没理我一下。我常听人说，旅行中也亲身经历过，就是，当着猛兽的面逃跑或者表示出害怕，它就一定会来追你或者向你发起进攻。所以，在这紧要关头，我是拿定主意要表现出满不在乎。我在猫的面前毫无惧色地反复走了五六次，有时离它还不到半码远。那猫倒像是更怕我似的，身子缩了回去。至于狗，我就更不怕了。这时候有三四条狗走进屋子，这在农场主家里是经常有的，其中有一条是獒犬，有四头大象那么大，还有一条瘦长的猎犬，不如獒犬粗大，却更高些。

饭快要吃完的时候，女佣走了进来，怀里还抱着一个小孩。他一见我就放声大哭起来，那哭声从伦敦桥到切尔西那么远都可以听得见。他像一般孩子那样哭了半天就是为了要拿我去当玩具。母亲也是一再地宠爱孩子，就把我拿起来送到了孩子面前。他立刻拦腰一把将我抓住，把我的头直往嘴里塞。我吓得大叫起来，吓得这小孩子一松手就把我扔了。要不是他妈妈用围裙接住我，我非得摔死不可。保姆为了哄孩子不哭，就拿来了一只拨浪鼓。这是一个空心的盒子，里边装上几块大石头，用一根缆绳拴在孩子的腰间。但这全都不管用，她只有使出最后一招，给孩子吃奶。我得承认，这么大的令人恶心的乳房我还从未见过，它长得那么奇怪，我真不知道怎样来形容它，所以也无法对好奇的读者说清楚这乳房的大小、形状和颜色。乳房挺着有六英尺高，周长至少也有十六英尺，大约有我半个头那么大。乳房上布满了黑点、丘疹和雀斑，那颜色看起来实在叫人恶心。她坐着喂奶比较方便，而我刚好站在桌子上，离得近，所以这一切我看得清清楚楚。这使我想起我们英国的夫人们皮肤白皙细嫩，在我们眼中是多么美丽。不过那也只是因为她们的身材和我们是一样大小的原因，有什么缺点瑕疵，还要靠放大镜才能

词苑撷英

狰狞：（面目）凶恶。

知识延伸

拨浪鼓：是一种古老又传统的民间乐器和玩具，出现于战国时期。拨浪鼓的主体是一面小鼓，两侧缀有两枚弹丸，鼓下有柄，转动鼓柄弹丸击鼓发出声音。鼓身可以是木的也可以是竹的，还有泥的、硬纸的；鼓面用羊皮、牛皮、蛇皮或纸制成，其中以木身羊皮面的拨浪鼓最为典型。早期的拨浪鼓是乐器而非玩具。

看得清。我们做过试验，用放大镜看，最光滑白皙的皮肤也是粗糙不平、颜色难看的。

我觉得那些列利波塔人是世界上最漂亮不过的了。有一次我和那里的一位学者曾谈论过这个问题。那学者是我的一个朋友，他说，从下往上远看我的脸比从近处看要光滑、好看得多。他承认当我把他拿在手里和我靠得很近时，乍一看我非常吓人。他说都能在我的皮肤上看到大坑，胡子楂比野公猪的鬃毛还要硬十倍。面孔也是由很多种不同的颜色组成的，看了让人十分恶心。不过请允许我为自己辩解一下，我的相貌其实和我国的大部分男同胞是差不多，每一次旅行也并没有把我晒黑。另一方面，说起宫廷里的那些贵妇人时，他又经常跟我说，这个人有雀斑，那个人嘴太大，还有什么人鼻子过高，可我根本看不出来。我承认他的这一见解并没错，而我还是忍不住要说一说，以免读者们以为那些巨人长得真是非常丑陋难看。我得替他们说句公道话，他们是一个美丽的民族，尤其是我的主人，虽然只是个农民，但我从六十英尺的高处看他时，外貌还真是又匀称又端正。

午饭后，我的主人出去监督他的雇工了，从他的声音和手势我能看出他吩咐妻子要好好照顾我。我累得很，想睡觉，女主人也看出来了，就把我放到了她自己的床上，在我身上披了一条干净的白手帕，但那手帕比一艘战舰的主帆还要大，也粗糙得多。

> **知识延伸**
> 战舰：称作战列舰。指装有厚装甲和大口径主炮的大型军舰，是人类创造的最庞大和复杂的武器系统之一，大舰巨炮主义时代的极致产物。19世纪末到第二次世界大战期间，战列舰作为海军中最大的武装舰艇，是一个国家海军力量的标志，因此常被作为主力舰。

我睡了大概有两小时，梦见和家人在一起，一觉醒来，我发现自己孤独地在一个两三百英尺宽、两百多英尺高的大房间里，正在一张二十码宽的床上睡觉。这使我更加哀伤。女主人忙家务去了，我被锁在这间房里，床离地面有八码。由于生理上的需要，我必须下床。我不敢随便大喊，就是喊了，我睡的房间离厨房的距离又那么远，我这样的声音她根本听不到。正当处在这种情况中时，两只老鼠沿着帐幔爬了上来，在床上来回乱闻了一阵。有一只几乎跑到了我脸上，我吓得一下子爬了起来，抽出腰刀进行自卫。这两只可恶的

> **场景描写**
> 在把自己视线微缩12倍后，构筑了一个看待周围事物全新的角度，而我们生活中的老鼠，是时候出场了，让我们看到了一个精彩的画面。

畜生竟敢对我进行夹击，其中一只抬起前爪来抓我的衣领，在它还没来得及伤害我时，我就将它的肚子划开了。它倒在了我脚下，另一只看到它同伴的下场马上就跑了，但逃跑时背上也狠狠地被我划了一刀，血哗哗地流了出来。战斗结束后，我缓缓地在床上反复走动以平定心跳，恢复精神。两只老鼠有大獒犬那么大，但要灵活、凶猛得多，所以若是我睡觉前解了皮带，我肯定会被它们五马分尸吞吃掉的。我测了一下死老鼠的尾巴，发现比两码少一英寸。老鼠还躺在那里淌血，看得我直恶心，而我又无法把它拖下床去。见它还没死，我就在它脖子上猛砍了一刀，这才完全杀死了它。

不久后，女主人推开门一看，看到我浑身是血，急忙把我拿到手中。我指了指死老鼠，又笑着给她做手势表明我没事。她开心极了，叫来女佣用火钳夹住死老鼠把它扔到了屋外。接着她把我放到了桌上，我把沾满了血的腰刀拿给她看，又用上衣的下角把刀擦拭干净，然后放回刀鞘。这时我急切地要做一件别人无法代劳的事情，于是竭力让女主人清楚我的意思。她把我放在地上之后，我就羞答答地指指门向她连鞠几躬，除此我找不到别的办法来进一步表达我的意思了。这个聪明的女人终于知道我要干什么，就又用手拿起我，走进花园，然后把我放了下来。我走到一边，离她约有两百码，示意她不要跟着来或看我，然后躲在两片酸模树叶之间解决了生理上的需要。

我希望尊敬的读者能原谅我啰啰唆唆说这些琐碎的事。在一般的俗人看来，这些或许没有意义，但它们能帮助哲学家丰富想象，扩展思维，对公众与自己都有好处。这也就是我将这篇游记和其他几篇游记公开的唯一目的。我讲述的都是事实，根本没有在学问或风格上卖弄炫耀的意思。这次旅行发生的所有事情我都历历在目，深深地刻在我的心里，因此在诉诸文字时没有漏掉一个重要事件。然而经过严格校对，我还是省略了初稿中比较次要的几个段落，怕读者指责我的游记冗长和琐碎。旅行家们经常受到这类指责，倒也是合乎情理的。

精彩点拨

“这使我想起我们英国的夫人们皮肤白皙细嫩，在我们眼中是多么美丽。不过那也只是因为她们的身材和我们是一样大小的原因，有什么缺点瑕疵，还要靠放大镜才能看得清。我们做过试验，用放大镜看，最光滑白皙的皮肤也是粗糙不平、颜色难看的。”在这段文字中，作者用非常科学的办法，提醒着我们，看似最光滑白皙的皮肤，在放大镜下也是粗糙不平的，如果是在显微镜下，那更是另有乾坤了。

阅读积累

皮　肤

人类皮肤用显微镜放大“亿万倍”的样子，原来人就是一个宇宙。

平常肉眼看不见的微观世界，通过显微镜就可以看清，那你知道当人的皮肤放大到亿万倍之后又是怎样呢？我们的皮肤隐藏着一个肉眼看不见的小世界，经过高倍放大之后，出现了一幅奇异的景观。发根像树干，长在生态复杂的地区，孕育各式各样的生物，几乎每一根汗毛都可发现微小真菌的踪迹，各式各样的真菌寄居在毛发和皮肤上，数量成千上万，真菌跟我们形影不离，演化过程中一直寄宿在我们身上，早已在我们的皮肤上，找到固定的栖息处所。每个人的睫毛根部都长着许许多多小毛囊脂螨，虽对人无害，然而它们存在的原因和功能还有待研究，显微镜下各式各样的人体表面，也可能被比较不受欢迎的宿客霸占，我们皮肤上温湿的部位也是微生物聚集的地方，细菌是形态最简单的自由活动生物，如影随形地跟着我们，单单一个细菌，在短短八小时内就能繁殖到百万以上，无论我们怎么清洗，皮肤上总有数百万个细菌，我们每个人身上都是一个巨大的看不到的动物园。

在显微镜下观察手掌，一厘米的距离，可以看清手掌上的纹路，这也是肉眼可见的最大程度。

放大了十倍就看见了皮肤里的毛孔。放大到100倍，就可以清晰地看到皮肤组织了。放大到1000倍以后，就可以看到了单独的细胞了，如果仅仅看到这个，很难想象这和皮肤有什么关系。再放大到一万倍的时候，就可以清楚地看到细胞里的细胞核。如果再放大到10万倍，我们就可以看到染色体了。再继续放大到100万倍，就可以看到DNA了。当这些放大到1000万倍后，就可以看到这些颗粒组成DNA。放大到一亿倍，就看到电子云，电子是一种微观粒子，在原子如此小的空间内作高速（接近光速3×108m / s）运动。在电子云的基础上再放大一万倍，就可以看到原子核。如果再在原子核的基础上放大100倍，就已经超出了人类认知的范畴了。

第二章

精彩导读

“我”的主人拿“我”表演赚钱。最先在邻近的镇上给赶集市的人演，以后在主人的家为本村人演，最后在去京城的旅途中演，演了一路，演演走走，三千英里走了两个多月（从1703年8月17日到同年10月26日）。指导“我”演出的是农场主的九岁女儿，她是关心“我”，照顾“我”，爱护“我”，平时教“我”该国的语言，临场指导“我”表演的“保姆”和“老师”。我们的关系可以说是亲密无间，形影不离。

他们有一个九岁的闺女，就这个年龄来说，是个聪明的孩子，针线活儿也做得好，而且很会打扮娃娃。她和她母亲临时给我做了一只婴儿用的摇篮让我晚上睡觉。摇篮放在一个衣柜的小抽屉里，因为怕有老鼠来伤害我，抽屉被他们放在一块悬空的吊板上。我和这一家人在一起生活的岁月里，这就是我的床。后来我开始学习他们的语言，使他们明白我的需求，那床也就被改造得越来越方便舒适。这小女孩十分聪明，我只当着她的面脱过一两次衣服，她就会给我穿衣脱衣了。不过，只要她愿意让我自己动手，我是从来不会去麻烦她的。她给我做了七件衬衣，还有一些内衣，用的都是最精细的布，其实在我看来这些布比麻袋还要粗。她经常亲自给我洗衣服。她还是我的语言老师，我每指一样东西，她就告诉我用他们的语言怎么说，这样，过了几天，我想要的东西，我都可以叫出名字来了。

她性格温和，身高不到四十英尺，在她那个年龄算是小个子了。她给我起了个名字，叫“格里尔特里格”，全家人都这样称呼我，后来所有人也都这么叫我。我能在那个国家生存下来，都要归功于她的照顾。我在那里的时候，我们从

简要说明

18世纪—19世纪的英国社会正处于从农业社会向工业社会的转型时期，英国女性还没有选举权，每个家庭对女孩的教育更多地承袭传统的社会角色，处于附属和边缘化的地位。

词苑撷英

温和：（性情、态度、言语等）不严厉，不粗暴，使人感到亲切。

词苑撷英
郑重：严肃认真。

不分离。我管她叫我的“哥拉莫达尔克立契”，意思是小保姆。我若不在这里郑重地提一下她对我的关爱和爱护，那我真是太没良心了。她值得报答，我由衷地希望我能够报答她对我的恩情。可我总是很担心，她会因为我的存在而蒙受耻辱，而且我的担心是有理由的。

现在这件事很多人都知道了，大家开始议论说我的主人在田地里发现了一个怪物，大约有一只“斯扑拉克那克”那么大，形状却非常像人。它还能模仿人的行为，仿佛有它自己的语言，也学会了几句他们的话。它能挺着身子用两条腿走路，温顺，懂礼貌，叫它来它就来，让它干什么它就干什么。它长着世上最漂亮的四肢，皮肤比贵族家中三岁的女儿还要白皙。有一个农民，就住在附近，他和我主人的关系非常好，曾经特意来打听这个故事是不是真的。我的主人马上把我拿了出来放到桌上。我按照他的指示在桌上走动，抽出腰刀又放回刀鞘。我向主人的朋友致敬，用他们的话向他问好，又说欢迎他的到来，这一切全都是按照我的小保姆教我的话说的。这个人老眼昏花，戴上眼镜想把我看个清楚。这一戴，却叫我忍不住大笑起来，因为他的眼镜就像两个从窗户照进房间来的圆月。这一家人知道我是为什么而发笑时，也和我一样大笑起来。老头子呆头呆脑，竟非常生气，脸色也变了。对我不幸的遭遇而言，说他是个守财奴真是一点也不冤枉他。他给我的主人出了一个坏主意，让我主人趁赶集的日子将我带到附近的镇上去展览。那镇离我们家差不多二十二英里，骑马只需半小时。我看到主人和他的朋友悄悄说了老半天，有时还指指我，就怀疑他们是在打什么坏主意了。他们说的一些话，有几句我还听明白了。我一害怕就胡思乱想起来。

词苑撷英
老眼昏花：老年人视力差，看东西模糊。

埋下伏笔
推动情节发展的关键人物就是邻居老农民。

可是第二天清早，我的小保姆哥拉莫达尔克立契就将整个事情从头到尾地告诉了我，是她巧妙地从她母亲嘴里打听到的。善良的小姑娘把我抱在怀里，然后又羞又恼地哭了起来。她怕那些粗鲁的俗人会伤害我。他们把我拿在手里时说不定会把我捏死或者弄断我的手脚。她又说我的性格是那么朴实善良，又那么注重自己的面子，现在要让我去给一伙

最无耻的人表演，那简直是非常大的羞辱。她说父母都已答应她了，“格里尔特里格”是她的，可现在他们看起来又要像去年那样来欺骗她了。那时他们假装给她一只小羊羔，可等羊长肥壮后，他们就把它卖给了屠户。至于我自己，说实话，倒并没有我的小保姆那样担心。我一直怀有一个强烈的愿望，希望终有一天我能恢复自由。至于被人当成怪物带着到处跑这样下流的事，我就把自己当作这个国家里的一个完全的外乡人，也许将来回到英国，人们也会因为我有这样的不幸遭遇而同情我，因为就是大不列颠皇帝自己，处在我这样的位置，也同样要遭受这种不幸的。

主人听取谗言，等到赶集的日子就把我用箱子装着带到集市上。他带上了小女儿，也就是我的小保姆，让她坐在他身后的马鞍上。箱子四面封得非常结实，只有一个小门让我出入，还有几个透气的小洞。小姑娘真是想得全面，也把娃娃床上的被褥拿来放到了箱子里，好让我一路躺着。虽然只有半小时的路程，我却被颠坏了，觉得非常难受，因为那马一步就是大约四十英尺，箱子好像大风暴中摇摆不定的船只，甚至摇摆得比船更为频繁。我们的路程仿佛比从伦敦到圣奥尔班还要远一些。我主人在一家他经常来的小旅馆前下了马。他先和旅馆主人商量了一番，接着做了一些必要的准备，然后又雇了一名“格鲁特鲁德”，就是镇上的通报员，通知全镇人到绿鹰旅馆来欣赏一个怪物：它比一头“斯泼拉在那克”还小，全身上下处处跟人一样，会说几句话，还能表演一百种有趣的杂耍。

他们把我放到旅馆最大的房间里的一张桌子上，这房间面积大概有三百平方英尺。我的小保姆紧挨着桌子站在一张矮凳子上，一边照顾着我，一边指挥我表演。我主人怕人们拥挤，每次只允许三十个人进来看我。我按照小保姆的指示在桌子上来回走动。她用我听得懂的几句话向我提问，我就尽量扯高嗓门来回答她。我几次在桌上绕行，面向观众致敬，并说欢迎他们的光临，还说了我学会的其他一些话。哥拉莫达尔克立契给我拿来了一个针箍大小的容器做酒杯，我拿起这盛满酒的杯子，为各位的健康干杯。我抽出腰刀，

侧面描写

作者用一个“又”字，表明欺骗时时发生，大人对小女孩的承诺完全没有放在心上。

知识延伸

大不列颠：是一个位于欧洲西方外海的岛屿，分为英格兰、苏格兰、威尔士三部分，以及周围一些小岛，目前为英国控制。

词苑撷英

杂耍：指曲艺、杂技等。

按照英国击剑家的动作表演了一番。保姆又给了我一支麦秆儿，我拿它当枪耍了一会儿——这玩意儿我年轻时曾经练过。

那天我共表演了十二场，常常被迫一次又一次地重复那些无聊的表演把戏，累得快死了，我非常痛苦。那些看过我表演的人都赞不绝口，所以观众越来越多，几乎都要冲进门来了。我主人为了他自身的利益，除了我的小保姆外不允许任何人碰我。他怕出危险，就在桌子周围设了一圈长凳，把我与人们远远地隔离，让谁也碰不着我。但是，一个小捣蛋鬼拿起一只榛子对准我的头直扔了过来，差点击中了我。那榛子来势凶猛，如果击中了，我一定会没命，因为它大约有一只小南瓜那么大。不过我很高兴看到这小无赖被痛打了一顿，并被赶出了房间。

我主人当众宣布，演出结束，等到下一次赶集再会。同时他也为我准备了一辆更为方便舒适的车子。他这样做是很有道理的，因为第一次旅行下来我已筋疲力尽，加上连续表演了八个小时，两条腿都快要断了，连话都说不出来。至少休息了三天，我才恢复了体力。可是我在家中也不能好好休息，因为周围一百英里内的先生们知道了我的事情后，都赶到我主人的家里来看我。当时带着全家来看我的人至少有三十个。每一次我主人让我在家表演时，即使是给一家人看，他也要按照满屋子的人来收钱。虽然那段时间我没有被带到镇上去，可是每个星期只有星期三——他们的安息日——我可以休息外，天天都得表演。

主人觉得我可以为他赚大钱，就计划把我带到全国各地去表演。长途旅行所必需的一切东西都准备齐了，又安顿好了家中的事，1703年8月17日，也就是我到这地方后大概两个月的时候，我们告别了他的妻子，出发前往靠近该帝国的中部，离家大约三千英里的首都。我主人让他女儿哥拉莫达尔克立契骑在马上坐在他身后。她把装我的箱子系在腰上，抱在怀里。箱子四周她都用最柔软的棉布铺好，棉布下面铺得厚厚的。她把婴儿的小床放在了里面，又给我准备了内衣和其他一些必需品，尽可能把一切弄得方便舒适。我们

词苑撷英

赞不绝口：赞美的话说个不停，形容对人或事物十分赞赏。

情景描写

看似节外生枝，却又是有机的整体，不仅情节更加有趣，尤其突出了本篇“游记”所表现“大人国”的大。

词苑撷英

筋疲力尽：形容非常疲劳，一点儿力气也没有了。筋：筋骨；尽：完。

没有其他随行的人，只带了一个男仆，他带着行李骑马跟在后面。

我主人打算一路走一路表演，而且，只要有生意，就算离开大路走上五十或一百英里到村子上或者大户人家去演出他也愿意。我们一路上慢慢地走，一天走不到一百五六十英里。哥拉莫达尔克立契为照顾好我，就老是抱怨说马把她颠累了。她时时按照我的要求把我从箱子里拿出来，让我呼吸新鲜空气，欣赏美丽的风光，不过总是用一根绳子将我牢牢地牵着。我们经过了五六条河，这些河比尼罗河和恒河要宽得多，也深得多，像伦敦桥畔的泰晤士河那样的小溪根本没有。我们在路上一共走了十个星期，除了在许多村庄和大户人家表演外，我还在十八个大城市表演过。

10月26日，我们抵达首都，用他们的话说叫作“洛布洛格鲁德”，意思是“宇宙的骄傲”。我主人在邻近的一条主街道选了一个合适的住所，照例贴出广告，把我的情况详细做了介绍。他租下一间三四百英尺宽的大屋子，又准备了一张直径六十英尺的圆桌，我就要在这上面演出。又在离桌边三英尺的地方围了一周三英尺高的护栏，这样就可以避免我跌下桌子去。我一天演出十场，所有人看了都惊叹不已，非常满意。现在我说他们的话已经说得相当流利了，他们对我说话，每个词我都能听懂。此外，我还学会了他们的字母，还能不时地勉强解释几个句子。在家时哥拉莫达尔克立契就一直是我的老师，旅途中空闲时她也常教我。她口袋里装了一本与《三松地图册》差不多大小的小书。这本来是一本给姑娘们看的书，内容是关于他们的宗教的概述。她就用这本书来教我字母，并且解说单词的意思。

知识延伸

泰晤士河：是英国著名的“母亲”河。也称泰姆河，发源于英格兰西南部的科茨沃尔德希尔斯，全长346千米，横贯英国首都伦敦与沿河的10多座城市，流域面积13000平方千米，在伦敦下游河面变宽，形成一个宽度为29千米的河口，注入北海。

词苑撷英

惊叹不已：满口赞赏和赞叹。

精彩点拨

在本章里，作者交代了通过“我”的小保姆“哥拉莫达尔克立契”，“我”逐渐学会了布罗卜丁奈格国的语言，但是被贪财的农民强迫，用箱子装着带到了邻近的市镇上去进行表演，这又为故事的发展埋下了伏笔。

阅读积累

欧洲启蒙运动

从17世纪后半期起，书籍、报纸、杂志、戏剧、音乐、绘画等各种文化品的消费不断增加，这一迹象可以从当时人的日记、家庭财产目录、破产记录、遗嘱中看得出来。到18世纪，文化艺术不再是国王、朝臣、贵族和神职人员的独占禁地，不再是圈囿于宫廷的文化消费，而是成为大众的财产，成为商业化的文化消费，成为分散在咖啡馆、俱乐部、读书协会、剧院、音乐会、画室和拍卖行等文化活动场所的大众化消费品。

18世纪欧洲启蒙运动时期，戏剧表演艺术在法国、德国、意大利、英国都有发展。在法国，启蒙运动的主将狄德罗根据历史的要求提出建立市民戏剧、严肃喜剧的纲领，剧作家博马舍则为这种新兴戏剧提供了实践的范例。在德国，莱辛成为民族戏剧的创始人，到70年代，狂飙突进运动推出了伟大的剧作家歌德和席勒。英国启蒙戏剧的成就远不像文艺复兴时期那样辉煌，道德的批判和宣传，使大量剧作带有说教味道。喜剧作家菲尔丁、哥尔德斯密斯和谢里丹堪称代表。在意大利，长期流行的即兴喜剧的传统，造就出启蒙剧作家哥尔多尼，他的喜剧作品对后世有很大的影响。

第三章

精彩导读

本章写了五方面内容：一是皇后用一千金币从农场主手里买了“我”，实际上挽救了几乎劳累至死的“我”。二是三位大学者在皇帝面前辩论“我”的存在与生存问题。三是皇帝在餐桌上向“我”询问“我”的祖国的情况，并发表评论。四是浓墨重彩、生动有趣地写了皇后用餐的情景。五是侏儒对“我”的两次恶作剧。

因为每天疲惫过度，几周下来，我的身体发生了很大的变化。我的主人却越来越贪心。我胃口大减，瘦得几乎只剩一把骨头了。他瞧我这德行，以为我肯定是活不长了，就打算尽可能地从我身上多捞一把。他正计划怎样打发我时，从宫廷来了一个“斯拉德拉尔”，也就是引见官，命令我主人马上把我送进宫给皇后和贵妇们表演取乐。有几位贵妇看过我的演出，她们把我的外貌、举止、见识等作为奇怪的事情向皇后做了报告。皇后和服侍她的那些人对我的行为举止非常欣赏。我双膝跪下，乞求能有幸亲吻一下她的脚。然而我却被放到一张桌子上，之后这位仁慈的皇后却把她的一个小手指头伸给了我。我立刻伸出双臂一把抱住，以最尊敬的态度在她的手指头上亲了一下。她问了我几个关于我的祖国和我的旅行情况的简单问题，我都尽量给她解答清楚。她问我是否愿意住在皇宫里。我深深地鞠躬，一直到桌面，毕恭毕敬地回答说，这要问我的主人，但如果我能自己做主的话，能终生为皇后陛下效劳，真是我莫大的荣幸。她接着就问我的主人是否愿意将我高价卖给她。我主人怕我一个月都活不到了，正求之不得，就要了一千金币。皇后下令当场就把钱给了他。每个金币差不多有八百个莫尔多那么大，但是若我

词苑撷英

宫廷：1. 是指由帝王及其大臣构成的统治集团。2. 帝王居住和处理朝政的处所，比如宫廷生活。3. 泛指房屋。以喻范围。

词苑撷英

毕恭毕敬：形容十分恭敬。

们仔细想一下这个国家的每样东西和欧洲的每一样东西之间的比例，再按照金子在他们那儿的价值来估算一下，这一千金币的价值还不如英国的一千个几尼。随后我就对皇后说，既然我现在是皇后陛下最卑微的奴仆了，就请求陛下准许，收下哥拉莫达尔克立契为陛下效劳，同时也继续让她做我的保姆和老师。长期以来她一直照顾我，那样友好，那样善良，而且她知道该怎样照顾我。皇后答应了我的请求。取得那农民的同意自然也不难，女儿被选入宫当然是件非常开心的事。我的旧主人和我道别，说他给我找到了一个好去处，然后就离开了。我一句话都没说，只微微地躬了躬身。

> **正面描写**
> 小保姆哥拉莫达尔克立契在第二卷的描写有不少，作者是怎样刻画这位小姑娘呢？大家在本卷中一一把它找出来。

皇后看出我的态度，等我的主人走后，就问我这是为什么。我大胆地对皇后说，我并不欠我的旧主人什么情，要说欠他什么，也只是他没有将在他地里偶然发现的一只可怜无害的小动物砸个稀巴烂而已，而这点情我现在已算完全报答他了。他拿着我在半个王国表演，赚足了钱，现在又把我卖了个好价钱。我跟了他以后过的那生活实在太苦了，就是一个体力比我强十倍的动物也要被活活累死。一天当中我一直不停地给一帮乌合之众卖力表演供其享乐，我的健康因此受到极大的损害。如果不是因为我已经生命垂危，陛下也许就买不到这么一件便宜货了。但是现在我一点不用害怕再会受到虐待了，因为有这么一位伟大而善良的皇后保护着我，她给万物添光彩，她是世界的宠儿，万民的福气，造物主的灵魂。我的旧主人担心我会死，我希望那担心再也没有用，因为我感觉到，受皇后陛下仁慈的庇护，我的精神已经开始恢复。

> **词苑撷英**
> 乌合之众：指无组织无纪律的一群人（乌合：像乌鸦那样聚集）。

我在表达方面还不是那么流利，我说得吞吞吐吐，也很不正确，后半段完全是那里人特有的一种风格，有些词句还是哥拉莫达尔克立契带我进宫时教我的。

皇后不但对我表达方面的不足表现出极大的宽容，而且十分惊奇这么小小的一个动物竟会这么聪明而有见识。她亲自将我带到皇帝那儿。皇帝这时已经进了内宫，这位君王神情庄严肃穆，他开始并没有看清我的模样，我趴在皇后的右手里，他还以为是一只“斯扑拉克那克”呢，就不耐烦地向

皇后说，什么时候喜欢上“斯扑拉克那克”来了？皇后非常聪明幽默，她把我轻轻地放在写字台上，叫我自己向皇帝介绍。我就非常简要地对他寒暄了几句。在内宫门口侍候的哥拉莫达尔克立契是一会儿也离不开我，这时就被召了进来，证实了我到她家里以来的全部经历。

皇帝非常博学，不输给他国家的每一个学者。他研究过哲学，特别是数学。尽管他看明白了我的样子，见我站直了身子在那里走路，但是在我开口说话之前，他还以为我可能是哪位能工巧匠设计出来的一件钟表之类的机械呢。可是当他听到了我说话的声音，发现我说话的内容非常有条理时，他开始吃惊起来。我向他讲述我是怎么来到他的王国的，他却怎么听都不相信，以为是哥拉莫达尔克立契和她父亲编好的一段故事，他们教我这么说，这样就可以把我卖个好价钱。他这么怀疑着，就又问了我另外一些问题，得到的仍然是合理的回答。我只是说话带点外国口音，运用他们的语言表达不够熟练，还夹杂了一些在农民家里学到的乡下土话，与宫廷里文雅的风格有些不合，除此之外，并没有什么其他的缺点。

皇帝召来了三位大学者，这周是他们值班。学者轮流听从皇帝召唤是这个国家的规矩。这几位先生先是仔仔细细地把我的样子察看了一番，然后就开始对我议论开来。他们都认为，按照大自然的一般规律，是不可能产生我这个人的，因我生来就没有能力保护自己，行动很慢，不会爬树，也不会挖地洞。他们十分精细地察看了我的牙齿，认为我是一头食肉动物。可是，与大多数四足动物相比，我根本不是它们的对手。田鼠之类的动物也都比我灵活，他们很难想象我是如何生存的，除非我吃蜗牛或者别的昆虫。可他们又提出了很多科学的论证，证明我是不可能吃那些东西的。其中有一位学者认为我可能是一个胚胎，或者是一个早产婴儿。但这一观点马上遭到另外两位学者的反对，他们看我的四肢已经发育健全，而且生活了好多年了，这从我的胡子可以看出来。他们用放大镜可以清楚地看到我的胡子茬。

他们承认我不是侏儒，因为再没有比我小的人了。就是

知识延伸

哲学：关于世界观和方法论的理论体系。世界观是关于世界的本质、发展的根本规律、人的思维与存在的根本关系的认识，方法论是人类认识世界的根本方法。方法论是世界观的功能，世界观决定方法论。

知识延伸

胚胎：是怀孕最初两个月内的幼体。

皇后最宠爱的侏儒，他在这个国家是最矮小的了，身高也大约有三十英尺。他们讨论了半天，最后得出一致的结论，说我只是一个“瑞尔普兰姆·斯尔卡斯”，照字面意思讲就是“大自然的玩笑”。他们这种决断方法与欧洲现代哲学的精神完全一样。欧洲的现代哲学教授们对不明事理就逃避的老一套很鄙视，而亚里士多德的门徒就企图用那老办法来掩盖他们的愚昧。欧洲现代哲学教授们发明了这种可以解决一切困难的妙方，使人类知识得到了难以表达的进步。

讽刺手法

通过这段文字，体会作者辛辣的笔调，作者对欧洲的哲学家的讽刺，让我们看到现实主义的风格。

当他们得出结论以后，我请求说几句话。我对着皇帝说，我的确是从另一个国家而来，那儿像我这样的人有许多，那里的动物、树木和房屋都具有相应的比例。因此，就像陛下的每一个臣民在这里能够保护自己、谋生一样，我在自己的国家里也同样可以保护自己和谋生。这也就是我对那几位学者的论点的全部回答。他们听了只报以轻视的一笑，说那农民把我教得非常好。皇帝的见识毕竟要多得多，他屏退了那几位学者，派人把那农民招来。碰巧，农民这时还在城里。皇帝先私下盘问那农民，接着再让他跟我和小姑娘对证，这才开始相信我们告诉他的有可能是真的。他请求皇后必须要好好照顾我，也表示哥拉莫达尔克立契可以留下来继续照顾我，因为他已看出我俩十分要好。宫里给她准备了一间舒适的房间，指派一名女老师负责教育她，还有一名宫女服侍她，又命两名仆人给她做些粗活，她就专门负责照顾我。皇后命令给她自己制作家具的木工为我设计一个箱子用来做我的卧室，但样式必须先经过哥拉莫达尔克立契和我的同意。那人真是个巧匠，按照我的要求，只花了三周的时间就给我做成了一间十六英尺见方、十二英尺高的木房子。那房间有可以推上推下的窗子，有一扇门，还有两个衣橱，就像一间伦敦式的卧室。用作天花板的木板通过两个铰链打开或者关上，木工为我做的一张床，就是从上面放进去的。

每天哥拉莫达尔克立契都要把床拿出来晒一晒，晚上再放进去，之后再加锁把我关在里边。有一名以制作稀奇小玩意出名的工匠用一种相当于象牙的材料，给我做了两把带靠背和扶手的椅子，还做了两张带柜的桌子，我可以用它来

细节描写

每天拿出来晒，再放进去。表现哥拉莫达尔克立契对我的关爱有加。

放其他一些东西。房间的四周包括地板和天花板都铺得厚厚的，以防那些搬运我的人不小心酿成事故，就是坐马车，我也不会被颠坏。我要求在门上安把锁，以免老鼠跑进来。铁匠试了很多次才打出了他们那里从没有见过的一把小锁。据我所了解，英国有一位绅士家门上的锁比这把还要大些。钥匙都设法被我留在自己的口袋里，怕哥拉莫达尔克立契弄丢了。皇后又吩咐找出最薄的丝绸给我做衣服，但那丝绸和英国的毛毯一样厚，穿在身上非常不舒服，后来穿习惯了才好一些。衣服是照这个国家的样式做的，又有点像波斯服，有点像中国的风格，倒也庄重大方。

皇后十分乐意让我陪着她，没有我她就吃不下饭。她吃饭时，要在饭桌上她左胳膊旁边摆一张桌子和椅子给我用。哥拉莫达尔克立契站在放在地上的一张小凳子上，紧挨着我的桌子以便照顾我。我有一整套银制的碗碟和一些必备餐具，跟皇后的餐具比起来，它们就像我在伦敦一家玩具店看到的用来做娃娃房里摆设的餐具一样大小。我的小保姆把这套餐具放在她口袋里的一个银盒子里，等吃饭时才给我拿出来，平时她总是亲手把它们洗得干干净净。和皇后一块吃饭的只有两位公主，大的十六岁，小的那个才十三岁零一个月。皇后总是喜欢把一小块肉放到我的盘子里让我自己切着吃。她喜欢看我一口一口地吃东西，把这当成一种趣事。皇后胃口其实并不大，但一口相当于十二个英国农民一顿饭的饭量。见她这样子，我有一段时间觉得十分恶心。她能将百灵鸟的一只翅膀一口嚼得粉碎，而那翅膀有九只肥大的火鸡那么大。她向嘴里塞一小块面包，但那也有两个十二便士的面包那么大。她用金杯喝饮料，在我看来一口能喝下一大桶。她的餐刀相当于两把镰刀拉直了那么长，汤匙、叉子和其他餐具也都成一定的比例。记得有一次出于好奇，哥拉莫达尔克立契带我去宫里看一些人吃饭，十几把像这样巨大的刀叉一齐举起，这场面非常恐怖，我从未见过。

我前面已经说过，星期三是他们的安息日，每到这一天，皇帝、皇后和王子、公主们都要在皇帝陛下的内宫里一起用餐。现在我已是皇帝的大宠臣了，每逢这时，我的小桌

知识延伸

火鸡：亦称吐绶鸡，是在墨西哥的瓦哈卡地方首先驯化成家禽的，于15世纪末输入欧洲，引入中国的时间更晚。火鸡现在北美洲的南部还有野生的。和其他鸡形目鸟类相似，雌鸟较雄鸟小，颜色不鲜艳。

知识延伸

安息日：是犹太教每周一次的圣日，教徒在该日停止工作，礼拜上帝。犹太教根据《圣经·创世记》关于上帝在六日内创造天地万物，第七日（星期五日落至星期六日落）休息的记载，定该日为安息日。

椅就会被他们放在皇帝左手边一只盐瓶跟前。这位君王很喜欢同我交谈，向我了解关于欧洲的风俗、家教、法律、政治和学术方面的情况，我尽力一一讲给他听。他头脑清晰，判断准确，无论我说什么他都能发表他自己聪明的感想和意见。不过我得承认，一说到我伟大的祖国，谈起我们的贸易、海战和陆战、宗教派别和国内的不同政党，我就滔滔不绝。他所受的教育使他对此不以为然，终于忍不住用右手把我拿起来，又用另一只手轻轻地抚摸我，一阵大笑过后，问我是一个辉格党还是托利党。他接着转过身去对他的大臣说，人类的尊严实在不值得一提，像我这么点大的小东西都可以模仿。接着，他又说："我敢肯定这些小东西一定也有他们的爵位和官衔，他们造了一些小窝小洞就算是房屋和城市了，他们装饰打扮得人模人样的，他们谈情说爱，他们打仗、争辩、欺诈、背叛。"

讽刺手法

作者借大人国皇帝之口，对英国进行辛辣的讽刺。

他就这样不停地说下去，我的脸被气得时红时白。我那高贵的祖国可以抗衡法国，它是欧洲的仲裁人，是美德、虔诚、荣誉和真理的中心，是全世界向往和我自己感到骄傲的地方。这样一个高贵的国家，想不到他竟这样贬低它。

就我当时的处境而言，我不应该对他说这些话，认真考虑过后，我是否受了伤害连我自己也在怀疑。因为几个月下来，我已经习惯了这个国家，听惯了他们的言语，眼中所见的每一件事务也都大小比例协调，开始见到他们身躯与面孔时的恐惧如今已消失。若这时候我要看见一群英国的老爷太太们穿着华丽的生日礼服，在那里装腔作势，昂首阔步，点头鞠躬，空谈闲聊，说实话，我很有可能会嘲笑他们，就像这里的皇帝及其大臣嘲笑我一样。

皇后经常把我拿在手里和她一起站在一面镜子前面，这样我就能完全看到我们两个人在一起的样子，这个时候，我就禁不住要取笑自己了。再没有比这样的对照更可笑的了。我因此真的开始怀疑，我的身材已经比原来缩小了好几倍。

知识延伸

侏儒：身材异常矮小的人。这种异常的发育多由脑垂体的功能低下所致。

最使我气愤、最让我耻辱的莫过于皇后的侏儒了。他是这个国家个子最矮的人，可自从看见我比他还要小很多，他就骄傲无礼起来。每次我在皇后的接待室里站在桌上和宫里的老爷夫人们说话时，他总喜欢摆出一副清高的样子从我身旁走过，还总要说一两句讽刺我矮小的话。每当这个时候，作为报复，我只能冲他大喊：“兄弟，我要跟你决斗！”或者说几句宫廷小听差常说的俏皮话。一天吃晚饭的时候，我说的一些话激怒了他，这坏蛋竟站到皇后的椅子上，一把将我拦腰抓起，扔进一只盛有奶酪的大银碗后撒腿就跑。我当时正要就座，没想到他会害我，结果整个人掉进了碗里，若不是我擅长游泳，很可能就要吃大亏。哥拉莫达尔克立契那时恰好在房间的另一头，而皇后则吓呆了，一时不知怎样救我才好。可我的小保姆还是急忙跑过来救了我，把我提了出来，这时我早已吃了半夸脱多的奶酪。我被她放到了床上。不过我除了弄湿一身衣服外，并没有受到任何什么伤害。侏儒挨了一顿毒打。作为惩罚，他被迫把碗里的奶酪全部喝光了。从此他再没有得宠，因为皇后不久就把他送给了一名贵妇人。我以后再没有见到他，这使我感到十分高兴，因为若不是这样，我真不敢想这么一个坏蛋还会用什么卑鄙的手段来报复我呢。

以前他也是和我玩过一场卑鄙的恶作剧，博得皇后开怀大笑，不过同时她也确实怒了，要不是我替他求情，皇后当时就让他离开了。皇后从盘子里拿出一块骨头，敲出骨髓后又照原样把骨头直立在盘子里。那侏儒见哥拉莫达尔克立契不在，就爬上她照料我用餐时站的凳子，两只手把我捧起来，捏拢我两条腿就向骨髓中间塞，一直塞到我的腰部。我被卡在里边半天不能动弹，样子非常狼狈。我想大约过了有一分钟才有人知道我出了事，

因为我没敢大叫，认为那样有失体面。幸好帝王们很少吃滚烫的肉食，所以我的腿并没有被烫伤，只是袜子和裤子被弄得不成样子。因为我为他求了情，侏儒只挨了一顿痛打，并没有受到其他的惩罚。

皇后常常提起这件事笑话我是个胆小鬼，她总问我，是否我的同胞都和我一样。夏天时耳朵边不停地有苍蝇嗡嗡嗡叫，扰得我时刻都不得安宁。它们有时落在我的食物上，拉屎产卵，令人非常恶心。那些东西我都看得明明白白，但当地人却看不见，由于他们眼珠子大，小一点的东西都看不清。有时候苍蝇还会停在我的鼻子或额头上，狠狠地叮我一下，发出的味道非常难闻。它们身上那种黏糊糊的东西我能看得清清楚楚，据生物学家说，就是这种东西，使那些苍蝇能够把脚倒贴在天花板上行走。我努力地赶走这些讨厌的动物使自己不受干扰，不过每次苍蝇飞到我脸上来，我还是会吓一跳。那侏儒是常常用手抓一把苍蝇，然后凑到我鼻子底下突然一松手把它们放出，就像我们这里的小朋友玩恶作剧一样，故意刁难我，讨皇后开心。我的办法就是趁苍蝇在空中飞的时候，用刀将它们砍成两半，出手之快常令他们惊奇。

> **借代手法**
> 因为他是这个国家个子最矮的人，像侏儒一般，所以便称之为“侏儒”。

我记得有一天早上，哥拉莫达尔克立契把我连木箱一块放到窗台上让我呼吸新鲜空气，天气晴朗的时候她总是这么做的。我拉起一扇窗子，刚在桌子边坐下来准备吃块甜饼时，忽然，那甜饼的香味招来了二十几只蜜蜂一起飞入我屋子里，嗡嗡嗡的叫声比二十几支风笛吹出的声音还要大。有的将甜饼一块块地叼走，有的在我的头上飞来飞去，闹哄哄地吵得我没有办法，非常担心它们要来蜇我。不过我还是鼓起勇气站起身来，抽出腰刀在空中向它们发起攻击。我砍死了四只，其余的都吓跑了。我马上将窗户关上。这些蜜蜂都有鹧鸪那么大，我拔出蜂刺，发现它们有一英寸半长，像针一般锋利。我将这些刺全都小心地收藏起来，后来我在欧洲几个地方展出过这些稀奇古怪的东西。回英国后，我送了三根给格雷萨姆学院，自己却只留了一根。

> **比喻手法**
> 蜂刺如针，形容刺锋利无比。

“若这时候我要看见一群英国的老爷太太们穿着华丽的生日礼服，在那里装腔作势，昂首阔步，点头鞠躬，空谈闲聊，说实话，我很有可能会嘲笑他们，就像这里的皇帝及其大臣嘲笑我一样。”作者再一次借格列佛之口，对英国贵族的虚伪与装腔作势进行嘲讽。

阅读积累

欧洲的仲裁人

欧洲的中世纪时代，自然经济的垄断地位被打破，商品经济开始迅速发展。欧洲的临时仲裁制度兴起并迅速发展以满足生产力发展的强烈需求。那么，什么是临时仲裁呢？临时仲裁就是，在纠纷的双方当事人有事先约定的前提下，如果产生纠纷，双方当事人可以根据自己的意愿各自以共同选择仲裁员来对案件进行裁决。具体来说，双方当事人可以各自选择一名德高望重的，知识渊博的，或为人公道正直的人担任仲裁，同时，双方再共同选定一人作为首席仲裁员，三人组成合议庭对案件做出仲裁裁决。1493年，关于西班牙与葡萄牙之间的领土争议的仲裁成为当时轰动一时、影响深远的临时仲裁案例。当时，对争议做出裁断的是罗马教皇亚历山大六世，根据西班牙与葡萄牙双方的争议事实与情况，他最后作出裁断，在亚速尔群岛西面划出了一道长100里格的界线，巴西划给了葡萄牙，西班牙则划走了美洲的其他领土。

第⑪章

精彩导读

本章写“我”根据自己的见闻向读者介绍大人国的概况，当然只是支离破碎的见闻，但也都是亲眼所见、亲耳所闻的亲身经历，非常具体。这些见闻给予读者突出的印象还是一个“大”字。这里，“我”外出观光的交通工具“旅行箱”，当然更是描写的重点。

我打算给读者简要介绍下我在首都洛布洛格鲁德附近两千英里内的旅行见闻，使读者了解关于这个国家的情况。皇后陪同皇帝出巡，从未走出这两千英里的范围，皇帝到边境视察，她就住在这个范围等他归来，这时我总是和皇后在一起。这位君王的领土长大约六千英里，宽有三千到五千英里，由此我得出这样的结论：我们欧洲的地理学家认为日本与加利福尼亚之间只有一片汪洋大海确实是一个很大的错误。我始终认为，地球上一定有一片面积相似的土地与鞑靼大陆相对应，所以他们应该改正他们的地图和海图，在美洲的西北部重新绘制上这一片广阔的陆地，对此我愿意随时帮助他们。

> **知识延伸**
> 加利福尼亚：美国西部太平洋沿岸的一个州，州政府位于萨克拉门托。北接俄勒冈州，东接内华达州和亚利桑那州，南邻墨西哥，西濒太平洋。它的名称取自西班牙传说中一个小岛的名称。

这个王国是一个半岛，东北边界是一座高三十英里的山脉，山顶有火山，因此几乎没法通行。就是最博学的人也不清楚山那边住着些什么人，或者到底有没有人住。王国的其他三面都被海洋包围着。全国没有一个海港，河流入海处的海岸边到处布满了锋利的岩石，海上总是波涛汹涌，无人敢驾驶哪怕是最小的船只出海冒险，所以这是一个与世彻底隔绝的地方，没有任何贸易往来。可是大海里到处是船只，也盛产美味可口的鱼。他们根本不到海里捕鱼，因为海里的鱼和欧洲的一样小，也就没必要去捕捉了。这就说明，这一片

> **环境描写**
> 作者对这里的环境描写，为下文的故事情节的发展做好了铺垫。

大陆得天独厚，才能生产出这么大的动植物来，至于为什么会这样，只有让哲学家们去思考了。不过有时他们也会捉到一两条偶然间撞死在岩石上的鲸鱼，老百姓捕到了就痛痛快快地吃一顿。我知道这些鲸鱼十分庞大，一人很难背一条。有时候他们把这种鱼视作稀罕物，用有盖子的大篮子装着送到洛布洛格鲁德去。我曾在皇帝的餐桌上见过一条，那算是美味佳肴了，不过我观察到皇帝并不喜欢吃。我想肯定是这鱼大得叫他讨厌，尽管我在格陵兰还见过更大的。

词苑撷英

得天独厚：独具特殊优越的条件，也指所处的环境特别好。

这个国家人口密集，有五十一个大城市，有城墙的城镇大约有一百个，另外还有成千上万个村庄。为了满足读者的好奇心，也许我可以把洛布洛格鲁德描述一下。这座城横跨在一条大河上，大河从城中流过，将它分成大小差不多相等的两半。城里有八万多户人家，六十万左右人口。城长大约为三个“格隆格仑”，约五十四英里，宽两个半“格隆格仑”。这是我在根据皇帝命令绘制的皇家地图上亲自测量出来的。他们特意为我把地图铺在地上，地图铺开有一百英尺长。我光着脚测量了几次直径和周长，又按比例尺计算，所以测量应该是十分准确的。

皇帝的宫殿不太规则，而是由许多占地约七英里的建筑物集合而成的。主要房间普遍都有二百四十英尺高，长和宽也都与之相称。皇帝赐给哥拉莫达尔克立契和我一辆马车。她的女老师经常带她坐车出去逛街或逛商店，我则总是坐在箱子里和她们一起外出。当然，在我的请求下，姑娘常常把我从箱子里拿出来放到她手上，这样我们走在街上的时候，我就可以更方便地观看沿途的房屋和行人了。我估计我们的马车大约有西敏寺的大厅那么大，不过没那么高——当然我不能说得非常准确。一天，女老师让车夫在几家店铺门前停车，乞丐们就趁机蜂拥而上挤到马车边，使我看到了从未见过的、最可怕的情景。有一个妇女乳房上长了一个毒瘤，肿得吓人，上面长满了洞，其中几个洞很大，我轻易就爬了进去并整个身子藏在里面。还有一个家伙脖子上长了一个瘤子，比五个羊毛包还要大。另外一个人安了一副木头做的假肢，每条长约二十英尺。不过最可怕的还是那些在他们的衣

知识延伸

西敏寺：又称威斯敏斯特大教堂，通称威斯敏斯特修道院，坐落在伦敦泰晤士河北岸，原是一座天主教本笃会隐修院，始建于公元960年，1045年进行了扩建，1065年建成，1220年至1517年进行了重建。

服上走动的虱子。我用肉眼就可以清清楚楚地看到这些虱子的腿，那比在显微镜底下看一只欧洲的虱子要清楚多了。它们的嘴像猪嘴一样用来吸人血，这还是我生平第一次见到这些。要是我有合适的工具，我一定会出于好奇解剖一个来看看，可惜那些工具我都丢在船上了。不过事实上那情景实在令人恶心，我当时就作呕起来。

除了平时那只带我外出的大箱子，皇后又命令再给我做一只约十二英尺见方、十英尺高的小箱子。这是为了方便旅行，因为原来那一只放在哥拉莫达尔克立契的膝上有点大，放在马车里运又太麻烦。小箱子还是由原来那个工匠做的，整个过程中我都在旁加以指导。这个旅行用的小房间是个标准的正方体，三面的正中各有一扇窗户，每扇窗户外边都用铁丝装饰成格子状，以避免长途旅行中出事故。第四面没有窗户，而是装了两个牢固的铁环。如果是旅行，带我的那个人就在铁环中间穿上一根皮带，将另一头拴在他腰间。若赶上哥拉莫达尔克立契身体不舒服，我总是被他们交给一位可信赖的老实巴交的仆人。我或是陪皇帝和皇后出巡，或是去看看花园，或是去宫廷拜访达官贵妇。达官们很快就知道我并且开始喜欢我了，我想这更多是由于他们对我的偏爱，并不是我自身有什么优点。旅行中，每当我在马车里坐烦了，骑马的一个仆人就会把小箱子拴在他身上，搁到他跟前的一块垫子上，这样我就算震动得很强烈，也并不会感到太苦恼。

每次我出去旅行，总是坐在这间旅行小房间里，哥拉莫达尔克立契把小房间抱在怀里，坐上一种敞篷轿子，由四人抬着，后面还跟着皇后的两名仆人。人们常常提起我，非常好奇地跑到轿子周围来看我。小姑娘就有礼貌地请轿夫停下来，把我拿在手里好让大家观看。

我很想去瞧瞧这个国家最著名的一座庙宇，尤其是它的钟楼，据说是全国最高的。因此，有一天小保姆就答应带我去了。不过坦白地说，我是失望而归的，因为从地面到最高的顶端总共还不足三千英尺。若想一下那些人和我们欧洲人之间在身材高度上的差别，那这三千英尺根本不值得惊奇，就比例来看，也根本不能与我们的萨立斯波立教堂的尖塔相比。但是对于这个国家我一生都将感激不尽，所以我不能贬低它。应当承认，不管这座名塔在高度上有什么缺点，其美丽与坚固也完全可以补偿它的不足。庙宇的墙壁大约有一百英尺厚，都是用四十英尺左右见方的石头砌成的。墙四壁的几处壁龛里供奉着用大理石雕刻的比真人还要大的神像和帝王像。有一尊神像的一根小指头脱落了，掉在垃圾堆里没人知道，我量了一下，正好是四英尺一英寸长。哥拉莫达尔克立契用手帕把它包起来，装进口袋里带回了家，和其他的一些小玩意儿放在一起。这个小姑娘和与她同龄的孩子一样，都很喜欢收藏这些东西。

皇帝的厨房堪称一座宏大的建筑。它的屋顶呈半圆形，差不多有六百英尺高。厨房里的炉子比圣保罗教堂的圆顶要小十步，后者我回国以后曾特意去量了一下。但是要让我来描述一下那厨房里的壁炉，那大锅大壶，那正在烤架上烤着的大块肉以及其他许多具体的东西，也许有人会说我是在说谎，至少严厉的批评家会认为我是有点言过其实了。人们总是不相信旅行家的话。因为怕受到这样的指责，我担心我又走了另一个极端。若本书有机会被译成布罗卜丁奈格语，再传到那里的话，皇帝和老百姓们就有理由指责我污辱了他们，把他们描述得如此渺小、虚伪。

皇帝陛下的马厩里养的马一般不超过六百匹。这些马身高大多在五十四至六十英尺之间。不过，每逢重大节日皇帝出巡时，为了显示他的威严，总有用五百匹马组成的警卫队跟随。在我看到陆军某军队操练以前，我认为那真的是所能看见的最壮观的场面了。关于那陆军操练的情形，我将另找机会来叙述。

词苑撷英

言过其实：说话过分，不符合实际。

精彩点拨

作者对首都洛布洛格鲁德附近两千英里内的旅行见闻的描述，所有竭尽全力的刻画，都是刻意强调这个国家的真实性，反而让读者读出了批判现实主义的深意。

阅读积累

英国皇家卫队

英国皇家卫队身穿一年四季都不变的猩红色紧身短上衣，头戴高高的熊皮帽。每天上午11点30分到中午12点，在白金汉宫门前举行卫兵换岗仪式。

英国皇家卫队不仅担负了英国皇家和英国政界要人住宅的警卫任务，而且还参加了很多次英国进行的战争，并在很多重要会战中发挥了决定性的作用，所以在大多数英国人眼里，皇家卫队是英国优秀传统的象征，同时它也是英国的君主立宪制长治久安的象征。

皇家卫队是英国军中最精锐的部队。皇家卫队非常注重用各种形式来培养军人特殊的“皇家卫队精神”，使他们切身感受到隶属于某个皇家卫队团的自豪感。每个团都拥有自己的帽徽、服饰识别符号、名称和口号、动物护身符和本团固有的礼节仪式，还有团歌等。

第五章

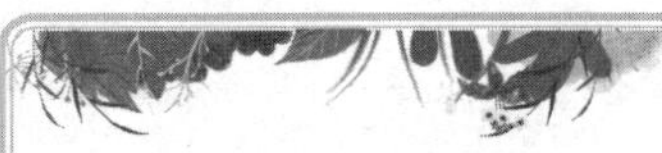

精彩导读

主要写“我”几件危险经历，特别是有关动物的几则故事，读来饶有趣味。特别是花园里的那条猎狗，写得活灵活现。但也只能当成作家的想象与虚构，读者不会去考虑它的真实性。本章中写的那个猴子，也写得真实、生动、有趣。

本来在那个国家我可以过得非常开心的，但因为我身材矮小，就闹出了几件可笑而麻烦的事。现在我冒昧地说一说其中的几件。哥拉莫达尔克立契经常把我放在我那只小箱子里把我带到王宫的花园去玩。我有时被她从箱子里拿出来放在她手上，有时被放在地上散步。我记得那个侏儒在离开王宫前，有一天跟着我们一起进了花园。我的保姆把我放到地上，侏儒和我挨得很近。在来到几棵矮苹果树旁边时，我很想卖弄一下自己的聪明智慧，就乱开玩笑，暗讽他和那几棵苹果树有些相似。正好，他们的语言中也一样会使用这种暗讽。一听这话，这坏蛋就看准我正从一棵树底下走过的机会，在我头顶上摇起树来。这一摇，大概有十二个苹果，每个大约都有布里斯托尔大酒桶那么大，就纷纷地掉了下来。我一弯腰，一个苹果就砸到我后背上，一下子将我打趴在地，好在我只受了一点轻伤。因为这事是我先挑起的，所以在我的请求下，那侏儒得到了饶恕。

> **词苑撷英**
> 智慧：辨析判断、发明创造的能力。

> **动作描写**
> 作者幽默地借“牛顿苹果”的情节，说自己被苹果一下子打趴下了。

还有一天，哥拉莫达尔克立契把我一个人丢在一块光滑而平整的草地上玩耍，她却和她的女家庭老师到一边散步去了。就在这时，突然下起了冰雹，来势汹汹，把我打倒在地。我躺在地上，那冰雹狠狠地砸在了我的身上，就仿佛有很多网球打在我身上一样。但我还是尽力想法子弯着身子往前爬，最后来到一处由柠檬树和百里香组成的花坛的后面，面朝下趴着躲在那里。不过浑身都是伤，疼得我足足十天没有出门。这也没有什么值得奇怪的，因为这个国家的自然现象都是同样的比例放大的。一颗冰雹就有欧洲冰雹的一千八百倍。这是我通过我的亲身经历来验证的，因为我那时非常好奇，曾称过那些冰雹的重量。

就在这个花园，发生过一件更危险的事。小保姆有一次嫌带着我那箱子太麻烦，就把它放在了家里。她自以为把我放到安全的地方，就和她的女家庭老师还有其他几个女朋友上花园的别处去玩了。当她不在我面前，叫她也听不到时，一位总管养的一条长毛小白狗不知什么时候进来了，它正好在附近觅食。那狗闻到了我的气味，一路直奔我而来，把我一口叼在嘴里，摇着尾巴一直跑到主人跟前，轻轻地把我放在地上。我真是好运，因为那狗受过良好的训练，所以虽然它这么用嘴叼着我，我却一点也没有受伤，连衣服也没有撕破。但是那可怜的总管却吓坏了。他本来就和我很熟，对我也很好，他用双手将我慢慢地捧起，问我有没有受伤。我也是吓坏了，气喘吁吁，说不出一句话。过了几分钟我才回过神，我被他安全地送回到了我小保姆的身边。小保姆此时已回到了她原先将我放下的地方，当她找不到我，叫我也没有回答时，正急得要命。为了那狗，她把总管狠狠地骂了一顿。但这件事并没有传扬出去，宫里谁都不知道，因为小姑娘怕皇后知道了会生气，而且坦白地说，对我来说，这样一件事在外面传开，对我的名声也不好。

这件事情发生后，哥拉莫达尔克立契发誓，以后绝不再丢下我一个人外出，她一定看好我才行。我早就怕她会有这样的决定，所以我一个人时碰到的几件小小的不幸，就瞒着她什么都不说。有一次是一只正在上空盘旋的鸢突然向我飞来，若不是我果断地拔出腰刀并躲到一个枝繁叶茂的树架下面去，那我肯定是被它抓走了。还有一次是我正在往一个新堆的鼹鼠丘上爬时，一不小心就掉进了鼹鼠运土出来的一个洞里，一直没到脖子那里。衣服弄脏了，我就撒谎为自己找了个借口，至于撒的什么谎，我如今已记不起来了。再有一次是我独自在路上走着，正想着可怜的英国，不小心被一只

简要说明

运用数据说明，看似一本正经，其实却让人感到无穷的幽默。

词苑撷英

气喘吁吁：形容呼吸急促，大声喘气。

词苑撷英

枝繁叶茂：树木的枝叶繁密茂盛。

蜗牛给绊倒了，撞在蜗牛壳上，撞伤了右小腿。

当我独自散步的时候，我不知道应该开心还是苦恼，就连那些小鸟儿仿佛也不怕我。它们在离我不到一码的距离内飞来飞去，寻找毛毛虫和其他食物，态度十分悠闲自在，就像它们身边根本没有什么生物似的。我记得有一只画眉竟用嘴将我手上的一块饼抢走，那是哥拉莫达尔克立契刚给我的早点。我有时想捕几只这样的鸟儿，它们竟然向我反抗，试图啄我的手指头，我就再也不敢将手伸出去了。接着它们又照样若无其事地跳回去寻找毛毛虫或者蜗牛了。不过有一次，我拿起一根又粗又重的短棍子用尽全力向一只红雀砸去，幸好被我打中了，就用两只手抓住它的脖子提起来扬扬自得地跑去见我的保姆。可是那鸟只是被暂时打晕了，它一恢复知觉，就扑扇着翅膀不停地扑打我的头部和身体的两侧。虽然我伸直了手臂，它的爪子够不着我，可我还是把它放了。幸亏不久我的一个仆人帮我解决了困扰，他把那鸟的脖子给扭断了。第二天，皇后下令把那只鸟烧了给我当晚饭。就我记忆所至，这只红雀比一只英国的天鹅还要大一些。

> **知识延伸**
> 红雀：体型中等，体长24厘米，翼展25~31厘米，体重42~48克。雄鸟呈鲜红色，面部呈黑色，一直伸延至上胸。雌鸟呈灰棕色，双翼、冠及尾羽上有红彩。雌雄异形，均有羽冠。

哥拉莫达尔克立契经常被侍候皇后的姑娘们邀到她们屋里去玩，并且要她将我也一起带上。为了寻乐，她们经常把我的衣服脱光，让我躺在她们的怀里，这令我十分恶心。说实话，她们的皮肤发出一种十分难闻的气味。我极为尊重那些善良的姑娘，并不想说她们的坏话，但是可能我个子矮小，我的嗅觉就相应地要灵敏得多。我想，这些美丽的姑娘在她们的情人眼里，或者在她们相互之间，是不会相互感到讨厌的，这种情形在我们同样的英国人中间也是一样。但不管怎样，她们身上本来的味道还让人比较容易接受，一用香水，我马上就要晕过去。我忘不了在列利波塔时，有一天天气很暖和，我运动了一会儿，我的一位挚友竟直言不讳地抱怨说我身上的味道很难闻。其实和大多数男人一样，我并没有那样的毛病。我想，对于我来说，他的嗅觉能力是比较灵敏的，就像对于这个国家的人来说我的嗅觉能力比较灵敏一样。对于这一点，我不得不为我的主人皇后和我的保姆哥拉

> **夸张手法**
> 香水的起源和恶臭有着密切关系。伏尔泰在1756年曾写了一本名为《美化巴黎》的小册子，小册子中写道："设在窄巷中的肮脏市场使人不敢驻足，到处散发着恶臭……街道昏暗、狭窄、丑陋不堪，似乎代表着一个最野蛮的时代。"

莫达尔克立契说句公道话，她们的身体是和任何一位英国的小姐太太们一样芳香的。

我的保姆带我去见这些侍女时，最令我讨厌的是，她们对我一点也不尊重，好像我就是一个很小的动物。她们把我放在盥洗室里，当着我的面脱个精光，然后再穿上工作服。可是，直接面对着她们的裸体时，我敢说当时一点都没有受到诱惑，有的只是害怕和恶心。她们的皮肤十分粗糙，凹凸不平，而且颜色不均。这儿一颗痣，那儿一颗痣，像切面包用的垫板一样大，痣上还长着毛，比粗麻绳还粗。至于身上其他地方就更不用说了。她们还毫无顾忌地当着我的面小便，排泄的水，一次至少有两大桶，而装尿的容器可以装三大桶以上。侍女中最漂亮的是一位十六岁的姑娘，很爱开玩笑，有时竟让我两腿分开跨在她的一只乳头上。还有好多好多其他花样，我不能细说了，还请读者原谅。我很不高兴，就请哥拉莫达尔克立契为我找个借口，以后再不去见那个姑娘了。

生字背囊

盥（guàn）：1. 洗（手、脸）。2. 洗手洗脸用的器皿。

一天，来了一名年轻的绅士，他是小保姆的老师的侄子。他硬要拉她俩去看一名罪犯被执行死刑。那罪犯暗杀了他的一位挚友。大家都劝哥拉莫达尔克立契一起去，后来她勉强同意去，因为她生性善良。我自己呢，虽然也很不喜欢这种场面，但我想事情一定非比寻常，我很好奇，也想去瞧一瞧。那罪大恶极的家伙被绑在专门竖起的断头台的一把椅子上。行刑刀差不多有四十英尺长，一刀下去，他的头就被砍了下来。从静脉管和动脉管喷出了大量的血，血柱喷到高空，就是凡尔赛宫的大喷泉也比不上它喷的时间。人头落到断头台的地板上发出砰的一声巨响，虽然我至少远在半英里外的地方，还是被吓了一跳。

词苑撷英

罪大恶极：罪恶严重到极点。

皇后经常听我谈航海的事，所以每当我心情烦闷的时候，她就想尽办法来替我解闷，问我喜不喜欢划船，做一些划船运动是否对我的身体有益。我回答说我都很在行，虽然我在船上的正式职业是做医生，紧急时刻也得干一般水手的活儿。不过我不知道我在他们这个国家能划什么船，这地方就是最小的舢板也有我们一流的舰那么大。而我能驾驭的船是无法在他们的河里航行的。皇后陛下说，只要我能设计出一艘自己可以划的船，她的御用工匠就能照样做出来，她还能给我提供一个划船的场所。那个聪明的工匠，在我的引导下，十天时间就造成了一艘装备齐全的游艇，完全可容得下八个欧洲人。船造好后，皇后非常开心，把它抱在怀里就跑去见皇帝。皇帝立即命令把船放入一只装满水的蓄水池中，让我到船上试验一下。可是水池不够大，我没办法划那两把短桨。好在皇后早准备了另一套方案，她吩咐木匠做了一只三百英尺长、五十英尺宽、八英尺深的木槽，木槽上涂满沥青以防漏水。那木槽就在王宫外殿的地上倚墙放着。靠近槽底的地方有一个水龙头，两个仆人用半个小时就可以重新将木槽灌满水。我就常在这里划船取乐，也给皇后及贵妇们消遣解闷。我划船的技术较好，动作灵巧，她们看了觉得十分开心。有时我把帆扬起，贵妇们就用扇子给我扇出一阵大风，这时候我只要掌好舵就行了。贵妇们若是累了，就由几名仆人用嘴吹气推帆前进，我则随心所欲，一会儿向左驶，一会儿向右行，大显我的驾船本领。每回划完船，船总是被哥拉莫达尔克立契拿到她房间去，挂在一只钉子上晾干。

我只有一次划船发生意外，几乎没命了。我的船先被一名仆人放到了木槽里，这时哥拉莫达尔克立契的那个女老师多管闲事，她要把我拿起来放到船上去。可是我不知怎么从她的指缝中间掉了下去，若不是我运气好被这位好太太胸衣上插着的一枚别针挡住，定会从四十英尺的空中一直跌落到地上。别针的针头从我衬衣和裤腰带的中间穿过，这样我就被吊在了半空中，等到哥拉莫达尔克立契跑过来才把我救下。

还有一次，有一位仆人，他的工作是每三天为我的木槽换一次新鲜的水。由于他一时大意，一只大青蛙被他不小心倒在木槽里了。那青蛙一直藏在水底，后来他们把我放到船上，青蛙见有一个可以休息的地方，就爬上船来，可它把船弄得差点翻了，我不得不用全身的重量站到船的另一边去以保持平衡，不让船翻。青蛙上船以后，一跳就有半条船那么远，接着又在我头顶上蹦来蹦去，把它那恶心的黏液涂得我浑身都是。它那巨大的体型，看起来是一切动物中最怪最丑陋的了。不过，我要求哥拉莫达尔克立契让我自己来对付它，我用船桨狠狠地打了它一顿，它被迫从船上跳了出去。

不过，我在那个王国遇到的最可怕的一件事，是由御厨的一位管理员养的一只猴子引起的。当时哥拉莫达尔克立契到别的地方去办事了，或者是去看什么人，我就被她锁在了她的小房间里。天气很暖和，房间的窗户都开着，我自己那只大箱子的门窗也都开着。我经常住在这里面，因为这箱子又大又方便。我正沉思着，突然听到有什么东西从房间的窗口跳了进来，接着就在房间里跳来跳去。虽然我非常害怕，但还是壮着胆子向外看了一下。接着我就看到了这只动物，它在那儿蹿上跳下，一刻不停，最后来到了我的箱子前。它看见这箱子又高兴又好奇，就从门和窗口往里边张望。我退缩到我房间最远的一个角落里，可那猴子从四面往里晃头晃脑，吓得我一时竟忘记了可以到床底下避一避，本来很轻易就能办到的。它又是偷窥，又是龇牙咧嘴吱吱地叫，过了好一会儿，终于看到了我。

它从门口伸进一只爪子来，就像猫逗老鼠玩一样。尽管我躲来躲去想不被它抓到，可最终它还是抓住了我上衣的下摆，把我拖了出去。它用右前爪将我抓起，像保姆给孩子喂奶一样把我抱着，这和我在英国看到的大猴抱小猴的情形完全一样。只要我一动，它就抱得更紧，因此我觉得还是顺从些更为安全。我有理由相信它是把我当成一只小猴子了，因为它不时用它的另一只爪子慢慢地摩挲我的脸。它正这么玩着，突然一阵响动从房子门口传来，好像有人在开门。它突然蹿到原先进来的那个窗户，用一只前爪和两条腿走路，另一只前爪抱着我，沿着导水管和檐槽从窗口一直爬向邻屋的屋顶。猴子将我抱出去的那时，我听到哥拉莫达尔克立契发出一声尖叫。这可怜的姑娘几乎快要急疯了，整个王宫都混乱了。仆人们跑着去找梯子，宫里有好几百人都在看那猴子坐在一座楼的屋脊上，一只前爪像抱婴儿似的抱着我，另一只前爪喂我吃东西，将食物嚼碎了往我嘴里塞，我不肯吃，它就轻轻地拍打我，惹得那些人禁不住哈哈大笑起来。我想这也不该怨他们，见了这情景，除了我，谁都会觉得可笑的。有几个人往上扔石头，想把猴子赶下来，可马上就被严令制止了，否则我就会被砸得脑浆迸裂。

词苑撷英

摩挲：用手抚摩。

这时梯子已经架好，有几个人爬了上来。猴子见状，发现自己快要被包围了，而三条腿又跑不快，就只好把我放在屋脊的一块瓦上，自顾逃命去了。我在瓦上坐了一会儿，这时离地面有三百码。我时刻都觉得会被风刮下来，或者自己头昏眼花，从屋脊一直滚到屋檐下。此时，我保姆的男仆，一个诚实可靠的小伙子爬了上来，他把我放到他的马裤裤袋里，我才被平安地带回了地面。

那猴子把脏东西硬塞到我喉咙里噎得我难受，幸亏我亲爱的小保姆用了一根细针把脏东西从我嘴里弄了出来。接着我大吐了一阵，这才舒服了很多。可我还是很疲惫，那可恶的畜生抓得我腰部到处是伤，我不得不在床上躺两个星期，每天都有人来查看我的身体状况。我生病期间，皇后陛下还亲自来看过我几回。那只猴子被杀了，同时皇后下令，以后宫内禁止饲养猴子。

词苑撷英

饲养：喂养(动物)。

我身体恢复后就去朝见了皇帝并向他谢恩。见到我他很高兴，还和我开玩笑。他问我，躺在猴子怀里时有何感受，喜不喜欢猴子喂我的食物，它喂我吃东西的方式我觉得如何，闻着屋顶的新鲜空气是否很开心，如果在我们国家遇到这样的事我会如何？我告诉皇帝，在我们国家没有猴子，就算有也都是从其他的地方当稀罕动物运到那儿去的，而且都很小，若它们敢向我进攻，我一个人就可以同时对付十二只。至于我最近碰到的那只可恶的畜生，如果不是我当时吓坏了，我会狠狠砍他的爪子，也许它那爪子想缩回都来不及了呢，更不要说伸进来了。我说这番话时口气非常坚定，就像一个人害怕别人怀疑他的勇气似的。可是我的话只引来哈哈大笑，就是陛下周围那些仆人和大臣，也都禁不住大笑起来。这就使我想到，一个人身处比他强大得多且无法与之比较的人中间竟还企图死要面子，真是自讨苦吃。可自从我回到英国后，像我这种行为的人还有很多。就有那么一个卑鄙的小人，出身并不高贵，没有相貌，缺少才智，连常识也不具备，却竟然敢骄傲自大，想跟王国内最了不起的人物相提并论。

叙议结合
作者这段描写，辛辣地讽刺了一个个死要面子的英国人。

我几乎每天都会发生几件可笑的事。哥拉莫达尔克立契十分爱我，她也很聪明，每当我做出傻事，她觉得可以讨皇后欢心的，就跑去告诉皇后。一次小姑娘身体不舒服，她的女老师就带她到城外三十英里的地方去呼吸新鲜空气，这段路马车要走一小时。她们在一条小田埂旁边下了车，我乘坐的旅行箱被她放了下来，我也就走到外边去散步。看到田埂上有一堆牛屎，我偏偏想跳过去以试身手。我向前奔跑冲去，可是不幸跳得不够远，恰好掉到牛屎当中，一直陷到膝盖部位。我费了好大劲才从牛粪堆里爬了出来，一身脏兮兮的，多亏一个男仆用他的手帕替我擦干净了。所以小保姆把我关在箱子里，直到回家后才放我出来。小姑娘马上就把发生的一切报告了皇后，那几个男仆也把这件事在宫内到处传播，所以一连几天大家都以我为笑料，欢笑不停。

词苑撷英
笑料：可以拿来取笑的资料。

这一章中，作者描写了自己经历的好几件危险事件，用一本正经的严肃态度、细致逼真的细节描写刻画了在大人国的生活，在看似自我反省的口吻中极为成功地反映出当时英国的现实。

阅读积累

香水的诞生

法国国王路易十四从1647年到1711年的64年间才洗过一次澡，这一惊人纪录保留在路易十四的御医每天为他做的身体状况的详细笔记上。根据当时的常识，洗澡是一种医疗手段，如果没有医生的吩咐，就是上流社会的绅士、淑女也绝不轻易洗澡。当时的医学常识认为，体臭越强烈说明身体越健康。尽管体臭是优异的标志，但毕竟难闻，于是用来与体臭抗衡的香水便应运而生。那时最受欢迎的是动物性香料，如龙涎香、麝香、麝猫香一类。到18世纪中叶以后，动物性香料由于气味过于呛人而逐渐不被青睐，人们兴趣转向了植物性香料，柠檬、橘子、玫瑰花等都可以制成香袋、香水。法国南部的里维埃拉沿海气候湿润，当地小镇格拉斯就成了用来制成香水的各种鲜花的栽培中心，直到今天，这里仍是制造香水的重要地区。

第六章

精彩导读

本章集中地写“我”与国王陛下的接触与交谈。前部分写了胡子与头发的妙用：用胡子做梳子齿，用头发编藤椅，织钱包；还写了用棍子敲击钢琴。小读者一定会喜欢。后部分主要写“我”向国王介绍自己国家的议会制度。

每个星期我总要去参加一两次皇帝的早朝，于是常常看见理发师在给他刮胡子，那样子开始看起来真是十分吓人，因为那把剃刀大概有两把普通镰刀那么长。根据这个国家的习俗，皇帝每周只刮两次胡子。有一回，我说服理发师，请他把刮胡子刮下来的肥皂泡给我一点，我从中挑选了最粗硬的四五十根胡楂。然后我找了一块好木头，把它做成梳背的样子，又向哥拉莫达尔克立契要了一枚最小的针，在梳背上均匀地钻了几个小洞。我很巧妙地将胡子楂嵌在小洞里，再用小刀把它们削齐，这样就做成了一把梳子。我自己原来那把梳子的齿几乎全都断了，已经不能用了，所以新梳子做得很及时。我知道这个国家不会有什么工匠有那样精巧的手艺，按照我以前那梳子的模样替我另做一把。

> **知识延伸**
>
> 镰刀：是农村收割庄稼和割草的农具，由刀片和木把构成，有的刀片上带有小锯齿，一般用来收割稻谷，在江南的一些农村还有广泛的使用。另外在西方，人们常常把弯曲的剑称为镰刀，镰刀一直作为克洛诺斯的标志。

不由又想到另一件趣事，我没事的时候时间都花到了那上面。我请皇后的侍女替我把给皇后梳头时掉落的头发留起来。后来我还真收集了不少。我和我的那位木匠朋友讨论了一下，他在我的协助下，为我做了两把和我箱子里那几把椅子大小一样的椅子框架。在计划安装椅背和椅面的位置旁边，我又让他用细钻子钻上好多小洞。接着我挑选出最粗壮的头发往洞里穿，就像英国人做藤椅那样编织起来。椅子做成后，它们被我作为礼物送给皇后。她把椅子放在房间里，把它当作稀罕东西拿给人看。看到椅子的人也都赞不绝口。

> **生字背囊**
>
> 嵌（qiàn）：把东西填镶在空隙里。

皇后要我坐到其中的一把椅子上去，我坚决不同意，我即使有天大的胆子也不敢坐到那宝贵的头发上去，那可是曾经为皇后的头增添光辉的头发啊！我在制作方面有一定的才能，我又用这些头发做了一个约五英尺长的样子很漂亮的小钱包，并且皇后的名字也被我用金线织了上去。得到皇后的同意后，我将钱包送给了哥拉莫达尔克立契。说实话，这钱包中看不中用，装不了什么东西，所以除了一些小姑娘们喜欢的小东西，她什么都不敢往里放。

> **夹叙夹议**
> 作者通过写格列佛的根深蒂固的思想观念，反映出英国社会阶层对英国皇室的敬畏。

皇帝常在宫里开音乐会，因为他喜爱音乐。偶尔我的箱子也会被他们带去搁到桌子上听演出。但声音太大，我简直听不清那是些什么曲调。我相信皇家军队所有的鼓号放在你的耳朵边一块吹打，也比不上这里的声音响。我经常让人把我的箱子从演奏者坐的地方搬开，越远越好，然后关上门窗，放下窗帘，这才觉得他们的音乐也挺好听。

> **生字背囊**
> 搁（gē）：放置，引申为停滞。

古钢琴是我年轻时候学的。哥拉莫达尔克立契房里就有一架琴，有一位老师每周两次来教她弹奏。我之所以管那琴叫古钢琴，是因为它样子有点像古钢琴，而且弹奏的方法也基本相同。一次我忽然产生一个想法，想用这钢琴给皇帝和皇后弹奏一首英国的曲子。这并不好办，因为那架古钢琴差不多有六十英尺长，一个键将近就是一英尺宽，我就是伸直两臂，最多也只能够着五个琴键。并且要将琴键按下去非得用拳头猛击不可，那样有点太费力，奏出的效果也不好。后来我想出了这样一个办法：我准备了两根和普通棍棒一般大小的圆棍，一头粗一头细，粗的一头用老鼠皮裹起来，这样敲起来既不会损坏琴键的表面，也不会妨碍音色。琴前面放了一张长凳，比键盘差不多低四英尺。我站到长凳上，斜着身子在上面尽快地跑来跑去，握着那两根圆棍，该敲什么键就使劲地敲，就这样设法演奏了一首快步舞曲。皇帝和皇后听后十分满意，可这对我来说，这是我出生以来所经历过的最剧烈的运动。即使这样，我也只能敲到十六个键，结果就不能像别的音乐家那样同时弹奏出低音和高音了，这使我的演奏效果大打折扣。

> **知识延伸**
> 快步舞：因步子很快而得名，又因其具有轻快灵巧、活泼欢跳的风格特点而有“欢快舞”之称。快步舞将芭蕾舞中的一些小跳动作融合在内，而显得更加轻快灵巧，更具技巧性和艺术魅力。它起源于英国，最早是黑人的土风舞，以后逐渐演变。

我前面已经说过，皇帝是一个理解力极强的人。他经常吩咐人把我连箱子一起带到他房里来，放到桌上后，他命令我从箱子里搬出一张椅子，放在箱子顶上离边沿三码的地方，让我坐好，这样我和他的脸就几乎在同一水平线上了。我们就这样交谈过数次。有一天，我直言不讳地对他说，他对欧洲及世界上其他地方表现出一种鄙视，这好像与他的才智不大一致。我觉得人的躯体大小并不与智慧成正比，反之，在我们国家，我们发现，最高大的人一般最没有头脑。其他动物也是如此，蜜蜂和蚂蚁与许多大一点的动物相比更勤劳和聪明能干。因此，虽然对他来说我很渺小，但我希望能做几件大事给他看看。皇帝认真听我说着，慢慢开始对我产生前所未有的好感。他要我尽可能详细地给他讲讲关于英国政府的情况，因为虽然君王们大都喜欢他们自己的制度，但要是有什么值得学习的，却也愿意听听。

词苑撷英

直言不讳：直截了当地说出来，没有丝毫顾忌。

尊敬的读者，帮我想想，那时我多么渴望我有德谟西尼斯或者西塞罗的口才啊！那样的话，我就可以以最完美的词句来描述我国的繁荣盛世、国泰民安，以此来赞美我那伟大的祖国。

知识延伸

西塞罗：全名马库斯·图利乌斯·西塞罗，古罗马著名政治家、演说家、雄辩家、法学家和哲学家。出身于古罗马的奴隶主骑士家庭，以善于雄辩而成为罗马政治舞台的显要人物。从事过律师工作，后进入政界。

我告诉皇帝，我国领土由两大岛屿构成，三大王国统归一位君主治理，另外在美洲我们还有许多殖民地。关于我们那富饶的土地和温暖的气候，我详细叙述了老半天。接下来我细细地介绍了英国议会的情况。议会的一部分由一个著名的团体构成，称为上议院，成员都是一些血统最高贵的人，世袭最古老、最富足的家业。我又说，这些人一直受到文武方面的特殊培养，使他们生来就有资格做皇帝及王国的参议员，能帮助国家立法，能成为最高法庭的法官，一切上诉都能得到合理的处理，具有勇敢、正直、忠诚的品格，随时都能为君主效劳。他们是王国的荣耀和中流砥柱，不负伟大祖先的盛名，他们的祖先因其美德而享有盛名，子孙后代也继承了这些优点。这些人之外，上议院中还有一部分人是享有主教称号的圣职人员，他们的职责是管理宗教事务，并负责带领教士向人民做宣传。这些人是由皇帝以及最英明的参政员在全国范围内，从最圣洁、学识最渊博的教士中搜寻和选拔出来的，他们的确是教士和人民的精神领袖。

议会的另一部分由称作下议院的一个集会构成，议员都是一些重要的绅士，由人民选举产生。这些人聪慧、爱国心强，能够代表全体人民的才智。这两院人士组成了最威严的议会，整个立法机关就交由他们和君主一起掌管。

我开始讲到法庭，法官们都是些受人尊敬的德高望重而又精通法律的人，他们主持审判，对人民的权利及财产纠纷做出判决，同时惩罚邪恶，保护无辜。我还提到了我国节俭的财政管理制度，提到了我国海陆军队的威武与成就。我先估算一下我们每个教会或政党获得支持的人数，然后再估算出我国的总人口数量。我甚至提到了我们的体育和娱乐以及每一件我认为能为我国增光添彩的琐事。最后我对英国近百年来的主要事件做了一番简要的陈述。

我被召见了五次才说完这些事，每次都谈了几个小时。我谈及的一切皇帝都认真仔细地听，他还不时地记些笔记，把要问我的问题都写在了备忘录上。

几次深谈之后，我被第六次召见时，他就一边对照着笔记，一边逐一提出了他的疑惑、问题和不同意见。他问：我们用什么来培养年轻贵族的身心？他们在早年那最适合受教育的时期通常做些什么？若有哪家贵族绝了嗣，采取什么方法来补充议会里的空缺？那些被封为新贵族的人应该具备哪些必要的条件？皇帝会不会由于一时心血来潮，送给哪位宫廷贵妇或首相一笔奖赏，或者违背公众利益而支持某一党的势力，就使这些人一跃而成为贵族？这些新贵族对本国的法律知识了解多少？如何获得这些知识？若没有别的办法只好上法庭时，他们又怎样来裁判他们同胞的财产纠纷？他们不贪婪、不偏私、不缺钱花也不会接受贿赂，是否会搞什么阴谋诡计？还说到了那些圣职官僚是否只是因为他们对宗教事务具有渊博的知识，品行也十分圣洁，才被提升到了那样高的地位？难道他们做普通牧师时就从没有趋炎附势，从没有卑躬屈膝，在什么贵族的意志下言听计从？

他接下来还想了解，那些被选举为下议员的人，常用什么办法和手段来赢得选票？一个外乡人，若他腰包里有的是钱，是不是就可以动员选民投他的票，而不选举自己的地主或邻近最有实力的绅士？这事既麻烦又费钱，没有薪金和年俸的人一般都会倾家荡产，可是，人们为什么还要那样强烈地渴望往这个议会里挤呢？这些人看起来品德极高，有大公无私的精神，但皇帝却怀疑那会不会是出于真诚？他还想知道，这些热心的绅士会不会想到以牺牲公众利益为代价来顺从一位软弱、邪恶的君主和腐败内阁的意志，从而使自己付出的金钱和所经历的麻烦得到赔偿？他还提了许多问题，并且在这方面就各个部分逐一向我详细询问，提出了无数的质疑和异议。不过我想我没必要在此逐一复述他的话。

关于我国法庭的一些事情，皇帝也想知道几点。这一点我可以解说清楚，因为我以前曾在大法官法庭上打过一场历时长久的官司，花了很多钱才得到判决，差不多搞得倾家荡产。他问我：判决一件案子一般需要多长时间？得花多少钱？若判决时明显不公平，故意刁难人，或者欺压一方，辩护人和原告有没有上诉的自由？教派或政党有没有影响公正执法的现象？那些为人辩护的律师有没有对公平公正有基本的理解？他们是否只了解一些省、国家及其他地方性的风俗？律师或者法官们是否认为自己有任意解释法律的自由，那他们是不是也参与起草法律？他们是不是在不同的时期为同一桩案子一会儿辩护，一会儿又反驳，还援引先例来证明自己意见前后矛盾却仍然有理？律师这一帮人是富人还是穷人？他们为人辩护，是不是能得到金钱报酬？尤其是，他们能不能被选为下议院议员？

然后他又质疑我国的财政。他说，他觉得我的记忆力很差。因为根据我的计算，我们国家的税收每年是五六百万，可我接下来又说到了各项开支，他就发现超支有时不止一倍。这一点上他记的笔记十分具体详细，因为他说他本打算了解一下我们的做法，也许对他是有用的，统计时不会受人蒙骗。但是，若我对他说的都是真的，他还是弄不明白，一个王国怎么也会像个人那样超支呢？他问：我们的债权人是谁？我们又上哪里去弄钱来还债？听我提到那些耗资巨大的大规模战争时，他十分吃惊，说我们肯定是一个好战斗的民族，要么就是我们的邻国都行事恶劣，而我们的将军一定比我们的皇帝还要富有。他问，除了进行贸易、订立条约，或者出动舰队保卫海岸线之外，在我们自己岛国以外的地方我们还能做些什么？最令他奇怪的是，他听我说起一个正处于和平时期的自由民族竟然还要到国外去招一支常备军。他说，既然统治我们的是代表我们利益的人，他想象不出来我们还要怕谁？又要同谁去战斗？他说他愿意听听我的意见，一个人的家由他自己或者子女或其他家人来保护，难道不比

侧面描写

从政治到法律，再到财政，不仅详细问，还认真记笔记，在作者笔下，这样的皇帝该是最理想的。

词苑撷英

超支：支出超过规定或计划。

用一点钱到街上瞎找六七个流氓来保护好？如果全家都被流氓杀了，他们不就可以多挣一百倍的钱吗？

我推算我国的总人数是通过几个教派和政党的人数得出的。他笑话我的这种计算方式，说这方法真是不合理。他说他不清楚那些与公众持有不同意见的人为何非得改变自己的主张，或者把自己的主张隐瞒起来。任何政府，要是强迫人改变自己的主张，那就是专制；而允许人随意公开自己对大众有害的意见则又显得软弱。这就是为什么可以让人在自己家里私藏毒药，却不允许他拿毒药当兴奋剂去到处出售的原因。

叙议结合

运用类比的手法，给“专制”下了个定义，深刻地讽刺了英国统治阶级在思想和行为上的伪善。

他提到，我谈到我们贵族绅士的各种娱乐活动涉及赌博。他想知道，他们大概在多大时就开始玩这种游戏？玩到什么时候才罢手？要浪费他们多少时间？会不会耗资巨大？卑鄙无耻的人会不会因玩这种游戏的手段高超而终成巨富，以致我们的贵族老爷偶尔也不得不仰其鼻息，每天与无耻人在一起，从此不求上进？而赌输之后，贵族老爷们会不会也去学那些卑鄙手段并用之于他人？

词苑撷英

卑鄙：1.（语言、行为）恶劣；不道德。2. 卑微鄙陋。

我对我国上个世纪中的重大事件所做的一番陈述令他大为震惊。他断然宣称，那些事不过是一大堆阴谋、叛乱、暗杀、大屠杀、革命和流放，是贪婪、党派之争、虚伪、背叛、残暴、愤怒、疯狂、嫉妒、欲望、阴险和野心所能产生的罪大恶极。

皇帝再次召见我的时候对我之前说的话做了一下总结。他把自己所提的问题与我所做的回答做了比较，接着把我放到他手里，轻轻地抚摸着我，发表了这样一番话，这番话和他说那话的态度我永远也不会忘记：“我的小朋友格里尔特里格，你对你的祖国发表了一篇令人非常钦佩的颂词。你已十分清楚地证明：无知、懒散和腐化有时或许正是做一个立法者所必备的准则。那些有兴趣、有能力曲解、混淆和逃避法律的人，才能最好地解释说明和运用法律。我认为你们只有几条规章制度是可行的，可是一半已被废除，另一半全被

词苑撷英

钦佩：敬重佩服。

腐败所污染。从你所说的一切来看，在你们那儿，获取任何职位似乎都不需要有一点道德，更不用说人要具有什么美德才能封爵了。教士地位提升不是因为其虔诚或博学，军人晋级不是因为其品行或英勇，法官高升不是因为其廉明或公正，议会议员也不是因为其爱国，国家参政大臣也不是因为其智慧而纷纷得到提升。”皇帝接着说，“至于你呢，旅行了大半辈子，我很希望你至今为止还没有沾染上那个国家的种种恶习。但是，从你自己的叙述以及我费了好大劲才从你口里得出的回答来看，我只能得出这样的结论：你的同胞中，大部分人是从古至今能够存活在大自然中的小害虫中最毒的一种。”

语言描写

作者再一次借大人国皇帝对格列佛的国家的整个社会阶层进行了赤裸裸的批判。甚至说“你的同胞中，大部分人是从古至今能够存活在大自然中的小害虫中最毒的一种。”不是作为人来定义，而是“小害虫”。

精彩点拨

作者借格列佛之口介绍了英国的政治社会制度，指名道姓地批评了英国，格列佛长篇大论地向国君介绍英国的历史、制度和现状，以及种种为国家、为自己“挣面子”的事。然后通过大人国对此的评述完成对英国统治阶级的腐败和不合理的政治社会制度的批判与抨击。用他们的眼光看，英国是列利波塔般的蕞尔小国，它的历史充斥着贪婪、党争、伪善、无信、残暴、愤怒、疯狂、怨恨、嫉妒、阴险和野心所产生的恶果。

阅读积累

德谟西尼斯

古代希腊演说家德谟西尼斯从小口吃，讲话讲不清楚，也非常害怕当众讲话，但他立志成为一名演说家。为矫正口吃，使口齿清楚，他将小石头含在嘴里不断地练习说话。他曾经把自己关在一个黑屋子里练习，为了避免别人打搅，竟把头发剃去一半，成了阴阳头，硬逼着自己专心致志地练习口才。经过 12 年刻苦磨炼，终于走上成功之路。

第七章

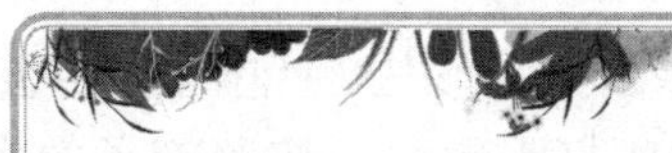

精彩导读

主要介绍大人国的学术、法律、军事等方面的情况。王国与外界隔绝；小农经济，重农轻商，军队（民兵）由手工业者和农民组成；学术十分贫乏，只有伦理、历史、诗歌和数学；法律简洁、准确；文风明了、雄健、流利；但国王孤陋寡闻，不提倡科学技术；对于“我”关于制造大炮的建议，谈虎色变，认为是“非人道思想”，这里也反映他的反战思想。

因为我热爱真理，所以我的故事的这一部分我要讲出来。我就是当时表示出气愤也没用，因为那只会遭受他们更多的嘲笑。我必须忍气吞声，任凭别人对我那高贵而伟大的祖国进行侮辱。我真的感到很难过，而无论哪位读者，要是碰到如此的情况也一定会很难过的。可这位君王偏偏又好奇心那么强，每一件小事都要过问，我要是不尽量回答得让他满意，那我就是忘恩负义，或者失礼。不过我还可以为自己辩解的是，我巧妙地避开了他的许多问题，在每一点上，严格地说，讲得都要比事实好许多，因为我对自己的祖国一向是袒护的。这种对祖国的袒护是值得赞颂的。哈立卡那修斯的狄昂尼修斯就劝告历史学家要多说祖国的好话，这也是有道理的。我要掩饰我的“母亲”的缺陷和丑陋，而尽力宣扬她的美德和伟大。在和那位伟大的君王的多次谈话中，我曾努力那样做，然而却失败了。

> **词苑撷英**
> 忍气吞声：形容受了气而强自忍耐，不说什么话。

可是，还请大家多多包涵这位君王，因为他彻底与世隔绝，结果必然是对其他国家极其平常的风俗人情完全不知。这种无知就产生了许多偏见以及某种狭隘的思想，而我们和欧洲一些较文明的国家是从来不会如此的。若把生活在这么偏远地方的一位君王的善恶观提出来作为全人类的范例，那

> **词苑撷英**
> 狭隘：不宽阔，现在更多地引申为心胸、气量、见识等不宏大，不宽广或非常局限。

真是太难实现了。

为了证明我说的话是完全正确的，也为了更能说明关于狭隘教育会带来怎样的悲剧，我在这里要插上一段几乎让人无法相信的叙述。为了讨好皇帝以得到他更多的宠幸，我告诉他三四百年前有人发明了一种粉末，即使一点火星落到上面也会立刻点燃它。如将这粉末堆得像山一样高，就会被马上炸飞到天空中，声响和震动比打雷还大。按照管子的大小，把一定量的这种粉末塞进一根空的铜管或铁管里，就可以将一枚铁弹或铅弹推出，力量之大，速度之快，没有东西能抵挡得住。以这种方法将最大的铁弹射出去，不仅可以将一支军队瞬间消灭，还可以把最坚固的城墙夷为平地，将载有一千名士兵的船只击沉到海底。若把所有的船用链子连到一起，炮弹能炸断桅杆和船索，将几千人的身体炸成两截，把一切都消灭得无影无踪。我们就经常将这种粉末装入空心的大铁球，用一种机器对着我们正围攻的城池射出去，就可以将房屋炸倒，道路炸毁，四处碎片乱飞，所有走近的人都会被炸得脑浆迸裂。我告诉皇帝我对这种粉末的成分非常熟悉，那些原料普通而且不贵。我也知道调配的方法，也可以指导他的工人制造出与陛下的王国内其他各种东西比例一致的炮管来，最长的不会长于一百英尺。有二三十根这样的炮管，给它们装上一定数量的粉末和铁球，就能在几小时内摧毁他国内坚固的城池。要是哪个城市的人胆敢违抗陛下的命令，整个城市都将被炸毁。我谨将这一知识献给陛下，略表心意，以报答他对我的许多恩典和袒护。

插叙手法

这一段关于火药的描写，生动又让人毛骨悚然，欧洲人自从进入热兵器时代，对其他大陆的原住居民肆意屠杀，侵略。

对我所讲述的机器以及提出的建议，皇帝非常吃惊。他很惊奇像我这么一只无能而卑贱的小东西，竟怀有这样没有人道的念头，说起来还这么简单，好像我对自己所讲述的那些毁灭性的武器所造成的血腥和伤害的结果毫不在乎。他说，最先发明这种机器的人一定是恶魔，人类的敌人。至于他自己，他坚决表示，虽然没有什么东西能比艺术或自然界的新发现更让他感到快乐，但他还是宁可失去半壁江山，也不愿知道这样一个秘密。他警告我，若我还想活命，就绝不要再提这事了。

知识延伸

人道：是褒扬人的价值，捍卫人的尊严，提高人的地位，以人性的眼光研究人的状况、特点、前途和利益。在中国古代儒学中，“人道”与“天道”相关联。

产生这么奇怪的结果是因为狭隘的教条和短浅的目光！一位君王，具有令人崇敬、爱戴和敬仰的所有品质，他有杰出的才能、超群的智慧、高深的学问、统治国家的才能，他的百姓都崇拜他。就是这么一位君王，出于一种全然无须的顾虑，竟将到手的机会轻易放掉了，这真是我们欧洲人所想不到的，否则，他很有可能成为他领导下的人民的生命、自由和财产的绝对主宰者。我这么说倒也不是要贬低那位杰出皇帝。

叙议结合
作为一位统治者，却鄙视权术与杀戮，这或许是作者愿望所在，尤其表达他自己对现实不满。

我很明白，英国的读者会很轻视皇帝的这种性格。不过我认为他们有这种缺点是因为无知，他们现在还不能像欧洲一些比较精明的执政者那样把政治演变成一门科学。因为我记得很清楚，在有一天我和皇帝的谈话中，我曾偶然谈到，关于“统治”这门学问，我们写过几千本书。令我没想到的是，这反而使他十分鄙视我们的文明。他表示，不论是君王还是大臣，我们的神秘、精巧和阴谋都令他反感、看不起。因为他那里既无敌人也无敌国，所以他不清楚我所谓国家机密到底指的是什么。治理国家的知识范围被他划得很小，就是那些情与理、正义和仁慈，判决民事、刑事案件的效率，以及其他一些不值一提的简单事物。他还这样认为：谁能使原来只生产一串谷穗、一片草叶的土地长出两串谷穗、两片草叶来，谁就比其他的政客更有功于人们，对国家的贡献也就越大。

这个国家有的学术存在一些缺陷，只是由伦理、历史、诗歌和数学几个部分组成。不能否认，他们在这几个方面的成就还是很大的。可是他们的数学完全应用于生活的实践上去了，比如用来改良农业以及一切机械技术，这在我们眼里显得微不足道。至于什么观念、本体、抽象、经验，我是永远也不可能将其灌输到他们的头脑中去的，哪怕只是一丁点。

知识延伸
伦理：指在处理人与人，人与社会相互关系时应遵循的道理和准则。它不仅包含着对人与人、人与社会和人与自然之间关系处理中的行为规范，而且也深刻地蕴涵着依照一定原则来规范行为的深刻道理。

他们有二十二个字母，他们的法律条文不允许多出这个数目。不过，绝大多数条文事实上都没有那么长。他们的法律是以最简洁的语言写成的，那里的人民也没有那么雄辩，能在法律上找出另外一种解释。对每一条法律写文章评头论

侧面描写
用简洁文字所写，无法找到另外的解释，诉讼没有技巧……用法律的简洁，表现政治的清明，社会的安宁，这或许是本文最主要的写作特色。

足都要处以死刑。对于民事诉讼的裁决或刑事审判的程序，由于他们的案例不多，没有什么可以值得自豪的特别技巧。

同中国一样，他们也是在很早以前便有了印刷术。但是他们的图书馆并不大，皇家图书馆被认为是最大的了，藏书也不超过一千卷，都摆放在一千二百英尺长的一间长廊里。我可以在那儿随意借阅自己所喜爱的图书。皇后的木匠在哥拉莫达尔克立契的一个房间里设计制造出了一种二十五英尺高的木机械，形状似一架直立的梯子，每一层踏板有五十英尺长。事实上这是一架可以移动的梯子，最下面的一端距离房间的墙壁有十英尺。我把想要看的书斜靠在墙壁上，先爬到梯子最上面的一级，然后脸对着书，从一本书的头上开始，根据一行行字不同的长度，向右或者向左来回走八到十步，直到往下我眼睛看不到的地方，再慢慢地一层一层往下降，直到底层。然后我再次爬上梯子，用相同的方法阅读下一页。读完了，就将那一页翻过去。我用两只手很容易就能翻书，因为书的纸张像硬纸板一样又厚又硬，最大的对开本也只有十八到二十英尺长。

他们的文风清新、豪迈、流畅，但是不浮华，因为他们最讨厌堆砌多余的词语或者使用各种不同的表达方法。我认真仔细地阅读过他们的一些书，特别是历史和道德方面的书籍。其他方面的书呢，我最爱看一直放在哥拉莫达尔克立契房间里的那一本小小的旧书了，这是她的女老师的书。这位稳重的夫人喜欢看关于道德和宗教信仰方面的书。这本书论述了人类的弱点，不过除女人和底层百姓外，并不太受欢迎。然而这样一个题目，那个国家的一个作家能讲些什么，我倒很想瞧瞧。这位作家论述了欧洲道德学家经常讨论的所有主题，指出人从本质上看是多么渺小、卑微、无能的动物，既不能抗御恶劣的天气，又

不能抵挡凶猛的野兽。有那么多其他动物，论力量，论预见力，论速度，论勤劳，都远远超过人类。他又说，近代世界一切都在后退，连大自然都退化了。他说，有理由证明不仅现在的人比原始人体型要小得多，而且以前也确实有巨人存在，这一点在历史和传说中都可以得到证明，比如王国境内到处偶然挖掘出来的巨型骷髅远远超过现在的人类的骨骼。他声称，刚开始时，大自然的法则是要求我们长得又高大又强壮，绝不会像这样，连屋上落下一片瓦，小孩子扔过来一块石子，或失足落进一条小溪这样小小的意外都能使我们丧命。根据这一些推论，几条对人生处世有用的道德法规被作者提出了，不过这里就不用讲述了。至于我自己，心里却忍不住想，这种宣讲道德的天性倒真是全世界都一样，但实际上人们只不过是在发发牢骚表示不满而已。经过详细的调查分析，我认为，那个民族跟自然之间的对抗，也和我们的一样，都是没有一点理由的。

至于他们的军事力量，他们炫耀说皇帝的军队有步兵十七万六千，骑兵三十二万。这支军队由各城的手艺人和农民组成，指挥官只是当地的一些贵族和乡绅，他们没有薪饷也没有赏赐，所以真不知道这样一队人马能否称为军队。他们的操练很严格，纪律也很好，不过我并没看到他们有什么功绩，因为每一个农民都由他自己的地主指挥，每一个市民都由他自己所在城市的贵族和乡绅统领，而这些人又都是像威尼斯的做法那样经投票选出来的，所以他们的纪律这么好。

知识延伸

威尼斯：意大利东北部著名的旅游与工业城市，也是威尼托地区的首府。威尼斯曾经是威尼斯共和国的中心，被称作“亚得里亚海明珠”。威尼斯别名“亚得里亚海的女王”“水都”“桥之城”及“光之城”，堪称世界最浪漫的城市之一。

我经常看到洛布鲁格鲁德城的民兵到城郊一块二十平方英里的辽阔的原野去操练。他们大约有两万五千名步兵和六千名骑兵，不过他们每个人所占用的土地面积太大，我没有办法计算出准确的数目来。一名骑在一匹大战马上的骑兵差不多会有一百英尺高。我曾经见过整队这样的骑兵，一声令下，同时拔出剑来在空中挥舞。没有人能想象出这样宏伟壮观的场面，看上去好像有万道闪电同时从天空四面八方射出。

比喻手法

剑在空中挥舞，如万道闪电。宏伟而壮观，士气之高昂表现得淋漓尽致。

让我感到奇怪的是，任何一个国家都没有道路与这个国家的领土相通，真不明白这位君王怎么会想到要训练军队，或者说要教他的百姓进行军事训练。但是不久，我就通过别人和阅读他们的历史明白了这是为什么。因为，很多年以来，他们也犯了很多别的政府所犯的一个通病：贵族争权，人民争取自由，君王则要完全的专制。无论王国的法律把这三方面协调得有多好，总有一方偶尔会出来反抗法律，这样就发生了不止一次的内战。最后的一次内战幸好被当今皇帝的祖父率大军平定了。于是三方面最后达成一致：从今以后设立民兵团，严格执行各自的职责。

精彩点拨

因为“我”记得很清楚，在有一天我和皇帝的谈话中，“我”曾偶然谈到，关于“统治”这门学问，我们写过几千本书。令“我”没想到的是，这反而使他十分鄙视我们的文明。他表示，不论是君王还是大臣，我们的神秘、精巧和阴谋都令他反感、看不起。因为他那里既无敌人也无敌国，所以他不清楚我所谓国家机密到底指的是什么。治理国家的知识范围被他划得很小，就是那些情与理、正义和仁慈，判决民事、刑事案件的效率，以及其他一些不值一提的简单事物。他还这样认为：谁能使原来只生产一串谷穗、一片草叶的土地长出两串谷穗、两片草叶来，谁就比其他的政客更有功于人们，对国家的贡献也就越大。通过这段话作者表达了自己对国家和人民的关系的理解。不是想着如何盘剥人民，而是鼓励人民发展生产力。格列佛向大人国的国王谈及自己祖国的文化、历史、政治制度时，国王表示不屑乃至嘲讽，我那高贵的祖国原是学术、武功的权威，法兰西的灾难……想不到他竟这样瞧不起。斯威夫特本来是想借巨人国国王的话来抨击英国的政治制度以及资产阶级丑陋的人性。但作者并没有通过巨人国国王的话直接对英国进行批判，而是透过国王的不屑与轻蔑，把他们比作渺小的昆虫族。利用格列佛看似对自己祖国的维护之词进行反面的表达。用一种委婉而巧妙的反语来表达自己的主张，借此来讽刺英国当局者狂妄自大、鱼肉百姓的特征。

阅读积累

印刷术的传播

我国印刷术发明以后，向东传入了朝鲜，往南传入了越南、菲律宾，朝西传入了伊朗、埃及，并陆续传入了欧洲各国。从现存的文献来看，朝鲜是首先接受中国印刷术的国家。

第八章

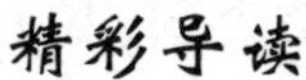

精彩导读

本章写"我"从大人国脱险获救回国的过程。"我"在箱子里的感觉，写得很细腻；"我"与船长的对话，写得很风趣；"我"与妻子女儿见面的情景既有趣，又动情。

我一直都在期盼将来有一天能重获自由，虽然我想不出有用的方法，也想不出任何有一线成功希望的计划来。我原先乘坐的那艘船据说是第一艘被风刮到这一带海域附近的船。皇帝下令，不管什么时候要是再有这样的一艘船出现，就一定要把它带上岸，用货车将所有水手和乘客都送到洛布洛格鲁德。他一心想帮我找一个身材与我一般大小的女人，这样我就可以繁衍后代。但是我是不会接受那样的耻辱的，生下后代被像温驯的金丝雀那样关在笼子里，到后来说不定还得当玩物在王国的贵族之间交易。我确实很受优待，我是一位伟大的皇帝和皇后的宠臣，满宫廷的人也都喜欢我。可是我所处的地位却有辱我作为人类的尊严，我也始终忘不了我在家人面前立下的那些誓言。我想和别人在一起平等地交谈，在街上或田野里走着，也不用担心会像小狗或青蛙那样被人一脚踩死。但是，我没有想到，我竟然很快就获得自由了，而且获得自由的方式也非同寻常。这件事的全部过程我要在这里如实地讲述出来。

> **知识延伸**
>
> 金丝雀：又名芙蓉鸟、芙蓉、白玉、白玉鸟、玉鸟、白燕，是雀目科食谷类鸟。原产非洲西北海岸的加纳利、马狄拿、爱苏利兹等岛屿，是羽色和鸣叫兼优的笼养观赏鸟。有24个品种，在国内外皆被列为高贵笼养观赏鸟之一。

时间过得真快，转眼间我在这个国家已经生活了两年。大概在第三年开始的时候，哥拉莫达尔克立契和我一起陪同皇帝和皇后到王国的南海岸边巡视。和平常一样，我总是被他们放在旅行箱里带着。这箱子我以前描述过，有十二英尺宽，是个便携的小房间。我让他们从房顶的四个角上拉下四

环境描写

作者再一次对自己住的小房间进行了细致的描写，这段描写为故事情节的发展埋下了伏笔。

根丝绳为我安装了一张吊床，有时候我让骑马的仆人把我放在他前面，这样颠簸就可以少一点。一路上我就睡在吊床里。在房顶上稍稍偏离吊床正中的地方，我让精木匠开了一个一英尺见方的洞，这样在天热睡觉时我就可以透透气。洞上装有一块木板，沿着一条槽可以前后拉，我可以随时将它关上。

在我们的行程结束时，皇帝让我去他的行宫里住几天，弗兰弗拉斯尼克是离海边不到十八英里的一座城市。哥拉莫达尔克立契和我都已非常劳累了。我只是有点受凉，而可怜的姑娘却病得连门都出不了了。我很想看到大海，只要有机会，这也是我唯一可以逃走的地方了。我假装病得很重，希望带一位我很喜欢的仆人到海边去呼吸一下新鲜空气。我有时也被托付给这个仆人。我始终也忘不了哥拉莫达尔克立契是多么勉强才答应的，也始终忘不了她再三吩咐仆人要谨慎照看我。她当时哭得很伤心，仿佛对将要发生的事有一种预感。仆人提着我的箱子走出了行宫，走了大约半小时，我们来到了海边的岩石上。我叫他把我放下来。我将一扇窗子打开，对着大海忧郁地、充满渴求地遥望。我觉得有点不适，就对仆人说我想上吊床休息一会儿，希望那样会舒服点。我爬进吊床，仆人怕我受凉又关上了窗子。我很快就睡着了，我猜想仆人看我睡着了，想到我不会发生危险，就去岩石间捡鸟蛋了。因为我刚才在前面从窗口看到他在那里到处寻找，并且还就在岩缝间捡着了一两个鸟蛋。就这样，我被惊醒了，箱子顶部为了携带方便安装的一个铁环被猛地拉了一下。我感觉箱子被高高地抬到空中，然后以非常快的速度向前飞去。开始那一下震动差点把我从吊床上掀下来，不过随后倒还算平稳。尽管我提高嗓门大叫几声，却没有一点效果。我向窗口看去，但除了蓝天和白云外，什么也看不到，我听到头顶上有一种像是翅膀在扇动的声音，这才逐渐意识到我当时的危险处境。原来我箱子上的铁环被一只老鹰用它的嘴叼起来了，准备像对付缩在壳里的乌龟一样，把箱子摔

词苑撷英

忧郁：忧伤愁闷。

到岩石上，再把我的身体啄出来吃掉。这种鸟十分聪明，嗅觉也非常灵敏，从很远的地方就能发现猎物，就是猎物躲在比我这两英寸厚的木板更安全的地方也没有用。

没过多久，我感觉到翅膀扇动的速度越来越快，我那箱子就仿佛被风吹的路标牌一样直晃悠。而后就听到几声撞击声，我想那是鹰遭到了袭击。接着，我突然感觉到自己在直往下掉，持续了有一分多钟，速度之快令人难以置信，我几乎接不上气来。忽然啪的一声巨响，我停了下来。那声音我听起来比尼亚加拉大瀑布还要大。后面一分钟，我眼前一片漆黑。接着箱子慢慢地浮起来，使我从最上面的窗子里看到了光亮。这时我才知道自己掉到海里了。我那箱子，由于我自身的重量和里边的东西，再加上为了加固而在箱子顶部和底部四角钉上去的宽铁板，浸在水中差不多有五英尺。我那时就猜想，现在还是这么认为，叼着我的箱子往前飞的鹰或许正被另外两三只鹰追赶着，它们想争我这一份美食。那只鹰为了自卫，必须扔下我去和它们搏斗。由于钉在箱子底部的铁板非常牢固，所以箱子往下掉时才得以保持平衡，也避免了在水面上被砸得粉碎。所有的接缝处都嵌得很严，门也不是靠铰链来开关的，而是像窗户那样是上下推拉式，所以我这小屋关得严严实实，几乎没有进一点水。由于空气进不来，所以我感到快要给闷死了，就先冒险从吊床上爬了下来，拉开前面已提到的屋顶上那块透气用的活板。

这时我多么希望我的小保姆和我在一起呀！其实我们分开也不过一小时而已。说句实话，虽然我自己正处在危险中，但还是忍不住要替我那可怜的保姆难过。没有我她该多难过，而皇后一生气，她这辈子也就完了。许多旅行家大概都不曾遭遇过我这么大的危险和痛苦。在这危险时刻，我害怕我那箱子会被撞得稀烂，它将被狂风巨浪掀翻。只要玻璃窗上出现一道裂口，我就会没命，也幸亏当初为避免旅行时出意外在窗子外安上了结实的铁丝格，否则窗户哪还能保得住？我看到有几处缝隙已经开始渗水，虽然不是很大，我也

知识延伸

尼亚加拉瀑布：位于加拿大安大略省和美国纽约州的交界处，瀑布源头为尼亚加拉河，主瀑布位于加拿大境内，是瀑布的最佳观赏地；与伊瓜苏大瀑布、维多利亚瀑布并称为世界三大跨国瀑布。

前后呼应

精心设计的小房子，成为格列佛可以重获自由的道具，在安排故事情节的发展方面，值得我们学习和借鉴。

尽量设法将其堵住。我没有办法去推开我那小屋的屋顶，否则我肯定会那么做。因为坐到箱子顶上去，至少可以使我多活几个小时，总比这么关着要强。可是，就算我一两天里躲过了这些危险，我还能希望什么呢？结果还是饥寒交迫悲惨地死去。我在这处境下已过了将近四小时，无时无刻不在想自己死掉算了。

读者是否还记得，我那箱子没有开窗的一面安了两个坚固的锁环，经常带我骑马出去的仆人总是从这锁环里穿一根皮带，把箱子挂在腰间。我正在发愁，突然听到，我真的听到了，箱子安着锁环的一面发出一种摩擦声，我立刻就想到是什么东西在海水里拽着箱子前进，因为我感受到一种牵引力，激起的浪花差不多打到窗户的顶部，几乎使我陷入漆黑一片。这给了我一点点生的希望，尽管我想象不出究竟发生了什么事。我冒险将一直钉在地板上的一张椅子的螺丝拧开，用了好大的力气才把它搬到正对着我刚才打开的活动木板的下面，再次用螺丝固定在地上。我爬上椅子，将嘴尽可能地接近洞口，用我所学过的各种语言大声呼救。接着我又将手帕拴到我平时一直随身携带的一根手杖上，伸出洞去，在空中挥动了好几下，要是周围海域有什么大小船只，水手们见了就一定会猜到这箱子里肯定关着一个倒霉的人。

我所用的一切根本不管用，不过我倒明显感觉到我这小屋在向前移动。又过了一小时，或许还要长一点，箱子安着锁环但没有开窗的那一面被撞到什么硬东西上。我害怕那是块礁石。这时我感到比以前颠得更厉害了。我清楚地听到箱子顶上发出响声，像是缆绳穿过那铁环发出的摩擦声。接着我觉得自己在一点点地往上升，至少比原来升高了三英尺。我于是再将手杖连同手帕一起伸出去，大声呼救，直喊到嗓子都快哑了。我的呼救终于有了回应，我听到外面有人叫了三声，这真使我欣喜若狂。没有亲身经历过的人哪会体会这样的心情。这时我听到头顶传来脚步声，有人对着洞口用英语大喊：“里面有人吗？请回答！”我回答说我是英国人，运气不好，碰上谁都没有遇见的困难，求他们快把我从这箱子里救出去。那声音回答说，我已经安全了，因为我的箱子已被拴在了他们的船上，木匠马上就来了，在箱子顶上锯一个大洞，我就可以出来了。我回答说不用那样，那浪费时间，只需让一名水手用手指钩住铁环，将箱子从海里提到船上，再放到船长室去就行了。他们听到我这样胡说，都认为我疯了，还有人大声笑了起来。我根本没想到，这时我才想起他们和我是同样大小的人。木匠来了，没多久就锯了一个四平方英尺的洞口。接着放下来一个小梯子，我爬上去，我就这样被他们救上了船。此时我已非常疲惫。

水手们都感到十分惊讶，问了我许多问题，我却没有力气回答。当我见到这么多和我一样身材矮小的人时，一下子也晕了，看惯了我刚刚离开的那些巨人们，这些人在我眼里也就成了矮子。可是船长托马斯·威尔柯克斯先生是个非常诚实可敬的什罗普郡人，他见我很疲惫，就把我带到船里，让我服了一种定心药安定下来，又让我睡在他的床上，劝我休息一会儿，这正合我意。我在睡去之前告诉他，我那箱子里有几样珍贵的东西，丢了挺可惜的，它们是一张很好的吊床、一张漂亮的行军床、两把椅子、一张桌子，还有一个橱柜。小屋的四壁都挂着，或者说是垫着绸缎和棉絮。如果他让一名水手去打开，我会当面把那些东西拿给他看。船长听我说这些奇怪的物品，怀疑我是在胡说八道，不过他还是答应按照我的要求派人去做这件事。他来到甲板上，我的所有东西都被那几个水手搬了出来，垫衬在墙壁上的东西也都被撕了下来。但是椅子、橱柜还有床架都是用螺丝钉在地板上的，水手们不知道，硬使劲往上扯，结果几乎都损坏了。他们又敲下了几块木板拿到船上来用，能拿的都拿走了以后，就把空箱子扔到了海里。因为箱底和四壁有许多裂缝，箱子立刻就沉了下去。说实话，我很庆幸没有看见他们将这些东西毁坏的场景，因为我相信，让这些往事再次在脑海中出现，我一定会感触很深的，而我情愿把它们忘掉。

我睡了几小时而且一直在做梦，我梦见了我离开的那个王国，梦见了我刚刚经历过的种种危险。不过一觉醒来，我已经恢复了精力。这时大概是晚上八点钟了，船长想我可能饿了，就马上吩咐开晚饭。他见我已不再胡说八道，而且说话也前后连贯了，就非常热情地招待我。只有我俩的时候，他要我把旅行的经历告诉他，问我为什么会坐在一个可怕的木头箱子里在海上漂流。他说，中午十二点钟的时候，他正拿着望远镜在瞭望，突然在远处发现了我所在的箱子，刚开始还以为是一艘帆船，心想离他的航线不太远，自己船上的食物又快吃光了，想到船上买一些回来。等船靠近了才知道自己搞错了，就派人坐长舢板去看看我的箱子究竟是什么东西。他的水手们回来都十分害怕，发誓说他们看见了一座漂流着的房子。他不相信他们说的话，就亲自坐小船去看看，同时叫水手们随身带上一根结实的缆绳。

反复手法

通过反复的手法，既说明梦做得多，而且内容都和这次的经历有关。

词苑撷英

发誓：庄严地说出表示决心的话或对某事提出保证。

当时海上风平浪静，但围着我划了几圈，看见了我箱子上的窗户和保护窗户的铁丝框格，又发现一面都是木板，非常严密，却装着两个锁环。他于是吩咐水手把船划到那一面去，将缆绳拴在其中的一只锁环上，就叫他们把我那箱子向大船拖去。箱子拖到船边后，他又吩咐再拴一根缆绳到安在箱顶的铁环上，然后箱子被滑轮吊起来。可是所有人员一齐动手，也只不过吊起两三英尺。他说他们看到了我从洞里伸出来的手杖和手帕，知道一定有什么倒霉的人被关在那里面了。我问他开始发现我的时候，他和水手们是否看到空中有什么大鸟飞过。他回答说，我睡觉的时候，他和水手们讨论过这事，其中有一个说他看到有三只鹰朝北方飞去，但并没觉得比一般的鹰大。我想那一定是因为它们飞得太高的缘故。他当时想不通我为什么要问这个问题。我接着问船长，我们离陆地大概还有多远。他说，据他最准确的计算，至少还有一百海里。我告诉他，他肯定多算了差不多一半的路程，因为我掉进海里还不到两个小时。听我这么一讲，他又开始怀疑我的脑子有问题。他暗示我，说我是精神错乱，他叫我上他给我准备的一间舱房里去躺会儿。我让他放心，他这么热情地招待我、陪我，我已经恢复过来了，神志也跟平时一样非常清醒。他这时却又严肃起来，实话问我，是否我犯了什么大罪，按照某个君王的命令受到惩罚，被装到那个箱子里面，就像一些国家对待重大罪犯那样，不给吃的，把他扔上一只破船到海上去漂泊。他说虽然很后悔把这么一个罪犯搭救上船，可他还是说话算话，到达第一个港口时把我送上岸。他接着又说，我刚开始对水手们尽胡说八道，后来又对他胡说，再加上我的小屋或者说箱子，还有我吃晚饭时的神态举止都非常古怪，他就越来越怀疑了。

我请他认真听我讲我经历的故事。我将自己最后一次离开英国到他发现我那一刻为止的全部经历，都完完整整地说了一遍。事实总是能打动明事理的人。这位诚实可敬的先生还有几分学问，头脑也很清楚，他很快就相信我是坦诚的，说的都是实话。但为了进一步证明我所说的是事实，我请求他叫人把我的橱柜拿来，那橱柜的钥匙还在我的口袋里。当橱柜被打开时，我把我在那个国家收集到的那些珍奇玩意儿全拿给他看。说来真不可思议，我竟然能从那个国家逃出来。这里面有我用皇帝的胡子楂制作的一把梳子，还有一把也是用相同的材料做成的，只不过梳子的背是用皇后剪下来的一块大指甲制成的。还有几根缝衣针和别针，长度在一英尺到半码之间；四根像木匠用的平头钉一样的黄蜂刺；皇后梳下来的几根头发；还有一枚金戒指，那是有一天皇后非常友好地送给我的，她把戒指从小指头上取下来，然后扔过来套在我头上。为了感谢船长，我请他收下这枚戒指，可他坚决不要。我又拿出我亲手从一位皇室侍女脚趾上割下的一只鸡眼让他看，它跟一个肯特郡的苹果差不多大，长得非常坚硬，我回英国后把它挖空用来做杯子，还用白银把它镶了起来。最后我让他观看我的裤子，它是用一张老鼠皮做的。

无论我怎么劝，他什么东西也不肯要，只是有一颗仆人的牙齿，我见他十分好奇地在那儿认真观看，我觉得他可能喜欢，就送给了他。他十分感谢地接受了，其实这么一件小东西他根本没必要这么客气。那牙齿是被一位外科医生从哥拉莫达尔克立契的一个患牙痛的仆人嘴里错拔下来的，它其实和他嘴里的其他牙齿一样都是好的，我把它洗干净，放到了橱柜里。牙齿有一英尺长，直径四英寸。

船长相信了我这简明的叙述。他说他希望我们回英国后我能把这全部经历写下来公之于世。我回答说，我觉得我们写旅行的书已经有太多了，现在不写点特别的根本没法出版。我因此很怀疑一些作家考虑的不是故事的真实性，而是他们自身的荣誉和利益，要么就是为了讨那些无知读者的欢心。我的故事却只是一些非常平凡的事情，别的很少涉及，我不会像许多作家那样，净写那些关于奇怪的草、木、鸟、兽，或者未开化的民族的野蛮习俗、邪神崇拜等等。尽管如此，我还是感谢他的好意，并说我会考虑写书的事。

他觉得有一件事很奇怪，那就是我说话的声音为何如此之大，他问我那个国家的皇帝和皇后是否耳朵都有问题，我跟他说，两年多来我已经习惯这样说了。我自己也觉得很奇怪，他和水手们说话的声音低得像是在说悄悄话，不过我还是能听得清楚。在那个国家里，我说话就像一个人站在大街上跟另一个从教堂的塔顶向外探望的人说话一样，除非我被他们放在桌子上，或者放在什么人的手上，说话才不用那么大声。我告诉他，我还发现了另外一件事，就是我刚上船时，水手们全都围着我看，我还以为他们是我第一次见过的最不起眼的小矮子呢！真的，我在那个王国的时候，双眼已经看惯了庞然大物，都不敢照镜子了，因为相比之下，实在自惭形秽。船长说我们一起吃晚饭时，他就觉得我看什么东西都带着一种奇怪的眼光，好像总忍不住要笑似的，他不知道这是为什么，只好认为我有点神经错乱。我说他讲得很对。我看到他们的菜盘子跟三便士银币差不多大，一条猪腿

词苑撷英

庞然大物：外表上庞大的东西。

词苑撷英

自惭形秽：原指因自己容貌举止不如别人而感到惭愧，后来泛指自愧不如别人。

还不够一口吃的，酒杯只有核桃壳那么大，我怎么能忍住不笑？我接着又以同样的方式把他们的其他家用器具和食物也描述了一番。虽然皇后叫人为我准备了一整套小型日用品，我却一心只注意到我旁边的那些大物件，就像人们对待自己的错误的态度一样，我对自身的渺小视而不见。船长很快领会我这玩笑，就引用一句古老的英国俗语来回答我，说他怀疑我的眼睛大肚子小。因为他发现我虽然饿了一天了，却并没有吃什么东西。他还继续开玩笑，说他愿意出一百英镑看鹰怎么叼走我的小屋，再从空中把它丢到海里去。他说那场景一定非常惊心动魄，值得写下来传给后代看。那和法厄松的故事完全可以相提并论，不过我却不喜欢他这样夸张的说法。

词苑撷英

相提并论：把不同的或相差悬殊的人或事物混在一起来谈论或看待（多用于否定式）。

船长之前是到日本东京去，这时正在返回英国的途中。船正朝东北方向前行，方位是北纬四十四度，东经一百四十三度。但是我上船后两天就遇到大风。我们向南行驶了好多天，又沿新荷兰海岸航行，然后一直走西南偏西的航线，再改走西南偏南方，最后绕过了好望角。我们一路上一帆风顺，我就不把每天的航行经过写下来浪费读者的时间了。船长只在一两个港口停过，派人坐长舢板去采购食物和饮用水。不过我在到达唐兹前一直没下过船。我们于1706年6月3日到达唐兹，这时离我脱险大概已过了九个月。我提出把我那些东西留下来作为船费，但船长坚决不要。我们依依惜别，同时我要他答应以后有空上瑞德里夫的家里来看我。我还向船长借了五先令，雇了一匹马和一位向导朝家奔去。

知识延伸

先令：英国的旧辅币单位（旧时英国的多数殖民地也用相同的货币单位）。奥地利的旧货币单位和肯尼亚、索马里、乌干达、坦桑尼亚的货币单位。在人民币里面，单位是“角”。

回家的路上，我觉得房屋、树木、牲口和人都变得很矮小，就开始认为自己可能是在列利波塔。我怕踩到我所碰到的所有路人，常常高声叫喊让他们让开。由于我这种可笑的行为，有一两次我差点叫人打破脑袋。

通过一番打听我才回到家里。一个佣人开了门，因为我怕碰着头，所以就像鹅进窝那样弯着腰走了进去。我妻子跑出来拥抱我，可我却把腰一直弯到她的膝盖以下，认为若不这样她就够不到我的嘴。我女儿跪下来要我给行礼，因为长期以来已经习惯站着仰头看六十英尺以上的高处，直到她站起身来，我才看见她，这时才走上前一手将她拦腰抱起。我俯视着看了看佣人和家里来的一两个朋友，觉得他们都是矮子，而我则是巨人。我对妻子说，她太节俭了，因为我发现她和女儿都好像快饿得看不见了。总之，我的行为十分奇怪，大家就同那船长开始看见我时一样，断定我是神经有问题。我说这些，是为了证明，习惯和偏见的力量有多么大。

过了不久，一切又恢复正常了，我和亲朋好友又能够正常交流了，可是我妻子坚决不同意我再去航海。不过，我天生就无法安静地生活，她是无法阻拦我的，这一点读者以后就会知道了。我不幸的航海经历的第二部分就写到这里吧！

> **言简意赅**
>
> 看惯了巨人，现在其他人都成了矮子。看似作者所指在此，其实用意还在言外。尤其这样的结尾言简意赅，含义深远，耐人寻味。

本章作者精巧的构思，让第二卷的冒险有了合情合理的结局，格列佛重新回到了家里，在描写与家人相处时种种不适的场面，结尾用“我说这些，是为了证明，习惯和偏见的力量有多么大。”再一次让读者看到作者批判现实主义的态度。

阅读积累

法厄松的故事

法厄松是希腊神话中太阳神赫利俄斯的儿子。他得到父亲的许可，驾驶太阳车一天，但中途翻车，几乎使地球失火，后来他被宙斯用雷霆击死。

第三部

飞岛国、科幻国、巫师国、长寿国、日本国游记

第一章

精彩导读

本章写“我”开始第三次航行遇险，被“飞行岛”接纳。第二次航行脱险归来，在家待了不到两月，就应“好望号”的船长重聘，开始又一次去东印度群岛航行。1706 年 8 月 5 日起航，经过近半年的航程，1707 年的 4 月 11 日抵达圣乔治要塞，在那里停留、休整了三周，然后继续航行，抵达东京。

我在家待了还不到十天，威廉·鲁滨孙船长又来我家找我，他是康渥尔郡人，是一艘叫“好望号”的三百吨大船的船长。我过去曾在一艘去利凡特的商船上当过外科医生，他当时持有那船四分之一的股份，他从没把我当成下属而是始终把我当成兄弟，听说我回来了，他来拜访过我一次，当时我只把这当成故友很久没有见面后的叙旧，没有别的想法。但此后他时常来看我，说见到我的身体状况良好他很高兴，并问我是不是打算长期待在家里，还说他计划两个月后去印度一带航行。最后他坦率邀请我做此次航海的外科医生，并告诉我，除了助手外，还为我再配一名医生当副手，还会付我双倍薪水。因为我的航海知识跟他差不多，他做任何决定都会听从我的建议，好像是我和他一起指挥这艘商船。

> **知识延伸**
> 康渥尔郡：又译为康瓦尔郡，大不列颠岛西南端的半岛，英国英格兰西南端的区。康瓦尔东与德文郡相邻，南临英伦海峡，西、北临大西洋。以人口计算，特鲁罗是最大城市（亦是行政总部），圣奥斯特尔是第一大镇。

他还说了一些客气话，我内心也明白他为人很诚恳，所以没法拒绝他的邀请，我虽然过去经历过几次不幸，但周游世界的欲望依然很强烈。唯一的难题是怎样说服我的妻子，在我的一再劝说下，还考虑到了孩子的前途，最终她答应了。

我们于1706年8月5日起航，1707年4月11日到达圣乔治要塞。我们在那里停留了三星期进行调整，因为有许多水手

> **知识延伸**
> 圣乔治要塞：是印度东南部大城市马德拉斯的旧名。

生病了。我们又从那里出发前往东京。船长决定在那里停留一段时间，因为他要买的很多货物，还不够齐全，而且预计在几个月之内事情很难完全办妥。因此为了支付部分必需的开支，他买了一艘单桅帆船，装载了一些东京居民与邻近岛民进行交易时常用的货物，派了十四个水手运货，其中三个是当地人，并叫我担任船长，负责近两个月的贸易。这段时间，他在东京处理他的事务。

我们航行还不到三天，就遇上了暴风雨，我们向东北方漂流了五天，接着又转向东方。过了不久，天气转好，但仍刮着一股强有力的西风。到了第十天，有两艘海盗船在追逐我们，因为单桅帆船负载太重，而我们又没有自我防御的能力，所以很快就被他们追上了。

两艘船上的海盗们几乎同时登上了我们的船，他们在各自首领的率领下气势汹汹地冲上来，却发现我们都温顺地趴在甲板上，我们被他们用牢固的绳子绑起来，留下一个人来看守，然后就去搜寻船上的货物。

> **词**苑撷英
> 气势汹汹：形容态度、声势凶猛而嚣张。

我发现他们中有一位是荷兰人，尽管他不是船长却好像有些权力。他从我们的长相上判断我们是英国人，于是就用荷兰语对我们叽里咕噜了一番，扬言要把我们背靠背地捆绑起来扔向大海。我会说荷兰语，就告诉他我们的身份，希望他看在我们同为基督徒、新教徒的份上，看在英荷两国是盟邦的情分上，说服船长放了我们。我的话令他很生气，他又恐吓了我们一番，转身对他的同伙激昂陈词，我猜他说的是日语，并时常听到“基督徒”这个词。

> **夹**叙夹议
> 当时尽管英荷两国在军事上结成了联盟，但在商业上竞争却十分激烈。斯威夫特的笔下，荷兰人的形象一向不太好。

另一艘海盗船的船长是个日本人，他的荷兰话说得不太好。他走到我跟前，问了一些问题，我都非常恭敬地回答。然后，这位船长说饶我们一死。我向他深深地鞠了一躬，接着转身对那个荷兰人说：“令我伤心的是一个基督徒竟没有一个异教徒有善心。”但很快我就后悔自己为什么要说这几句傻话，因为那个可恶的卑鄙之徒虽没有最终说服两位船长把我们扔进大海，却令我们受到了更残酷的惩罚。他们把我的手下分成两个相等的小分队后分别押在两艘海盗船上，我的单桅帆船则被他们的水手占领。他们决定把我放在一只有

帆、有桨和有四天补给的独木舟上去漂流。那位日本船长对我比较好，他给我多拿出一倍的给养，并下令不许搜我的身。我上了独木舟，那位荷兰人站在甲板上用最难听的语言尽情地诅咒我。

词苑撷英
诅咒：原指祈祷鬼神加祸于所恨的人，今指咒骂。

大概在发现海盗前的一小时，我测量过一次我们的方位，正位于北纬46°，东经183°。离海盗们很远以后，我用袖珍望远镜向四周望了望，在东南部发现了几座岛屿。当时正是顺风，我升起了帆，打算把船开到最近的一座岛上去。大概三小时后，我到达了那里。岛上岩石林立，但我找到了许多鸟蛋。我点燃一堆石南草和干海藻，在那里烤蛋吃。晚餐我没有再吃其他的东西，因为我要尽量地节省食物。我在一块岩石的避风处过夜，身下铺了些石南草就舒服地睡去了。第二天，我驶往另一座岛，从那里又驶往第三座、第四座岛，有时我扬帆，有时我划桨，其间遭受的痛苦不再向读者逐一叙述。第五天我来到我所能看到的最后一座岛上，它在前面那些岛的东南方。

我划了五小时也没有到达，那座小岛比我想象的要远得多。我大概绕了小岛一圈才找到适宜的地点上岸。那里是一个小港湾，有我船的三倍宽。我发现岛上到处是岩石，岩石间杂生着几丛青草和熏香的药草。我拿出仅有的食物充饥。岛上到处是洞穴，我把剩余的食物藏在一个洞穴里。我又在岩石上找了很多蛋，找了一大堆的干海藻和枯草，计划明天用它们把蛋好好烤一烤。我在藏食物的洞里过夜，躺在准备当柴火用的干草堆上，尽管很疲惫，但脑子里太乱，睡不着。我认为在这荒凉的地方是不可能活下去的，我的结局一定会很悲惨。我非常焦急和难过，躺着不愿起床，等我睁开眼爬出洞穴，天已经不早了。我在岩石间走了一会儿，天空非常晴朗，太阳炙热地照着大地，我不得不背过脸去。忽然，光线暗了下来，我感觉不太像是乌云挡住了太阳。于是转身，发现太阳被一个不透明的大块东西挡住了，它正向岛上飞来。那东西看起来好像位于两英里的高空，太阳被遮住了六七分钟，但我并没有感到天色变暗，天气变凉。当它靠近我时，我才看清楚它是个坚实的物体，它的底部平滑，因

环境描写
到处是岩石、洞穴，还有熏香的药草。寥寥数言，勾勒了一幅奇异之境。

下面海水的反光而亮闪闪的。我站在离海岸大约两百英尺的高处，看到这个庞然大物落在离我约一英里远的地方。我拿出袖珍望远镜，清楚地看到有许多人在它的侧面上下走动，那侧面有个坡度，但那些人具体在做些什么我却不得而知。

> **叙议结合**
> 看到孤岛上面有人，自己便可能获得帮助。对生命的渴求是毋庸置疑的。

我内心有些激动是因为对生命本能的热爱。我有了一线生的希望。不管怎样，或许这次我能从这个偏僻的地方及悲惨的境地中逃脱出来。但同时读者们可能理解不了我看到这座空中岛屿时的诧异，看到岛上有居民，他们可以自由地操纵岛屿的升降和行进。但当时我的处境令我没有心思思考这个现象产生的来源，于是我选择观察该岛航行的路线，因为有一段时间它好像是悬在那里不动的。但很快它飞得更近了，我看明白了它的侧面，环绕侧面的是几层游廊，每隔一段距离就有台阶，可以顺级而下。在底下的游廊上我看见有人正用长钓竿钓鱼，其他的人则在旁边观看。我挥动帽子和手帕，看到它飞得越来越近了，就拼命地喊叫。再仔细一看，我看到离我最近的一侧聚集了一大群人，他们对着我指指点点，他们虽然没有回答我，但可以肯定他们已经看到了我。我看到有三四个人迅速地沿台阶跑到岛的顶部，然后就消失不见了。若我猜得没错，他们是向负责人报告此事去了。

不久，人越来越多，这座岛又开始移动起来，它底部的游廊和我站的高地已经平行，距离不到一百英尺。于是我做出呼救的姿势，用谦卑的口吻哀求，他们却一点反应也没有。那些站得离我最近的人好像是有地位的人物，这是我依据他们的衣着判断出来的。他们讨论着，并不时地瞧瞧我。其中的一个人用清晰、礼貌和平缓的语气喊话，听他的口音像是意大利人，我于是也用意大利语回答，希望这种语调至少让他们觉得更顺耳。虽然我们不明白对方的语言，但我的意图他们应该很清楚，因为他们看得到我凄惨无比的样子。他们打手势让我从岩石上下来走到海边，我照着做了。那座飞岛升到了一个合适的高度，边缘正对着我头顶上方，他们从最下面的游廊上抛下一条链子，链子的末端拴有一个座位，我把自己固定在座位上面，最后被他们用滑轮吊了上去。

第三部一开始就把当时有"海上马车夫"之称的荷兰人塑造成心肠毒辣的海盗，这和作者生活成长的环境分不开，可见从文学作品中还是可以体会到当时的社会环境。

阅读积累

光荣革命

1688年，英国正面临一场危机，当时，国王詹姆士二世置英国国内大多数人为新教徒的国情于不顾，企图重新将天主教定为国教，而且强行镇压反对派，解散议会，已经处于众叛亲离的边缘。威廉三世看准时机，亲率万余大军在英国登陆，英国人纷纷倒戈，使他轻而易举地攻下了伦敦，将岳父大人赶到了法国。威廉三世与其妻玛丽一起被接受为英国国王，但条件是必须接受议会通过的《权利法案》。其主要内容是国王未经议会同意不能停止任何法律的效力，不经议会同意不能征收赋税等。这一事件，对英国而言意味着自1640年革命以来，由革命引起的阵痛的结束，建立起了世界上第一个长期稳定的君主立宪制，这就是 "光荣革命"。威廉三世与其妻玛丽两人没有留下任何后代，1701年，威廉又接受了英国议会通过的《嗣位法》，除了规定他的妻妹安妮为继承人外，还规定今后任何天主教徒不能继承英国王位，任何英国国王不得与罗马天主教徒结婚等。

第二章

精彩导读

简要地介绍了“飞行岛”的风土民情。“飞行岛”，只指“王宫”。整个王国，包括它的首都都在大地上。

本章写“我”进宫后的一个月来的经历与活动。首先是学习该国的语言。“我”以前就学过多种外语，这方面是内行，他采用了翻译与实物等多种手段学习外语，在有利的外语环境里，一个月就勉强掌握了该国语言。

讽刺手法

乔治一世在位时，英国人喜欢研究抽象的科学，包括天文学和高等数学，以及音乐理论，斯威夫特对此加以讽刺。

词苑撷英

形影不离：像形体和它的影子那样分不开。形容彼此关系密切，经常在一起。

登上飞岛后，岛上一些人就把我围住，站在我面前的人身份要高贵一些。我被他们当作稀罕物看，我也从没见过一个身材、习俗和长相这样奇特的种族，因而心里比他们更惊奇。他们的头都是偏向一侧，一只眼睛内转，另一只眼睛上翻。他们的衣服上面都饰有太阳、月亮和星辰的图形，中间还夹有许多乐器图案，如笛子、喇叭、吉他、竖琴、小号、键琴和一些我们欧洲人未见过的乐器图案。我发现许多像仆人一样的人手里都拿着一根短棍，棍子末端系有一个鼓鼓的气囊。后来我才听说每个气囊里装有一点干豌豆或小石块。他们不时用这些气囊拍打身边人的嘴和耳朵，当时，我猜不出这种行为表示什么。好像这些人总是爱陷入思考，无法讲话，无法与别人沟通，必须借助外力触动他们的发音和听觉器官才能让他们回过神来。因此要是条件好一点，他们家里总会雇佣一个仆人充当“拍击手”，出去散步或串门也都会带上他。这位仆人的职责是，当两个人或更多人聚在一起时，用气囊轻敲发言人的嘴和听者的右耳朵。在主人散步时，拍击手也要形影不离，不时拍打主人的眼睛，因为如果陷入沉思，就有可能发生一些危险，比如掉下悬崖或头撞到柱子上或在街上撞到别人或跌进阴沟里。

向读者提及这一点是非常必要的，免得读者和我一样弄不明白这些人的行为。他们带我上楼到达岛的顶部，然后从那里去皇宫。我们上楼的时候，有几次他们忘记了在做什么，把我一个人留下，这时，拍击手会让他们恢复记忆。如果他们失去记忆，就会对我奇特的服饰和长相以及百姓的叫喊声没有反应，那些百姓的思维比他们集中，不容易陷入沉思。

最后，我们来到皇宫大殿，我看到了坐在宝座上的皇帝，两边侍立着显赫的大臣。宝座前是一张大桌，桌子上放满了地球仪、天球仪及其他各种数学仪器。尽管我们是很多人一起走进皇宫的，但吵闹声并没有引起国王的注意。当时他正在思考一个问题，我们等了至少一小时，他才把问题解决。他的旁边各站着一位拿着拍子的年轻仆人。看到皇帝忙完，其中的一名仆人就轻击皇帝的嘴，另一名则轻击他的右耳。这时，皇帝才好像突然从梦中醒来，看着我和其他人，这才回忆起我们进殿的情景，刚才进殿时已有人向他禀报过。他说了几句话，与此同时，有一位手拿拍子的年轻人立刻来到我的身边，轻击我的右耳。我打了个手势，尽可能地让他明白我不需要这种仪器。事后，我才知道我这种行为使得皇帝陛下和整个皇宫的人都以为我智商低。根据我的猜测，皇帝是要问我一些问题，我也用所懂得的各种语言回答他，却发现我们都听不懂对方的回答。于是皇帝下令带我到宫内另外一间客房里（这位世袭君王与他的先辈们相比更加热情好客，并因此而出名），他命令两名仆人服侍我。他们不久送来晚餐，荣幸的是，有四名显赫的大臣同我一起用餐。宴席上总共上了两次菜，每次三道。第一次上的菜是切成正三角形的一块羊肩肉、一块切成长菱形的牛肉和一块圆形布丁。第二次上的菜是两只捆扎成小提琴形状的鸭子，长笛和双簧管形状的香肠和布丁，一块竖琴形的小牛胸脯。佣人们把面包切成圆锥体、圆柱体、平行四边形和其他一些几何图形。

吃饭时，我冒昧地问了几种东西用他们的语言怎么说，这些显贵的大人们在拍击手的敲击下，开心地作答，他们希

意在言外

人们对于不同于自己的风俗民情，总是轻易地下结论，这是人们认知的偏见。

知识延伸

双簧管：木管类乐器。双簧管在乐队中常担任主旋律，是出色的独奏乐器，此外它还是交响乐队里的调音基准乐器。双簧管像大多数高音管乐器一样，有它的基础音域，但有能力者可以向高处扩展一定音域。

望多与我沟通交流让我欣赏他们卓越的才华。不久，我就学会用他们的语言为自己点面包、饮料和其他喜欢的食品。

餐后，陪我用餐的人走了，皇帝又派来了一个人，他身边也有拍击手伺候。他带来了钢笔、墨水、纸和几本书，用手势向我表明他是被派来教我学他国语言的。我们在一起待了四小时，其间，我写了几行词，旁边还有译文。我又以对译的方式学会了一些短语。我的老师让我的仆人取物、鞠躬、转身、走、站、坐等。我把这些都记下来了。他拿了一本书给我，让我看里面的日月、星辰、赤道、热带、南北极圈等图形，还给我讲解了许多平面和立体图形的名称。他教我各种乐器的名称及属性，以及演奏它们时会用到的一些专业术语。我把这些词及它们的翻译按字母顺序排列下来。因为我记忆力好，所以没过几天就深入了解了他们的语言。

讽刺手法

这一段旨在讽刺当时的语言学。有人说put这个词根和Lilliput的put同意，意即"渺小"。

我把该国语中的"Laputa"（勒普塔）译成"飞岛"或"飘浮岛"，我对这个词的真正来源无从得知。"Lap"在古语中是高的意思，"Untuh"是长官的意思。他们说因为错译，"Lapuntuh"被译成"Laputa"。我不太赞同这种词义演变的说法，觉得有些勉强。我大胆地向他们中的智者提出我个人的观点："Laputa"是"Quasi Lap Outed"，"Lap"代表阳光在海面上照耀，"Outed"是翅膀的意思。不过我并不想把自己的想法强加给别人，只是想把它们提出来让聪明的读者自己去思考。

知识延伸

四分仪：是航海者在海中测量船只属处的经纬度的一种工具，但是精度不高。它可以观测太阳，借以测量天顶的高度角，亦可求得夜间北极星的高度角。

那些奉命照看我的人，看见我衣衫破烂，第二天就让一名裁缝为我量体裁衣。这位裁缝裁衣的方法也与欧洲的同行不同。他先用四分仪测量我的身高，然后再用尺和圆规量我全身的长、宽、厚和外形轮廓，然后写在纸上。六天后，我的衣服就做好了，做得非常难看，而且令衣服彻底走样的原因是他算错了一个数据。我发现这种错误是经常发生的，而且人们已经习惯了。没有合适衣服的几天，我因为身体不舒服，就在家多待了几天，我的词汇量也增加了不少。我第二次拜见皇帝时，已能听明白他讲的大部分话并做出一些简略的回答。陛下已下令飞岛往东北偏东方向飞，一直到朗哥杜的上空。朗哥杜是整个王国在地面上的首都，距离飞岛约有

九十里格，我们就这样飞行了大约四天半。我丝毫没有感到飞岛在移动。第二天早上十一点钟，皇帝在他的贵族、大臣和官员们的陪同下，拿出所有的乐器一直演奏了三小时，这噪声吵得我头昏脑涨，如果没有导师的讲解，我根本没有办法猜出这噪声的意义。据导师说，每隔一段时间人们就要组织一次集体演奏，每当这时，宫廷里的人都会做好准备，演奏他们最拿手的乐器。

在飞往首府朗哥杜的途中，国王陛下下令飞岛在一些城镇、乡村的上空稍作停留，以接受那里臣民们的请愿书。因此，他们从飞岛上放下几根线，线的最下端拴上重物，下面的人把他们的请愿书系在这几根线上，飞岛上的人就会把请愿书慢慢拉上来，就像小学生们拉风筝的线一样。偶尔还会收到下面供奉的酒和食物，也是系在绳上拉上来的。

在学习他们的语言时，我的数学知识帮了我大忙。他们的词汇很多涉及数学和音乐，而我对音乐也并非不了解。他们的思维总是与音乐和图形联系在一起。比如，如果他们要赞美一个女人的美丽或其他任何一种动物，他们就爱用菱形、平行四边形、圆形、椭圆形及其他几何图形，或一些音乐术语，这里就不详细赘述。我在御膳房里看到过各种数学仪器和乐器，厨子们就根据这些图形把肉切好，最后摆在皇帝的餐桌上。

他们建的房子质量不好，墙壁倾斜。在任何一间房子里都很难找到直角。这是因为他们对实用几何学轻视造成的，他们认为实用几何学粗俗、没用。但是他们的设计往往太精细，技术人员没有办法理解和领悟，所以就会经常出现差错。尽管他们能用尺、铅笔和圆规在纸上灵巧、娴熟地画图，但他们的日常行动却十分笨拙。除了数学和音乐之外，他们在其他方面的反应都很慢。他们不知道以理服人，对待异己的人表现得非常情绪化。他们的意见如果是正确的还好，但这样的时候很少。他们对想象、幻想和发明几乎不了解，他们的语言中也没有表达这类概念的词汇，他们的心智活动只局限于上述的这两类科学。

他们大多数人，尤其是那些从事天文学研究的人，非常

知识延伸

请愿书：表达自己的愿望，自己想干什么，然后以书面形式通过合法渠道向有关部门提交的文书，然后由有关部门批准。请愿书首先应该有礼貌，纵然有百般怒火，也应该尊重对方，然后把自己的看法意见表达出来，描述事实时注意客观，不要带有主观色彩，接着把自己的请求写出来。

讽刺手法

这一段描写，讽刺了眼高手低的毛病。

信仰实用占星术，尽管他们对于公开承认自己的这种信仰感到羞耻。最使我惊奇和不可思议的是他们非常热衷于新闻和政治，喜爱过问公共事务，对国家事务做出自己的判断，并对党派提出的每一个主张的细节进行激烈的讨论。我曾发现大多数我所熟识的欧洲数学家也有同样的嗜好，尽管我从未发现这两门学科有任何共同点——除非这些人这样假设：由于小圆和大圆度数相同，因此处理世界上的事物只需要有操纵转动地球仪的能力就足够了。但我认为这种性格来源于人性中普遍存在的一个弱点：人们往往喜爱去研究和指责与他们没有关系或他们根本不擅长的事。

这些人总是惶惶不安，从来没有享受一会儿安宁。对于引起他们不安的原因对其他人类来说简直微不足道。因为他们的忧恐来自对各种天体变化。比如说，地球在太阳不断接近的情况下，到一定时候会被太阳吸收或吞噬掉。太阳表面会渐渐被它散发的臭气所笼罩住，阳光不会再照射到这个地球上。地球侥幸躲过了上一次彗星尾巴的扫射，不然的话，它会毫无质疑地被扫为灰烬。据他们推测，在三十一年后，会再次出现一颗彗星，它很有可能将整个地球毁灭。他们为此感到恐惧。因为当彗星运行到近日点时，会吸收比使铁熔化所吸收的热量多出一万倍的热量。远离太阳后，它会拖着一条长达一百万零一十四英里长的炽热尾巴。若地球从相距彗星中心或主体十万英里的地方经过，它会在运行中焚为灰烬。太阳每天消耗自己的光线而得不到补给，最终将被耗费殆尽而灭亡，地球及一切受到太阳光照的行星都将因此而灭亡。

举例说明
借指当时英国的一些天文学家对一场所谓危及地球的空间灾难展开了讨论。

他们时刻为这类潜在威胁而担心，他们既没法入睡也没法享受生命中平凡的快乐。早上他们碰见熟人，首先问太阳的健康状况，日出日落时的情况，有什么办法可以防止即将到来的彗星的碰撞。他们交流时，所持的心态和男孩子们听恐怖故事时的心态一样，一方面想听，一方面又被吓得不敢去睡觉。

场景描写
从日常生活刻画飞岛国民杞人忧天的情景。

飞岛上的妇女都精力充沛，她们瞧不起自己的丈夫，特别喜欢陌生人。总会有很多的陌生人从下面的陆地来到宫

廷处理城镇和团体事务或个人私事，他们受到歧视是因为缺乏飞岛上人的才能。女人却常从他们中间选择情人。让人感到生气的是，他们做起事来总是一副悠闲的样子。由于女人的丈夫总是集神沉思，所以只要给他纸和仪器，打发走拍击手，女人和情夫就可以在丈夫面前为所欲为。

虽然我认为飞岛是世上非常好玩的地方，但他们的妻女都不喜欢被困在岛上——尽管她们在这里过着荣华富贵、无忧无虑的生活，可是她们却希望去看看外面的世界，去大都市游玩一番。不过她们必须得到皇帝的允许才可以去那里。这很难做到，因为显贵的人士通过许多实践发现要让女人们从下面返回飞岛非常困难。我听说有一位宫廷贵妇嫁给了国中最富有的大臣，还生养了几个孩子。她的丈夫十分文雅，也很爱她。他们住在岛上最豪华的宫殿里。但是她却以身体不舒服为理由，来到朗哥杜。她一到那里就躲起来。几个月以后，皇帝下了一张通缉令才找到她。只见她衣衫破烂，住在一间普通的小饭馆里，为养活一个年老丑陋的佣人当卖了所有的衣服，还天天挨那个佣人的打。即使如此，被领回家时，她竟不肯走。她的丈夫非常和善地接她回家，毫无责怪

词苑撷英

为所欲为：想干什么就干什么；任意行事（含贬义）。

词苑撷英

显贵：声名显赫，地位尊贵的人（多指高官）。

她的意思，但不久她还是将她所有的珠宝首饰带走并跑到下面投奔她的情夫去了，从此杳无音信。

叙议结合
这段语言的暗示，使读者通过具体的情节，深刻地体会到欧洲社会的丑恶现象和矛盾关系。

读者们或许认为与其说这个故事是发生在那个遥远的国度，还不如说它就发生在欧洲，也许就在英国。但仔细一想也有道理，女人的善变是不受气候和地域所限制的，她们有无法想象的共性。

很快过了一个月，我能轻松自如地使用他们的语言了，当我再次见到皇帝时，几乎可以回答他提出的大部分问题。陛下对我所讲的一些国家的法律、历史、政体、宗教或者习俗不太感兴趣，他问的都是关于数学的问题，他仍对我的回答表现出轻视和毫不在意的表情，虽然他两侧的拍击手不时把他从沉思中击醒。

精彩点拨

飞岛国的国民长相奇特，行为奇特，思想更是奇特，一下子就把读者带到了一个五彩缤纷的神奇世界。用类似漫画的夸张技巧描写各种怪诞的事物，让读者在轻松的阅读过程中可以自然而然地联想到欧洲的现实社会。

阅读积累

近日点

各个星体绕太阳公转的轨道大致是一个椭圆，它的长直径和短直径相差不大，可近似为正圆。太阳就在这个椭圆的一个焦点上，而焦点是不在椭圆中心的，因此星体离太阳的距离，有时会近一点，有时会远一点。星离太阳最近的时候所处的位置叫作近日点。

第三章

精彩导读

本章主要写了两方面内容：一、“飞行岛”的磁石功能；二、地上老百姓造反与国王的镇压。作者显然在告诫世人：国王的压迫，老百姓的造反，统治者的镇压，镇压愈烈，反抗愈烈，这种恶性循环，造成人类社会的大灾难，结果通常是两败俱伤，甚至同归于尽。

我一直都希望皇帝允许我仔细观看一下岛上的环境，他欣然应允并叫我的导师陪着我。我主要是想知道推动飞岛运行的技术和外部因素，现在我就从哲学的角度对这一现象向读者做出解释。

飞岛或者称作飘浮岛其实是一个大圆盘，直径为七千八百三十七码，换算后大约四点五英里，面积约为十万英亩，整座岛厚三百码。从下往上看，它的底部或下表面像是一块飞升到二百码高空的规则平滑的圆形金刚石，金刚石表面有一层层的矿物。顶部包裹着一层十至十二英尺的厚土。地势的走向是从四周向中心倾斜，这样降落到岛上的雨水和露水都会积成小溪流入离地表中心有二百码远的四个大水塘内。大水塘的周长都是半英里。白天，水会慢慢被蒸发掉，这样就能防止水塘里的水过满。此外，皇帝还能让飞岛上升到对流层上空，控制雨露的降落。自然学家认为，云层最高不超过两英里，至少这个国家的人不知道两英里外还有云层。

> **知识延伸**
> 金刚石：俗称“金刚钻”，也就是我们常说的钻石的原身，它是一种由碳元素组成的矿物，是自然界由单质元素组成的粒子物质，是碳同素异形体。

飞岛的中心是一个直径大约五十码的峡谷，天文学家可以从那里下去，到达一个叫“天文学家之洞”的地方。这个洞位于金刚层下面一百码，洞内有二十盏长明灯，经过金刚石的反射，整个洞内显得非常明亮。这里收藏了各种六分

> **知识延伸**
> 反射：波在传播过程中达到两种媒质的界面时返回原媒质的现象。如光在镜面上的反射。

知识延伸

磁石：为氧化物类矿物磁铁矿的矿石。形态：等轴晶系。晶体呈八面体、十二面体。晶面有条纹，多为粒块状集合体。铁黑色，或具暗蓝靛色。常产于岩浆岩、变质岩中。海滨沙中也常存在。

详细介绍

这里看似说明飞岛运行的原理，其实故弄玄虚，有反讽作用。

仪、四分仪、望远镜及其他天文仪器。但掌握飞岛命运的古怪物体是一个菱形的大磁石，它长六英码，最厚的地方至少有三英码。这块磁石的中心被一根坚硬的金刚轴支撑着，磁石就绕着它旋转。磁石悬空在金刚轴上，不用费多大力就可以转动它。磁石外罩着一个水平搁置的中空的金刚圆柱，它的直径为十二英码，厚四英尺，由八个六英码高的金刚脚架支撑着。圆柱内壁的中间有一条十二英寸深的槽，金刚轴的两端就镶在其中，随时能够转动。

任何外力都无法将磁石搬走，因为它是和飞岛底部的金刚石层连在一起的。这块磁石控制着小岛自由地升降和迁移。

在这个飞岛上，磁石的一端与国王所统治的这片土地互相有吸引力，另一端则与之互相排斥。如果将磁石具有引力的一端指向地面，飞岛就下行；如果将磁石与地面互相排斥的一端朝下，飞岛就上行。当磁石位于倾斜的位置时，小岛就倾斜飞行。因为磁石的作用力和飞行的方向总是互相一致。

靠着这种倾斜运动，飞岛飞行于皇帝统辖领土的各个领地。为了说清楚飞岛的运行方式，用AB这条直线代表科幻国领土的位置；cd线代表磁石，其中d代表排斥端，c代表引力端，飞岛正位于c上空。如果磁石排斥端倾斜向下，那么小岛就会倾斜飞行到D。到D点时，此时转动，让引力端指向E，小岛就会倾斜飞向E点。若在EF转动磁石让排斥端向下，小岛就会倾斜飞向F点。在F点将引力端指向G，小岛就会飞向G。从G点到H点再将磁石的排斥端转为垂直向下。这样不断地变换磁石的位置，小岛会相应改变方向，在不断地升降交替的过程中，小岛将从一个领土上空飞往另一个领土上空。

特别要说明，小岛只能在本国领土范围内飞行，飞行高度也不能超过四英里。对此天文学家提出如下解释：磁力的作用范围只有四英里，因为全球范围内只有皇帝的领域内的地层中和距离海岸六里格的海面上才有与磁石发生作用的矿物。因为飞岛处在这样的位置上，皇帝就能轻易统治这个受

磁力吸引的国家。

如果将磁石水平放置时，飞岛就静止。因为这时磁石两端与地球的距离相等，两端的吸力和斥力大小也相等，因此飞岛处于静止状态。

磁石由一些天文学家控制，他们经常按照皇帝的命令改变磁石的方向。他们用了毕生的精力去观测天体，他们使用的望远镜比我们的要精确得多。尽管他们最大的望远镜没有超过三英尺长，但他们的放大功能却超过我们一百英尺的望远镜，而且能清晰地显示星宿的形状和大小。这一特点就让他们的发现远远超过欧洲的天文学家，他们已经制作出一份万颗恒星表，而我们所发现的恒星加起来还没有超过这个总数的三分之一。同样，他们还发现了围绕火星转动的两颗较小的卫星。离火星较近的那颗卫星和火星的中心距刚好为火星直径的三倍，而较远的那颗卫星和火星的中心距为火星直径的五倍；前一颗卫星每十小时绕火星转一圈，后一颗每二十一个半小时转一圈。因而它们运转周期的算术平方根近似于它们与火星中心距的立方。由此可见这些天体与牛顿的万有引力定律相符合。

他们还观测到九十三颗彗星，并准确地算出了它们的运行周期。若他们的计算无误，我们倒真希望他们能将成果公布出来，这样现在仍很粗浅的彗星学说就能像其他天文学理论一样逐渐完善。

只要皇帝能说服内阁支持他，他就可以统治整个宇宙。但内阁大臣们在陆地上都有自己的财产，而且想到他们的地位并不稳固，所以他们不会同意和皇帝一起对自己的国家进行专制。

如果有哪一个城市企图谋反，或陷入激烈的内战中，或拒绝像平常一样缴纳贡奉，那么皇帝就会采取几种方法应对。第一种方法比较温和，飞岛将停留在该城市的上空并遮盖它及其附近的土地，使它们不能享受到阳光和雨露，这样居民们就会遭受饥饿和疾病之灾。如果这样做不管用，皇帝就会命令往该地区扔巨石，叛臣们毫无抵抗能力，只有逃到

知识延伸

直径：指通过一平面图形或立体（如圆、圆锥截面、球、立方体）中心到边上两点间的距离，通常用字母“d”表示。连接圆周上两点并通过圆心的线段称圆直径，连接球面上两点并通过球心的线段称球直径。

夹叙夹议

飞岛国高高在上的皇帝，狂妄的野心，残暴的手段，这些都是当时英帝国的影子。

词苑撷英

执迷不悟：形容坚持错误而不觉悟。执：固执，坚持；迷：迷惑；悟：觉悟。

地窖或洞穴里避难，巨石会压塌他们的屋顶。

如果叛臣们仍然执迷不悟，或继续反抗，皇帝将采取第二种措施：下令飞岛直接降落在他们头上，这将毁灭全城。不到万不得已的时候，皇帝是不愿采取这种方法的，大臣们也不敢建议使用这样的方法，因为这样不但会激起地面上人们的公愤，而且大大破坏他们在地面上的产业，而飞岛只是皇帝的产业。

除非迫不得已，皇帝不会采取这种可怕的行动——这其中还有一个更为重要的原因：如果被毁的城市中有突兀的岩石，或者被毁的城市中有林立的尖顶、石柱，那么飞岛突降下来会危害岛的底层。

尽管我说过底层是由一块二百英码厚的金刚石组成的，但太大的震动或许会将金刚石层震裂，突然接触下面房屋中的炉火也会引起爆炸，就像我们用铁石做的烟囱一样，常常因为火烧而迸裂。人们都知道这一点，也明白在自由或产业受到破坏时，该坚持反抗到什么程度。如果皇帝在盛怒之下决定将一座城市毁灭，他会下令飞岛慢慢地落下。这看起来好像是出于关心臣民，其实是怕震裂了金刚石层。所有哲学家一致认为，如果底层震裂，磁石就没法再令飞岛飞起，整个小岛将会被毁掉。

意在言外

看似说飞岛，其实在阐释统治与被统治的关系，发人深省。

大约三年前我还没有到这里来的时候，皇帝正在视察他的领地，途中发生了一件危险的事件，几乎使他失去了江山。林大力诺，王国的第二大城市，是皇帝巡视的第一站。他离开该市的第三天，当地的居民因对政府的统治不满，关闭城门，抓起总督，以难以置信的速度在这座正方形的城市四角建起了四座巨塔，它们跟市中心立着的尖顶巨岩高度一样。在四座塔顶和中央巨岩的顶部各安置了一个巨型的磁石，怕计划失败，他们还放置了许多极易燃的物品，如果磁石计划失败，希望它们能炸裂飞岛的金刚石底层。

知识延伸

总督：常指一个国家的某片相对自主的区域中实际或名义上的最高行政长官。许多国家都有或曾经有设置总督职位。

八个月之后，皇帝才知道林大力诺人叛乱的消息。他下令飞岛飘浮到该市上空。该市的市民共同抵抗，准备了粮

食，还有一条大河穿越城市中央。皇帝在城市上空停留了几天，遮住了阳光和雨水，并下令放下许多绳子，但没有人提出递交请愿书，而是提出十分大胆的要求，提出了大规模赦免政府官员，选举自己的总督和其他许多过分的要求。为此皇帝命令飞岛上的居民从底层的游廊上往城里投掷大石块，但地面市民们对这一招早有防备，他们将人和财物早就转移到四个大塔内和其他坚固的建筑物内及地窖里。

皇帝于是下令征服这群狂妄的市民，他命令飞岛慢慢降落至离塔顶和岩石顶四十英码处，一切都准备好了，但执行任务的官员们发现飞岛下降的速度比平常要快得多，控制磁石时，要费好大的劲才能固定在位置上，飞岛还有坠落的可能。他们立刻向皇帝报告了这可怕的消息，请求皇帝下令让飞岛再飞高一些，皇帝同意了。他马上召开常务会议，要求掌控磁石的工作人员参加。其中一位年纪最大、最精通业务的官员将进行一项试验。他找来一条一百码长的粗绳索。此时，飞岛在城市上空已经慢慢上升，感觉不到向下的引力了。一块金刚石被系在绳索的一端，这块金刚石中混有铁矿物，与小岛底层的矿物构成相同，再从下面的游廊上朝塔顶方向慢慢放下绳索，金刚石下降还不到四码，那个官员就感觉到有一股强有力的下坠力，令他差点无法收回绳索。于是小金刚石块被他扔了下去，它们受到塔顶的强烈吸引。他又在其他三个塔顶和岩顶进行了同样的试验，结果都是一样的。

这件事彻底破坏了皇帝的行动计划，他被迫答应该市市民提出的全部要求。

一位大臣后来对我说过，若飞岛当时降得太低，无法再升上来的话，飞岛一定会被市民长期固定住，他们将杀死皇帝和所有的仆人，推翻王朝。

该国的一条基本法规规定：皇帝和他的长子、次子不允许离开飞岛，皇后在生育年龄内，也不许离开飞岛。

知识延伸

地窖：是利用土的热惰性而建成的，一般是根据地下水层的深浅在地下挖个圆形或者方形的洞或坑。注意要做好防水、防潮和通风等安全设备的设置。可以储存酒，一些陈旧老质的东西。

简要说明

英国政府被迫放弃推行铜币的计划，撤销伍德特许状。

精彩点拨

本章作者用漫画式的笔法，为读者整体介绍了飞岛国运行的情况，皇帝与大臣对待民众的手段，让读者从作者描写的蛛丝马迹中领悟到英国这个岛国对待殖民地的残暴。

生活在悬浮于大陆上空的“飞岛”（勒普塔）中的国王与“飞岛”之下的广大臣民分别象征着英国殖民当局与爱尔兰人民。在“飞岛”奴役下的大陆（贝尔尼巴比），城镇的居民个个面容憔悴，神色焦虑，生活也十分艰难。农夫的辛勤劳作却换不来应有的收获。从人们平日的精神面貌和言谈举止中可以看出其困苦不堪的生存状态。面对这种堪忧的局面，高高在上的国王不仅没有设法调整统治政策以安抚治下的百姓，反而采取了种种毒辣的手段压制民众的反抗。但林大力诺城的居民不畏强权，敢于斗争，最终战胜。殖民者在英国君主的纵容下做出了野蛮人也不曾做过的勾当，实在是对西方文明世界的嘲弄。

阅读积累

英国的度量衡与公制的比较

长　度

1 英寸（inch）= 2.54 厘米

1 英尺（foot）= 12 英寸 = 30.48 厘米

1 码（yard）= 3 英尺 = 91.44 厘米

1 英里（mile）= 1760 码 = 1.609344 千米

容　积

1 英制液体盎司 = 28.41 毫升

1 品脱 = 4 及耳 = 568 毫升

1 夸脱（quart）= 2 品脱 = 1.37 升

1 加仑 = 4 夸脱 = 4.55 升

1 蒲式耳 = 8 加仑（4 配克 或 2 坎宁）= 36.4 升

质　量

1 格令（grain）= 64.8 毫克

1 打兰（drachm）= 1/16 盎司（ounce） = 1.77 克

1 盎司 = 1/16 磅（pound）= 28.3 克

1 磅 = 7000 格令 = 454 克

第四章

精彩导读

写“我”从“飞岛国”下到菲奥涅巴比“科幻国”后的初步见闻。主要揭露了社会改革过程中常见的“浮夸之风”以及它带来的严重恶果。同时也写了一个不随波逐流的总督罢官或退休后的真情实感。本章有的段落，乍看平淡无味，实则深藏寓意。译者原先想根据此寓意将“菲奥涅巴比”译成“浮夸国”。后来考虑到从第一章到第六章的整个内容，将“菲奥涅巴比”译成“科幻国”。

即使他们没怎么虐待我，但我承认我是被怠慢了，甚至还受到了一定程度的歧视。皇帝和岛上的臣民感兴趣的仅是数学和音乐，而我在这两方面比他们差远了，因而受到他们的蔑视。

另一方面，我已见识过岛上的奇物怪事，心里对他们很反感，希望尽早离开这里。他们在数学和音乐方面有特殊的造诣，对此我是非常尊敬并且也非常佩服。但同时他们又总是陷入于此，相处时令我感到从没有过的厌恶。在岛上待了两个月，我只和妇女、商人、拍击手和宫里的仆人交谈过，这一行为更使我自己都瞧不起自己，但是我只能从这些人当中得到合理的答案。

由于努力学习，我已能比较流利地说他们的语言了。我讨厌被困在这座岛上，在这里我得不到人们的赏识，我决定一有机会就离开这里。

宫里有位贵族是皇帝的亲戚，所以受到大家的尊重。他们都认为他是他们中最笨的人。他曾为皇帝做出过很大的贡献，他有许多天生的才华和通过后天形成的高尚品质，而且为人正直、有使命感。但是他在音乐方面天赋太差，有人诋

知识延伸

数学：在18世纪，微积分进一步深入发展。这种发展与广泛的应用紧密交织在一起，刺激和推动了许多数学新分支的产生，从而形成了“分析”这样一个在观念和方法上都具有鲜明特点的数学领域。在数学史上，18世纪可以说是分析的时代，也是向现代化数学过渡的重要时期。在18世纪，数学的主流是由微积分发展起来的数学分析，以欧洲大陆为中心。

毁他总是打错节拍，他因此而名声大跌。他的老师用尽全力教他，但他怎么也学不会最简单的数学。他和我在一起觉得快乐，经常来我的住处，了解欧洲的事情和我所到过的国家的法律、风俗和学术、礼仪。他非常认真地听，并就我的讲话提出了自己的看法。除了侍奉他上朝和出访的两个拍击手外，他从不用别人服侍，我们单独在一起时，他总是命令其他人退下。

我请他代表我向皇帝提出离开飞岛的申请，他答应了。他开心地告诉我皇帝批准了我的申请，但话语中流露出遗憾。因为他曾向我推荐了岛上几个不错的职位，但被我拒绝了。

2月16日，我告别了陛下和他的王宫。皇帝送给我价值两百英镑的礼物，他的那位亲戚，我的恩人也送了我贵重的礼物，他还为我向他住在首府朗哥杜的朋友写了一封介绍信。然后飞岛在一座小山上空约两英里的地方停了下来，和来时一样我被他们从最底层的游廊上放下。

> **知识延伸**
>
> 英镑：是英国国家货币和货币单位名称。英镑主要由英格兰银行发行，但亦有其他发行机构。除了英国，英国海外领地的货币也以镑作为单位，与英镑的汇率固定为1:1。

凡是属于飞岛王权管辖的陆地都被称作科幻国，我曾介绍过它的首府朗哥杜。由于我与当地人穿着一样，受过良好的培训，可以和他们交流，所以进城时没人怀疑我。我很快就找到了那位皇亲朋友的住所，我拿出介绍信并受到了热情的接待。这位大贵族名叫缪诺迪，他让我住进他府中的一套寓所，停留在首府期间我一直住在这里，并且享受到最热情的招待。

第二天，他带我乘着马车在首府城里逛了逛。这座城市有伦敦的一半大，但是房屋建得很奇特，而且大部分破烂不堪。街上的行人步伐很快，行色匆忙，目光呆滞，而且大多数人衣衫破烂。出了城门，又走了大约三英里就来到了乡村。我看到很多农民在田里拿着各种农具在劳动，却看不出他们在干什么，因为我根本就看不见庄稼和青草生长的影子，尽管土地看起来很肥沃。城里和乡下的奇怪景致令我非常不解，我不禁冒昧地问我的向导，是否能告诉我街上和田里这些忙碌的人们到底在干什么，因为我的确看不出他们有什么劳动成果。而且我从未见过耕种得这么差的土地，建得

> **夹叙夹议**
>
> 作者对乡村破败景象的描写不仅是爱尔兰民众凄惨生活的艺术再现，而且讽喻了殖民当局为贪图厚利将爱尔兰、都柏林的农田转为牧场，导致农业衰退的情况。

如此糟糕和破烂的房屋，人们的神情和举止也表现出他们生活得有多么凄惨和贫穷。

缪诺迪是位尊贵的贵族，曾在朗哥杜做过几年的总督，后被人陷害以办事不力为名而解职。但皇帝对他仍然十分和善，认为他是个心地善良但缺乏计谋的人。

当我指责这个国家及它的居民时，他并不反驳，只是说我和他们还没有相互了解，不能对他们妄下评论，世界各国的风俗是各不相同的。但是当我们返回他的府上时，他问我对他的府邸的看法，有什么不合理的地方，家里的装饰有没有什么地方让我不满意。他完全可以放心，因为他的一切都是高尚、正规和有礼的。我回答说老爷的智慧高超，品格和财富使他没有由愚蠢和贫困所造成的缺陷。他问我愿不愿意到乡间去看看，乡下离城大约二十英里——他的田产在那里。在那里我们就有足够的时间聊天。我告诉他说一切由老爷安排，这样我们第二天就出发了。

> **反衬手法**
> 从这位尊贵的贵族的言行举止来反衬格列佛的狭隘，对于饱受欧洲以自我为尊的思想的格列佛来说，凡是不符合格列佛认知的都是异端。

一路上他要我看农民们耕种土地的方式，我却看不出所以然。除了极个别的地方，我连棵谷穗和一片草叶都看不到。但行驶了三小时后，一切彻底改变。我们来到了最美丽的乡间，不远处是整齐的农舍，田野四周都是葡萄园、麦田和草场。我从没见过如此迷人的景象。老爷看到我的神情变得开朗了，他叹口气对我说从这里开始，他的田产一直延续到他的乡间别墅。他因不能把自己的事务管理好而受到其他人的嘲笑和轻视，他们认为他树立了一个坏榜样，尽管效仿他的是一些和他一样身老体弱并且固执己见的人。

> **词苑撷英**
> 固执己见：顽固坚持自己的意见，不肯改变。

最后我们来到他的乡间别墅，它建造得非常宏伟，是严格按照古建筑的宏伟规模修建的。花园、喷泉、小径、林荫大道和小树林都修建得合理而别致。我对所见到的一切事物都给予了高度的评价，而这位老爷对我的赞赏却并不在意。晚饭后，只剩下我俩，他非常伤心地告诉我他得拆除城里的府邸和乡下的别墅，按照现在的房屋模式重新修建，还要毁掉庄园，一切依照现在流行的模式重建，而且他的佃农也要跟他一样，否则，他就会被责备，被冠上自大、傲慢、特立独行、目中无人的罪名，或许还会得罪皇帝。

他给我讲了一些情况解除了我的困惑，这些情况我在宫里从没听人说过，宫里的人们沉迷于冥思苦想中，从未关心过陆地上的事。

词苑撷英
冥思苦想：深沉地思索。

谈话内容大概是这些。四十年前，有些人到飞岛勒普塔上去办公务，也可能是去旅游，五个月后他们返回大陆，仅获得了一些简单的数学知识，却沾染了飞岛上的浮夸风气。回来后他们就开始厌倦陆地上的所有管理方法，开始策划重新建立艺术、科学、语言和技术等。为此他们得到了皇帝的许可，在朗哥杜建立了一座设计研究院。在百姓当中开始盛行这种重建之风，以至于王国内只要有点地位的城市都设立了一座研究院。在这些学院内，教授们为农业和建筑业设定了新的方法和规范，为各行各业重新设计了工具和仪器，他们声称，使用这些工具和方法，一个人可以做十个人的活。一周内一座宫殿就可以竣工，使用的建筑材料十分坚固耐用，房屋一旦建成就将永远不用修缮。地球上的果树能在指定的季节成熟，产量要超过现在的一百倍。他们还提出其他许多美好的梦想。唯一不足的是各项规划有待进一步的完善，令人遗憾的是，现在的王国农田荒芜、房屋被毁，老百姓喝不足吃不饱。但这一切并没有使他们醒悟，在绝望和希望的驱动下，他们以百倍的热情继续积极投身于实施每项规划。

反衬手法
在科学院里，设计家们正在从事研究些荒诞不经的课题，结果造成全国遍地荒凉，房屋坍塌，人民无衣无食。

缪诺迪老爷并没有这样做，他继续过以前的生活，住在先辈们建造的房屋内，继承他们的各种生活习惯，不做任何改变。还有一些明智的乡绅们也和他一样愿意过这种日子。但是他们因此受到轻视和打击，被看作艺术的敌人，愚蠢无知，是国民的公敌，在国家采取全面完善的措施之时却只追求个人的享受。

老爷说他不愿说过多的情况，怕扫了我欣赏大学院的雅兴，他坚持认为我应该去参观一下。他仅希望我瞧一瞧那座破烂不堪的建筑，它建在离别墅有三英里远的半山腰上。老爷讲述了一段关于它的故事。老爷说，以前有一个磨坊，在离别墅不到半英里远的地方，靠一条大河的流水使其运转，供老爷一家和他众多的佃户使用。大概七年前，有一群规划

词苑撷英
破烂不堪：破破烂烂得不成样子。

师来找他，要把那个磨坊毁掉，在山腰上重新建一个，在长长的山脊上开辟一条水渠用来储存水源，再用发动机和管道输送水带动磨坊运转；因为高处的风可以吹动水，所以更便于水的流动；又因为水是从高处流下来的，和水平的水流相比，仅需一半的水流就能使磨坊运转。他说，当时自己和宫廷的关系不太好，没有办法，只好接受这项建议以表明忠心。他雇用了一百个人修建了两年，但工程没成功。规划师们都走了，将一切过失都归咎于他，并对他心怀不满。他们在其他人的田产上做实验，结果还是一样。

几天后我们返回城里，老爷认为自己在学院派眼里是反动派，所以不愿和我一起前往，只好另外派了一位朋友陪我去那里。他很高兴地把我说成各项规划的推崇者、一个怀着好奇心而且容易接受新思想的人，他讲的也不全是假话，我年轻的时候的确是一个所谓的策划师。

> **知识延伸**
> 磨坊：亦作磨房，磨面粉等的作坊。

在本章中，通过格列佛的见闻，了解到科幻国的科学院里，设计家们正在从事研究些荒诞不经的课题，人们如果不配合，他就会被责备，被冠上自大、傲慢、特立独行、目中无人的罪名，或许还会得罪皇帝。这是多么可怕的社会风气，结果是民不聊生，作者借此无情地嘲讽科学研究脱离实际、脱离生产劳动的倾向。

阅读积累

数坛四杰

阿基米德——数学之神。

牛顿——近代物理学之父。

欧拉——数学英雄。

高斯——数学王子。

第五章

精彩导读

本章集中写了参观科幻国的朗哥杜的大学院，描写了那里各种稀奇古怪的科研项目。揭露与讽刺了科学院不讲科学的种种荒谬可笑行为。通过故意夸大或扭曲这些科学道理和现象，揭露与讽刺非科学或反科学的作风与行为。但同时，它也不能不对未来科学的发展包含一定的预见性。

大学院不是一个单独的建筑物，而是设在一条街两旁相连的几间屋内。由于废弃不用，这几间破屋被买来供大学院使用。

学院的院长对我很友好，我在那里待了很多天。学院的每个房间都至少有一位规划师，我可以肯定自己参观了不少于五百个房间。

那是我见到的第一个人，他骨瘦如柴，浑身到处是烟灰，头发和胡子已经很久没有修剪过，衣衫破旧，还有几处被烧烂了。他的衣服、衬衣和皮肤几乎都是一种颜色。八年来他一直在从事从黄瓜中提取阳光的课题研究——把提取的阳光密封在一个密闭的容器中，在阴雨湿冷的夏天放出来提升气温。他告诉我他确信至多在八年后他就可以为总督的花园提供适度的阳光，他常抱怨他的原料不够，希望我捐点钱资助他这具有创意的计划，特别是在目前黄瓜最昂贵的季节。我捐助了他一小笔资金，这是老爷为此特意准备好了的，他知道学院人士经常向每位前来参观的人讨要赞助。

我走进另一个房间，差点被一股难闻的臭味熏倒，我赶忙往后退，可向导逼着我向前，他急切地低声告诉我不能这样，这样做会让他们觉得讨厌，于是我连鼻子都不敢捂，一直走了进去。这间房里的规划师是学院中资历最老的学者，

词苑撷英

骨瘦如柴：非常瘦（多用于人）。

知识延伸

课题研究：“课题”就是要尝试、探索、研究或讨论的问题。《现代汉语词典》把课题解释为：研究或讨论的主要问题或急待解决的重大事项。课题是指为解决一个相对独立而单一的问题，而确定的最基本的研究单元。

他有着浅黄色的皮肤和胡子。他的衣服和手上都沾满了一层污垢。在向导介绍我时，他紧紧地拥抱了我一下。在这个学院里，他的工作是将粪便还原成原来的食物，他将粪便分成几部分，去掉来自胆汁的颜色，将臭味蒸发掉，再把浮在表层的黏液过滤掉。他每周从外面得到一罐粪便，大概有布利斯脱酒桶一样大。

我看到一个人正试图把冰煅烧成火药。他还拿出一篇将要发表的学术论文给我看，这篇论文讲述的是火的可塑性。

还有一位非常有创意的建筑师，他用一种全新的方式建造房屋，先盖屋顶，接着再往下建，最后打地基。他用蜜蜂和蜘蛛举例来向我证明他的做法是正确的。

还有一位先天失明的盲人和他的几位盲人徒弟，他们的工作是为画家调色。教师教授他的徒弟们怎样用嗅觉和触觉来辨别颜色。可是我在场时发现他们的授课并不正确，那位教授老出错，但这位艺术家却受到了徒弟们极大的尊重。

在另一间寓所里我很荣幸地遇见了另一位规划师。我看到他用肉猪犁地的新方法，取代牛和人力。具体操作如下：在一英亩的田里，每相隔六英寸的地方，在八英寸深的地方埋下猪喜欢吃的橡子、栗子、枣子、蔬菜和榛子；然后把六百多头猪都赶到田里去，几天后，为了寻找食物，它们把地拱了一遍，这样就可以播种了，而且猪的粪便还可以用作肥料。但在试验中他们发现耗资大，而且麻烦多，因此毫无疑问这项发明还需要进一步改进。

我走进了另一个房间，发现满屋子都是蜘蛛网，仅有一条小小的过道供研究者进出。看到我走进来，他就大喊让我别弄坏了他的蜘蛛网。他对世界使用蚕丝很遗憾，认为这是一个很大的错误，因为我们有许多的家养昆虫，它们有高超的技艺，不仅会吐丝还会织网。他提议用蜘蛛，这样可以节省许多给丝染色的费用，他下面的演示把我彻底说服了。他拿出许多五颜六色的飞虫让我看，它们是蜘蛛的食物，他说这些食物能为蜘蛛网着色。他有很多不同颜色的飞虫，他希望可以满足人们的不同喜好，如果他们能够找到适合飞虫吃的食物，如树胶、油和其他黏质的东西，在很大程度上就可以增加蜘蛛网的韧性和弹性。

还有一位天文学家正在忙着给市政厅屋顶上的大风标上装日晷仪，用以调节太阳和地球的自转和公转，使其与变幻不定的风向相一致。

突然我肚子痛，向导忙把我带进了另一间屋。这里住着一位有名的医生，在治疗腹痛时，他能用同样的医疗器械做相反的手术，因此很有名。他有一个带着长细象牙嘴的气袋。象牙嘴被他从肛门处送入体内八英寸，然后从体内往外抽气，他说这样可以让腹腔变成一个干瘪的膀胱。若是肚子痛得厉害，他就在气袋充气后再把象牙嘴插入肛门，将气袋内的气体打到病人体内，同时拇指用力按住病人的肛门。然后将象牙嘴抽出重新给气袋充气，这样重复三到四次，打进去的气就会连带体内的毒气一起排出，病人就痊愈了。我目睹了他在一只狗的身上做这两种试验，第一种试验做完后，失败了。第二种试验做完后，气把狗的身体都快要充爆了，然后一阵猛烈的放气，我和向导都被熏得直想吐，我们临走时，那位医生还想试着用同样的方法救活那只狗。

我还参观了许多其他房间，在这里就不再向读者赘述我所见的奇人怪事。

到此为止我只参观了学院的一部分，它的另一部分主要供致力于冥想的学者们使用，在描述另一部分人之前我要再提到一位聪明的人，他们叫他“万事通艺术家”。他告诉

承上启下

从学院再到冥想，尤其还有“万事通艺术家”，我们从其中所见所闻，不难发现作者对当时社会“嘲讽”的味道。

我三十年来他一直致力于思索改善人类的生活。他有两间大屋，摆满了各种怪异的稀罕物，有五十个人为他干活。一些人正在提取空气中的硝酸钠来将空气压缩成干燥、可触摸的物质。他们还试图软化大理石，然后用来当枕头和针垫用。一些人正在硬化活马的蹄子，防止它们奔跑时跌伤而感染发炎。艺术家自己正在从事两项伟大的工作：第一项是播种麸皮，他坚信麸皮能够种植，他做了几个实验，不过我是外行没看明白；第二项工作是给两只羊羔的身上涂抹上树脂、矿物质和蔬菜的混合物，控制羊毛的生长，他希望经过一段时间以后，整个王国到处能见无毛羊。

穿过一条人行道，我们来到了学院的另一部分，我前面提到过，这里住着冥想学者。

我见到的第一位教授住在一间很大的屋子里，里面还有他的四十名学生。打过招呼之后，他让我仔细地看一个大框架，架子占去了房间大部分空间，他说他从事的课题研究是用实践和机械的操作来提高人的思考兴趣。他说我或许会对此不理解，但人们很快就会知道它的用处，他到处呼号现在无人能想出这样奇特的创意。大家都知道要想获取艺术和科学知识通常要付出许多劳动，如果采用他的规划，即使是最笨的人也能够写出哲学、政治、诗歌、法律和数学方面的著作，而他们只要交付一定的费用和干点活就可以了，无须思考。随后我被他带到架子跟前，架子的两边站着他所有的学生，他们按照不同的等级站好。这是一个二十英尺见方的架子，放在屋子正中。架子表面是用许多木块组成的，块头和骰子差不多，有的稍微大些。木块全部用细铁丝穿在一起。木块的每一面都贴着一张纸，纸上写着文字，不同的时态、语态和格式都列在上面并且打乱了排列顺序。教授让我仔细观察，因为他准备转动他的机器了。架子的四周有四十个铁杆，学生在他的命令下，分别抓住一根铁杆。铁杆被猛地一转，架子上词语的位置就彻底改变了。他让其中的三十六名学生轻读上面的词语，发现有三四个单词能组成句子，就大声读出了它们，让其余的四名学生记了下来。这样转了三四

知识延伸

硝酸钠：为无机盐的一种，化学式为 $NaNO_3$，白色固体粉末，又称为智利硝石或秘鲁硝石（较不常见）。

生字背囊

骰（tóu）：骨制的赌具，正方体，用手抛，看落下后最上面的点数。俗称“色（shǎi）子”。

次，每转动一次机器，词语的排列顺序就改变一次。

这些年轻的学生们每天工作六小时。教授还拿了几册对开的大本书让我看，他打算把上面收集的不整齐的句子连在一起，通过这些丰富的资料向人们展示科学和艺术的魅力。他认为如果公众集资在朗哥杜制造五百个这样的架子，而且架子的管理者要将收集的资料拿出来共享，那么这个发明改进的速度更快，并且能完成得更好。

概括说明

前面是此项研究进行的具体过程，这一段对研究的总结概括，说明达到的“造诣”极高。

他还告诉我，他从青年时代起就致力于从事这项发明研究工作，他已把全部的词汇都写在这个架子里面了，而且他还精确地计算过书本上虚词、名词、动词和其他词类数目所占的比例。

我恭敬地表示赞同这位学者的细致的讲解，还答应如果我有幸回到祖国，肯定会向别人介绍他是这奇妙机器唯一合法的发明者。我请求他允许我将机器的构造描述下来。我告诉他，尽管欧洲的学者们惯于盗窃他人的科技成果，看到这个机器一定想占为己有，争着当它的发明者，但我会非常小心，保证他的发明不被他人盗取，让他得到他应得的荣耀。

讽刺手法

参观朗哥杜的大学院，用了细节描写。作者用一本正经的严肃态度描写这些所谓的科学家在进行的荒诞、无聊的科学研究，深刻讽刺了他们的无知和不切实际。

然后我们去了语言学校，有三个教授正在讨论如何改进本国的语言。

第一项计划是简化词语，把多音节词变成单音节词，去掉动词和分词，因为生活中全部东西都可以用名词代替。

另一项是完全废除词汇的计划。这被作为一个有利健康、简化交流的项目提了出来。显然，交谈浪费体力，会在某种程度上损耗肺，进而减少人的寿命。因此提出了一个短暂的解决方案，既然词是实物的代称，人们还不如带上相关的实物去商量事情，这样更方便。这个发明本来可以使用，但遭到妇女、文盲和下等人的反对，他们扬言如果他们不能像祖先那样言论自由，他们将起来反抗。科学最大的敌人往往是普通百姓。然而好多有学识的学者都开始实施这项计划，通过物体表达意思。唯一不方便的是若这个人的事情复杂，他必须自己背上一大包东西，除非他雇得起两个强壮的搬运工。我经常看到两位圣贤的学者像小商贩一样弓着腰背着大包的东西，他们在街上碰面，放下东西，然后取出实物交流一小时，接着再将这些交流的东西放回包里，相互帮忙再扛上大包离开。

若只是简单交流，带少量的工具，把它们放在口袋里或夹在腋下带去就可以了。若在家里交谈，就更方便了。因此采用这种方法交流，客厅里会摆满实物，这些都是进行这种人为交谈的必备品。

这种发明还有一个很大的优点：它可以作为全球通用的语言在文明国家里使用，这些国家的货物和用品大致相同或很相似，用实物交流以便沟通。这样，即使不会外语的外交大臣也可以和外国的皇帝和部长们进行交流。

我来到了数学学校，那里的老师在用一种欧洲人无法理解的方式教学生。他们把命题和演示都用和头发颜色相似的墨水写在薄饼上。学生们得空腹吃掉这些薄饼，然后在三天内仅喝水和吃面包。薄饼消化后，墨水带着命题留在了脑子里。但目前为止，他们还没有见到成果，一方面是由于墨水和薄饼的构成上出了差错，另一方面，这些小伙子态度不太端正，这种药令他们恶心，于是在药还没有起效前，他们都已经悄悄地把它吐掉了，而且也很难说服他们按处方的规定长时间节食。

精彩点拨

在这卷游记中，最大限度地显示了科学技术对人类的影响。首先，关于飞行城市的描写及其对社会产生的重大影响；其次，关于以科学研究为中心而组织起来的社会结构。斯威夫特认为这些学术研究不仅荒唐可笑，而且毫无价值，因为这些研究使公民不再关心人生的一些基本问题。尽管如此，他的描述却证明，科技对社会乃至人类的影响是无可回避的。

比如格列佛看到了许许多多荒诞、脱离实际、脱离生产劳动的科学研究，就连语言学校也免不了，他看到三位教授正坐在那儿讨论如何改进本国语言，他们共有两个计划：第一个计划是简化言辞；第二个计划是取消语言中的所有词汇。

三位教授的语言计划却因妇女和俗人、文盲的联合反对而难以实现，这无情地嘲讽科学研究脱离实际的倾向，这也是对当时一些所谓的教授进行讽刺。

作者本来是反对设计家废除口语、以物示意的办法的，但是他却以愤慨的心情谈到了妇女怎样和俗人、文盲联合起来反对取消日常的语言。他分明是在批评英国的殖民统治政策，却偏偏要声明这和大不列颠民族无关。作者巧妙地用反语进行讽刺，使读者能更深刻地体味到作者的本意。

第六章

精彩导读

本章写“我”参观科学院的“政治规划学校”。重点有三：一是一位通晓政治的医生建议用药物医治政治家的各种毛病；二是两位教授对征税方法的截然相反的两种主张：“对罪恶和愚蠢征税”与“机灵、勇敢和礼貌征税”（包括“对妇女的美貌征税”）；三是一篇论文阐述侦破反政府阴谋诡计的方法，以及“我”做的补充。这些建议虽然荒唐，但幽默有趣。

在政治规划学校参观，我受到了怠慢。在我看来，这些教授们全都疯了，一回想起当时的情景我就感到悲哀。这些忧国忧民的教授们提出各种方案，其中包括说服皇帝依照智慧、能力和品行的高低来选择宠臣；指导大臣们为百姓谋利益；奖赏品德优良、才智突出和做出贡献的人；他们想指导君王们为百姓的利益着想；提拔有才能的人担任公职；还有其他许多荒诞不经、天方夜谭的空想。这使我相信那句老话：无论多夸张和离谱的事，总会被哲学家奉为真理。

词苑撷英

荒诞不经：少有的，典籍中也没有的（事），形容不合常理。形容虚妄离奇，不合情理。

对于大学院中这部分人，说句公道话，我承认他们并不全都是不切实际的空想家。有一位著名的医生对政府的性质和它的整个系统就研究得十分透彻，他认为一些大臣的意志不坚定和思想腐化以及下属人员对法规和道德观的缺乏，从而造成一些公共管理机构存在着各种弊端和腐败现象。这位大夫结合实际，运用自己的研究总结出治理这些弊端和腐败的妙方。例如，所有的作家和理论家都以为人体和政体之间一般都存在有非常相似之处，两者的治疗方案也会相似，这一点是再明白不过的了。那么是不是就能用治身体的药方来治理政体的弊端呢？人们经常认为参议员和枢密顾问们常犯唠叨、易怒和其他一些坏毛病，心理比脑子里的疾病更多一

知识延伸

枢密顾问：是欧洲部分国家里专门辅助君主制定法规、政策的官员。

些，他们患有严重的痉挛，双手的神经痛苦地抽搐，右手病得更严重；而且还伴有肝火旺盛、腹胀、头晕和昏迷等症状；还会生含有致命毒脓的淋巴结核瘤；犯酸性逆气、吐沫、善饥症和消化不良。此外还有其他很多病征，这里就不再赘述。

这位医生因此建议：参议院在召开会议的前三天应派几位医生参加，每次辩论完毕后由他们给每一位议员把脉诊断；然后经过仔细的考虑，讨论这些病的性质和治疗的方法，第四天他们带上药剂师，准备好各种药品再次返回参议院，在议员们开会前，根据他们的病情给他们服用镇静剂、倾泻剂、健脑剂、通便剂、头痛剂、黄疸剂、清耳剂，等下次开会前再依照情况决定是否要继续服用这些药物，或者换别的药。

这个建议对公众不会造成任何负担，以我的愚见，该建议对任何参议员参与国家立法的都很有好处，可以加快立法的进程。同时，该建议还会在议会中取得一致意见，减少争论，让喜欢沉默的人开口，让更多夸夸其谈的人保持沉默；限制年轻人的浮躁，纠正老年人的固执；使糊涂的人清醒，打消骄傲狂妄者的气焰。

另外，大家一致认为皇帝的宠臣记忆力不好，这位医生又提议，凡是拜见首席大臣的人，在简单明了地报告事情之后，离开前揪一下这位大臣的鼻子，在他的肚子上踢一脚，或者踩一下他脚上的鸡眼，拽三下他的耳朵，以防止他忘事，每次接见都这样做，直到公务办理结束或被完全否决为止。

他还说，参议员们在参加国家大会时，陈述清楚自己的理由后，规定他们必须投出与自己的意见相反的一票，这样得出来的结果肯定会对公众有利。

针对国家内部政党之间竞争激烈的问题，他也提出了缓和他们之间矛盾的方法。方法如下：从各党之中各选出一百位领导者，将脑袋大小相似但政见不同的人分成一组，每组两人。然后吩咐两名医术高明的外科医生同时锯掉每一小组两位成员的头颅的枕骨部分，这样每个人的头将被均匀地分成两半。将两位成员的枕骨互相交换，装在与自己政见相反的人的头上。这种手术十分精确，但是教授又安慰我们，若手术取得成功，可以彻底得到康复。他认为，让政见相反的两个一半的头合在一个头骨里，争论很快将得到缓解，他们会很快达成共识，并恢复思维的条理性。这些领导们自以为他们天生就是为了监视和统治这个社会的，让他们的大脑处于这种平和而有条理的状态，正是大家所希望的。至于这些政党领导们的大脑在体积和质量上的差异，医生告诉我们，根据他的研究，这些差异都无关紧要。

我听到两位教授在激烈争论一个问题，话题是关于在不激起人民反抗的情况下采用哪种措施征税更有利。第一位教授坚持认为最公正的办法是向作恶和出丑的人征税，至于征多少由他的邻里组成陪审团来决定；第二个人的意见截然相反，他主张对智力和体力占优势的人征税，他们自己根据优劣程度来决定税收的数目。被征收税最高的是最受异性喜爱的人，多少根据他们受欢迎的性质和程度来决定。他们也可以为自己作证。对机智、勇敢和有礼貌的人也会征收高额税款，数额由他们个人对自己这些品行进行评估来决定。光荣、智慧和学识渊博的人应该免税，因为这些是独一无二的品质，没有人会承认别人有这些品质，也不看重自己身上具有的这些美德。

他还提出根据女人的美貌和装扮技巧来征税的建议，女人和男人在此享有平等的权利，即税收的数目由她们自己来定。但忠诚、贞洁、懂事理和性情温和不在征收之列，因为她们根本无法负担。

> **直抒胸臆**
> 人自己无法解决的问题，就归给命运，它可以担当一切，正如此言——命运的肩膀更宽阔。

为了维护王室的利益，他建议大臣们应该用抽签的方式来竞选职位。每个人首先发誓保证无论输赢都将忠于国家，抽签结束，安排没有抽中职位的议员参加下一次的抽签竞选。这样让他们心中总有希望，无人会再抱怨或违背诺言，而将所有的失望归根于上帝的安排，和宫廷相比，命运的肩膀更宽阔结实。

> **讽刺手法**
> 影射1723年阿特柏立主教参与保皇党阴谋而受审的事。

另一位教授让我看了一大份用来识破推翻政府阴谋诡计的说明书。他建议伟大的国家领导者应检查所有嫌疑人的日常饮食，什么时候吃饭，睡觉的姿势，擦屁股时用哪只手，还要严格检查他们的粪便，从粪便的颜色、气味、黏稠度、消化的程度这些方面来判断他们打算干什么。因为多次试验证明，人的注意力在大便时最集中，思维最严密，此时他如果在考虑怎样刺杀皇帝，他的粪便将会是绿色的，若他只是想造反或焚烧首都，粪便的颜色就截然不同。

整篇文章非常新颖，对领导者们来说很多见解既有趣又实用，但我觉得它还不太完善。我冒昧地向那位教授提出我的意见，并告诉他若他不介意，我可以做一些补充。

他很高兴地接受了我的建议，在作家中，特别是在致力于规划研究的作家中，能虚心接受别人建议的人很少。他告诉我他非常乐意接受我进一步的指正。

我对他说，我曾在特列不尼亚国住过一段时间。当地人叫它兰敦。那里的人民大部分是侦探、告密者、目击证人、检举人、上诉人、证人、诅咒者及其随从和爪牙，他们为正副大臣所控制。这个王国里的阴谋家都是那些老谋深算的政客，为了提高自己在政坛的地位，他们策划阴谋，注入新的活力来改善混乱不堪的政局，压制和转移民愤，中饱私囊；为了自己的利益左右公众舆论。他们首先达成一致，确定要控告的谋反嫌疑人，然后采取一切办法扣押他们所有的书信文件，将他们捉拿归案。这些信件送给一些专家破译，这些专家们善于从信件的一字一句中挖掘暗藏的秘密。例如，他们发现“马桶”代指“枢密院”；“一群鹅”暗指“参议院”；“瘸腿狗”指“侵略者”；“瘟疫”指“常备军”；“秃鹰”指“首相”；“痛风”指“祭司长”；“绞架”指“国务大臣”；“夜壶”指“贵族委员会”；“筛子”指“宫廷女官”；“扫帚”指“革命”；“捕鼠机”指“官职”；“无底洞”指“财政部”；“臭水坑”指“朝廷”；“丑角戴的系铃帽”指“宠臣”；“折断的芦苇”指“法庭”；“空酒桶”指“将军”；“流脓的疮”指“行政当局”。

如果这种办法行不通，他们还有两种更为有效的办法，该地学者管它们分别叫作“离合法”和“字谜法”。第一种办法是，他们能把所有词开头的字母解释出它们的政治意义。这样，N就指“阴谋”；B指“一旅骑兵”；L指“海上舰队”。要不他们就采用第二种办法，把可疑文件上的字母变换拼写次序，就能发现对行政当局不满的政党最诡秘的阴谋。比如说，我在一封致友人书里说：“我们的汤姆哥最近患了痔疮。”一位本领高超的译解家对这句话里所有的字母加以分析，就会得出下面这样一句话：“阴谋已经成熟。反抗吧！塔。”这就是字谜法。

教授对我的建议非常满意，并承诺会在他的论文中加上我的名字以示感谢。

因为这个国家没有让我值得留恋的地方，于是我决定返回英国。

精彩点拨

本章主要内容是关于如何侦察反对政府的种种阴谋诡计的。如教授劝告大政治家对所有嫌疑人物进行检查，看他们吃的是什么，在什么时候吃饭，睡觉时脸朝哪边，用哪一只手擦屁股；严格检查他的粪便，从粪便的颜色、气味、粘稠度、以及食物消化程度来判断他们的思想和计划。因为人们再没有比在大便时思考更为严肃、周密而集中的了。

在这个王国里，制造阴谋的人大都企图抬高自己的大政客身份，使一个摇摇欲坠的政府恢复元气，镇压或者转移群众的不满，把没收的财物填满自己的口袋，左右公众舆论尽量满足个人私利。

从“爱智慧”到“哲学”

最早使用 philosophia（爱智慧）和 philosophos（爱智者）这两个词语的是毕达哥拉斯。据蓬托斯的赫拉克利特在《论无生物》中记载，当毕达哥拉斯在同西库翁或弗里阿西亚的僭主勒翁交谈时，第一次使用了 philosophia（爱智慧）这个词语，并且把自己称作 philosophos（爱智者）。毕达哥拉斯还说，在生活中，一些带奴性的人，生来是名利的猎手，而 philosophos（爱智者）生来寻求真理。他明确地把爱智者归到了自由人的行列，也把自由和真理联系在了一起。

古希腊时期的自然派哲学家被认为是西方最早的哲学家。苏格拉底、柏拉图与亚里士多德奠定了哲学的讨论范畴，他们提出了有关形而上学、知识论与伦理学的问题。

1874 年，日本启蒙家西周，在《百一新论》中首先用汉文“哲学”来翻译 philosophy 一词，1896 年前后康有为等将日本的译称介绍到中国，后渐渐通行。

第七章

精彩导读

“我”离开“科幻国”的首都朗哥杜，来到海港迈尔杜纳多。临时决定去附近的“巫师国”游玩。“我”受到该国总督的热情接待。总督精通巫术、即招魂术，他亲自陪“我”参观，并授权“我”招来许多历史名人的鬼魂。其中有恺撒、庞贝和布鲁脱斯。“我”特别崇拜为民主、共和献身的布鲁脱斯。由此就可知，作家这里根本不迷信鬼神，而是借鬼魂之口，抒发自己的思想、观点与感情。

我有理由相信，这个王国所处的位置向东一直延续到美洲加利福尼亚以西、太平洋以北的某个大陆。朗哥杜距离太平洋不足一百五十英里，在那里有一个优良的港口，该港和拉格奈格岛之间有着频繁的贸易往来。拉格奈格岛在港口的西北部，位于北纬二十九度、东经一百四十度。拉格奈格岛在日本的东南部约一百里格处。日本天皇和拉格奈格皇帝签订了正式盟约，允许两岛之间进行贸易往来。我决定走这条路回国。我雇了两头骡子驮我的行李，还雇了一个向导给我带路。我向我的那位高贵的主人告别，这些天来他非常热情地接待我，临走时还送给我一份厚礼。

> **词苑撷英**
> 频繁：（次数）多。

一路上一帆风顺，不再多说。我到达迈尔杜纳多港口，这里没有到拉格奈格岛的船只，看样子还需要好一阵子才能有便船。这座港口城市跟朴次茅斯一样大。不久我就认识了几个朋友，受到了热情的招待。一位有身份的绅士告诉我，至少在一个月内没有船去拉格奈格岛，不如去西南部五里格处的格拉布答布卓布小岛去观赏一番。他表示他还有他的另一位朋友可以和我一起去，还将给我提供一艘三桅小帆船。

> **知识延伸**
> 朴次茅斯：别名庞培，位于英国英格兰东南部汉普郡，南临索伦特海峡，拥有城市地位，英格兰的单一管理区之一，只比英国的首都伦敦略低一点。

“格拉布答布卓布”，按我的理解，指的是巫师之岛或

魔法师之岛。它的大小差不多是外特岛的三分之一，物产很丰富，酋长统治着整个部落。该部落的人几乎都是魔法师，他们实行内部联姻，年龄最大者继承王位，也叫总督。总督有豪华的宫殿和三百英亩的院子，院子周围是用石头砌成的二十英尺高的围墙。院子里圈出了一块块牛场、谷地和园艺场。

词苑撷英

起死回生：使死人复活，多形容医术或技术高明，也比喻把处于毁灭境地的事物挽救过来。

服侍总督一家的仆人跟其他的人不一样。总督能起死回生，可以叫任何人复活听他的派遣，但时间不能超过二十四小时，而且除非有特殊的情况，不然，一个死人不可能在三个月内被他复活两次。

我们上午十一点到达丹勒戈乃各岛。我同一起来的一位绅士去见总督，请求他接待我这样一位特意来拜见总督陛下的外乡人。总督答应了，我们三人从宫殿的正门进去，门口两旁站立了两排卫兵，装备和制服都很怪异，他们的面部表情使我浑身起鸡皮疙瘩，感到无比恐惧。我们穿过几间套间，每个房间的门口都站立着两排仆人，穿着和正门口的卫兵一样。最后我们才来到正殿。上了正殿，我们深鞠了三个躬，寒暄以后，才坐在总督宝座下最低层。尽管岛上不说科幻国语，但总督会这种语言，他希望我讲述一下我的旅行经历。为了让我不太拘谨，他打了个响指，吩咐所有的仆人退下。令我奇怪的是，这些仆人转眼就不见了踪影，仿佛梦境在我们惊醒时消失。

简要说明

仆人的离去就如同梦境的消失，突出其快及神秘，要么怎么会是“魔法师之岛”呢？

我好一阵子才恢复了正常，后来总督安慰我说他不会伤害我们。再看看我的两个同伴没有异样，我才鼓起勇气，简单地讲述了我旅途中的几次历险，然而并不是没有一点顾忌，我不断回头看刚才那些鬼仆人待过的地方。我有幸和总督一起吃饭，一队新来的鬼魂在旁边侍候我们用餐。我发现自己不像刚来时那么恐惧了。我一直待到傍晚，然后恭敬地请求总督原谅我不能接受住在宫内的邀请。我和两位同伴住在附近城市里的一家私宅中，这座城市是这个小岛的首府。第二天我们依照总督的吩咐再次前去拜见，而他也很高兴地接待了我们。

我们在这个岛上待了十天，白天几乎都是和总督在一

起，晚上返回住处。我很快就对鬼魂见怪不怪了，见了三四次以后，就更没有什么可害怕的了，因为好奇心把它给压下去了。总督陛下允许我召见我想见的亡魂，亘古至今任何死去的人都可以，并允许我对他们提出我想问的任何问题，但有一个条件，就是所问的问题必须和亡魂生前所经历的年代相关。有件事我大可放心，他们是不会说假话的，因为撒谎在冥界毫无用处。

简要说明

介绍了“我”在这个国度的特权，我居然可以召见亡魂，并问问题，这是读者一时想不到的巧妙构思。

我对总督对我的优待表达了最真挚的感谢。我们待在一个寝宫里，窗外是风景迷人的院子。因为我最想看的是富丽堂皇的景象，我希望见一下阿尔伯拉战役后统率全军的亚历山大大帝。我们站在窗边，总督的手指一动，窗子下方立刻出现一片广阔的田野。他把亚历山大召了进来，我不太懂希腊语，所以他用希腊语讲话我也听不大明白。他发誓说他不是被毒死的，而是因为过度喝酒后发高烧病死的。

然后我看到了正在翻越阿尔卑斯山的汉尼拔，他告诉我在他的军营里没有一滴醋。

知识延伸

汉尼拔：古代非洲北部强国迦太基的军事家（前247—182）。公元前216年，他率领驻在西班牙的一支精锐的迦太基部队北上越过阿尔卑斯山直抵意大利北部，给罗马造成了严重的威胁。据李维所著历史记载，汉尼拔进军时，有大石挡道；汉尼拔下令把大石烧热，接着浇以食醋，大石就迎刃而解了。

我又看到了统率大军的恺撒和庞贝，他们正准备作战。我看到恺撒取得了最后一次伟大的胜利。我也想看到罗马参议院在一个大厅里集会，作为比较，我也想看到现代人的集会。参议院会议仿佛是英雄和半人身的集会，而现代集会则更像是小商贩、扒手、劫匪和暴徒在一起闹事。

我请求总督，总督做了个手势让恺撒和布鲁脱斯向我们走来。一见到布鲁脱斯，我心里立刻就对他充满了深深的敬意，从他脸上的每一处都可以看出最高尚的美德，英勇无畏的精神，对祖国的热爱，对人民的无私的仁爱。看到他俩相互理解我非常高兴。恺撒坦然地承认他一生中的壮举不如布鲁脱斯一生所取得的荣耀。我很荣幸，能和布鲁脱斯交谈这么多。他告诉我他和他的祖先优尼乌斯、苏格拉底、小伽图、依帕米侬达斯、托马斯·莫尔爵士永远在一起，不管全世界哪个时代都找不出第七个人与他们匹敌。

为了满足我，首领帮我召见了古代的各个时期的很多名人，一一详述将会使读者们厌烦。我主要召见的是推翻暴君统治和阴谋叛乱的人，为受压迫和残害的国家夺回自由的人。但我无法用语言表达我和他们见面后的激动心情，因此转化为文字，希望读者有和我一样的感受。

本章格列佛来到巫人岛，岛上的总督精通魔法，能随意召唤任何鬼魂，格列佛因此会见了古代的许多名人，结果发现史书上的记载很多不符合史实，甚至是非颠倒。讽刺颠倒黑白的评论家和历史学家等。

阅读积累

犬儒主义者

公元前323年某一天，亚历山大大帝在巴比伦英年早逝，年仅三十三岁。同一天，第欧根尼在科林斯寿终正寝，享年九十。这两人何其不同：一个是武功赫赫的世界征服者，行宫遍布欧亚，被万众呼为神；另一个是靠乞讨为生的穷哲学家，寄身在一只木桶里，被市民称作狗。相同的是，他们在当时的希腊乃至全世界都名声远扬。这两人有一次奇妙的相遇。

亚历山大即位后带着一大群的随从拜访第欧根尼这个古怪的犬儒学派的人出现的时候，他正在晒太阳，只是稍微抬起了一下身子。君王很殷勤地问他有什么可以为他效劳的，“不要挡住我的阳光就好了。”据说亚历山大事后感叹道：“如果我不是亚历山大，我就愿意做第欧根尼。”

以第欧根尼为代表的古希腊犬儒派哲学家不但放浪形骸，而且口无遮拦，对看不惯的人和事极尽挖苦之能事。这成了他们的鲜明特色，以至于在西语中，“犬儒主义者”一词成了普通名词，亦用来指愤世嫉俗者、玩世不恭者、好挖苦人的人。

第八章

精彩导读

作家继续借鬼魂之口，抒发自己的思想、观点与感情。“我”见到了古希腊诗人和盲人歌手荷马，古希腊哲学家、著名学者亚里士多德，古希腊著名的唯物主义哲学家伊壁鸠鲁，以及1596—1650年的法国哲学家、自然科学家笛卡儿，并借学术泰斗亚里士多德之口对科学的发展说了一番颇有见地的话。最后写到农民向市民的蜕变。语言既辛辣幽默，又痛快凌厉。

对于这些著名的贤人学者我做梦都想见到他们，我准备了一天的时间用来见他们。我提议召见荷马、亚里士多德和研究他们专著思想的那些评论家们。没想到来了那么多亡魂，有几百个亡魂只好站在大殿和外殿等候。我了解荷马和亚里士多德，这两位英雄在亡魂群中一出现就被我认出来了。荷马身材高大一些，长得帅些，尽管年纪很老，走起路来还是非常硬朗，他的目光敏锐，我从没有见过如此明亮的眼睛。亚里士多德则是驼背弯腰，拄着拐杖。他的面容消瘦，头发稀少，声音低沉。很快我就发现他俩并不认识那群评论家们，从没听说或见过他们。有一位亡魂，这里不用提他的名字，悄悄告诉我，这群评论家们在讲解这两位学者的著作时，严重歪曲了他们的本意，因此自感愧疚，在冥界他们彼此相距很远。我向荷马介绍了戴底莫斯和斯大修斯，劝他大人不计小人过，对他们好些。他发现他们缺少进入诗人精神境界的才能。当我把斯格特斯和拉摩斯介绍给亚里士多德时，他很不高兴，问其他人是不是和他俩一样笨。

亚里士多德：古希腊时期的著名哲学家、科学家和教育家。他是柏拉图的学生，亚历山大的老师。公元前335年，他在雅典办了一所叫吕克昂的学校，被称为逍遥学派。作为一位百科全书式的科学家，他几乎对每个学科都做出了贡献。

我还召见了笛卡儿和伽桑狄，我试图用他们的理论去说服亚里士多德。这位伟大的哲学家坦率地承认，由于自己在迫不得已的情况下对许多事物进行主观臆断，因此犯了一

简要说明

在一般读者的脑海里，定论的东西，就是真理，是不会改变的。而在这个国度，竟然很多定论是时尚，是会改变的，真正是新奇。

些关于自然哲学方面的错误。他发现伽桑狄极力宣扬的伊壁鸠鲁的学说和笛卡儿的涡动力学说都被推翻了。他预言当代学者极力推崇的万有引力学说最终也落得同样下场。他说新的自然哲学的新学说不过是一种时尚，随着时代的变化而变化，即使是那些经过数学原理验证过的理论也不过是兴盛一时，一旦定论也一样是会淘汰的。

我和其他古代学者们一起谈论了五天。我见到了古罗马帝国的大部分帝王。我劝说总督召见伊里欧伽布鲁斯的厨师为我们做一桌丰盛的菜肴，但由于缺乏原料，他们无法充分展示自身的手艺。爱基西劳斯的一个农奴为我们做了斯巴达肉羹，我仅吃了一口就觉得恶心。

因为陪同我来的两位绅士有急事要办，所以我们三天后就得返回。我利用这最后三天的时间召见了一些现代的亡魂，其中有欧洲各国近两三百年内涌现的最伟大的人物。因我一直对名门望族非常敬慕，我请求总督让我召见一二十个皇帝和他们之前的八九代祖先。但结果很让我失望。因为我并没有看到想象中的一串串的王冠，而是在一个皇族里，看到了两个提琴师，三个衣着整洁的宫内侍臣和一个意大利教长；在另外一个皇族的祖先中看到了一个剃头匠，一个修道院主，还有两个红衣主教。出于我对王室的尊敬，这个讳莫如深的话题就不再继续了。至于那些公爵、伯爵、侯爵、子爵之辈的，我就没有那么仔细地探究过了。不过我承认，当追溯出某个家族的特征来源时，我心里还是很高兴的。我轻易就看出了一个家族的长脸特征是从谁那里继承下来的；为何另外一个家族有两代人都非常狡诈，而又有两代人非常愚蠢；为什么还有一个家族的人恰好都是疯子，而又有一个家族的人碰巧都是骗子。我也知道为什么坡里道尔·维吉尔在谈到某个大家族时说："男子胆小，女子放荡"；残酷、欺诈、懦弱是怎样和家族徽章一样成为家族标志的；是谁首先给高贵的家族带来了梅毒，使后代们遗传患上毒瘤。看到那些高贵血统的家族中生出小厮、仆人、赌徒、车夫、琴师、戏子和扒手，我也不觉得奇怪了。

词苑撷英

讳莫如深：紧紧隐瞒。

现代历史让我非常恶心。我认真地查看了过去一百年来

宫廷里出现的著名人物，发现娼妓般无耻的作家们是怎样误导后人的。他们把战场上的英勇壮举写成是懦夫所为，把最英明的建议归功于蠢材，将阴险的小人赋予诚实美德，给叛国者的头上加上最具罗马人的美德。在他们笔下，异教徒成了虔诚的信徒，用贞洁粉饰强奸犯，用诚实美化叛徒。只因法官被权威显赫的大臣们所腐蚀，各党派间互相斗争，许多无辜的好人被流放或判了死刑。多少恶棍爬到信誉、荣耀、权力和财富的顶峰。宫廷、枢密院和参议院里发生的事和鸨母、妓女、皮条客、小丑们的行为非常相像。当我得知隐藏在伟大的事业和革命背后的真实目的，知道了这些成功的取得是由一些可耻事件促成的时候，我是轻视人的智慧和诚实的。

在这里我看到了那些自诩为写秘闻轶事作家的狡诈和无知，在他们笔下毒酒把众多皇帝埋进坟墓，一次次杜撰皇帝和大臣们的密谋，暴露出大使和国务大臣的想法和隐私。我还发现了震惊世界的许多大事发生的真正原因：妓女是怎样掌控一些政府官员的丑闻，从而控制枢密院，进而左右参议院的。一名将军的亡魂在我面前忏悔，他完全是因为胆小怕事和糟糕的指挥而取得了胜利。还有一位海军上将本来想去向敌舰投降的，谁知情报错误，敌人却被打败了。还有三位皇帝向我郑重声明，他们统治期间，不是偶然出错或一些亲信大臣使用诡计，绝不选用优秀的人才。要是还有来世，他们还会这样做，他们拿出强有力的证据证明如果没有腐败就没有王权的生存余地，因为美德赋予人固执、自信和难以驾驭的脾性，而这是执行公共事务的最大障碍。

我特别问了一下，大部分人是如何为自己谋得高官和财富的。询问对象被我限定在近代，但没考虑现代，因为我不想得罪现代的人，这一点我非常清楚。我把很多相关的亡魂召来了，只是简单地查了查，就发现了这样丑恶的一幕，至今想起这件事，心情仍然有些悲哀。他们谈到的普通的办法就是作伪证、欺压、诈骗、教唆、贿赂等。我认为这些还是可以原谅的。还有些人承认通过卑劣手段获得了高官和万贯家产，有的靠出卖妻女色相，有的背叛祖国或自己的君王，

讽刺手法

美德赋予人固执、自信以及难以驾驭的脾性，而这些就是王权的敌人。作者借古喻今，给予我们深刻的思考。

意在言外

借巫人岛上诸亡魂之口揭露了国王与众多官员的丑恶嘴脸。

有些投毒杀人，更多的则是为了升官发财不惜颠倒是非残害忠良。我们这些地位低下的人对尊贵的官员们本应怀着崇高的敬意，听了这些话以后，我对他们产生的敬意减弱了一些。对此我希望得到大家的理解。

我很想见一些对国家做出过重大贡献的人。经调查我才发现他们大多数都没有被载入史册，而仅有的被载入史册的又都被描绘成最下流可耻的流氓和叛徒。除此之外，其他的人我从没有听说过。他们面容悲惨，衣不遮体，大部分的亡魂向我诉说他们生前死于贫困潦倒，还有的死在断头台或绞刑架上。

词苑撷英

叛徒：有背叛行为的人，特指背叛祖国或背叛革命的人。

在这群名人中，有一个身世独特的人，他旁边站着一位十八岁的少年。他说他在一艘战舰上做了多年的舰长，在艾克定姆海战中他英勇冲破敌人的重要防线，击沉敌人的三艘主战舰，并俘获了一艘战舰，从而击溃了安东尼的部队，进而取得了战争的胜利。他身边的少年，是他唯一的儿子，在战斗中牺牲了。他接着说，带着胜利的喜悦，他在战争末时回到罗马，请求奥古斯都政权任命他为一艘大战舰的舰长，这艘战舰原来的舰长已经牺牲了。然而宫廷不但没有批准他的请求，还将该战舰交给一位从未见过大海的年轻人管理，这位年轻人是皇帝的一位情妇的仆人——来波提那的儿子。当这位舰长回到自己原来的战舰上时，他被指控犯了渎职罪，这艘舰因此移交给海军副将帕不力克拉的亲信管理。他从此隐居在离罗马很远的一个贫困乡村里，最后在那里死去。我非常想知道事情的内幕，于是召见阿格瑞帕，他在那次战役中担任海军上将。他证明了刚才那位舰长的话是真实的，而且告诉了我更多关于这位舰长的英雄事迹，那位舰长很谦虚，对自己的大部分战功都只是轻描淡写地一笔带过。

知识延伸

奥古斯都（公元前63—前14），罗马帝国的第一个皇帝，原名屋大维，也是罗马后三雄之一。击败安东尼后建立罗马帝国，并自称奥古斯都（意思是“神圣”）。

当时奢侈之风才刚引入，腐败的势力就如此猖獗，这使我十分吃惊，那么其他的国家会出现同样的情况就不足为奇了。其实各种邪恶势力统治这个国家已经很久了，最高统治者们沉醉于沽名钓誉和掳掠战利品中，其实他们也许最没有资格赢得这些荣誉和赞赏。

被召见的每个人都依然保持着生前的模样，这让我看到几百年来我们人类的堕落，不由悲伤起来。梅毒及其变种已经改变了英国人的面貌，使我们的身材变得矮小，肌肉松弛，精神不振，脸色发黄等。

我已经堕落到想见几个农夫先辈。他们打扮、举止和饮食都非常朴素，办事公正，拥有真正的自由精神，而且英勇顽强，热爱祖国，所以享有盛名。活人与死人一比，一想到这些原先的淳朴美德被他们的子孙后代为了金钱给糟蹋殆尽，我就不能不愤怒，他们的子孙兜售选票，操纵选举，沾染了宫廷里特有腐败的风气，变得无恶不作，自甘堕落。

通过格列佛与鬼魂的交流，间接表达了作者对历史的认识。其实历史并不全是教科书上说的那样，一些地位高贵的历史人物仪表堂堂，但其真实面目却不是那么光鲜。反而是一些普通人物风俗淳朴、衣食简单，才真正具有自由精神。

阅读积累

古希腊三贤

苏格拉底（公元前469—前399），古希腊著名思想家、哲学家、教育家，他和他的学生柏拉图，以及柏拉图的学生亚里士多德被并称为“古希腊三贤”，更被后人广泛认为是西方哲学的奠基者。

第九章

精彩导读

本章写“我”离开“巫师岛”，回到海港，再搭船来到“长寿岛”，在这个岛国待了三个月。作者重点写了国王发明了一种“赐死”大臣们的特殊方法：在地上撒满了毒粉，让大臣匍匐前进到自己的宝座之下，满嘴毒粉，中毒而死。

原定离开的日子到了，我跟尊贵的格拉布答布卓布的总督告别，和我的两位同伴一起坐船回到迈尔杜纳多，两星期后，我终于等来了一艘开往拉格奈格的船。两位绅士，还有其他人都非常慷慨和善良，他们为我准备了充足的食物，并且把我送上了船。我在海上航行了大约一个月。我们遇到了一场强大的暴风雨，只得向西行驶，信风带着我们向前行驶了六十多里格。1709年4月21日，我们到达克兰梅格尼格河。这是个海港城市，位于拉格奈格的东南部。我们在离城一里格的地方停航，并向当地的导航员发出了求救信号。不到半小时，两位导航员来到了我们船上，引领我们通过布满暗礁和礁石的危险水域，到达一片水面开阔的河湾。河湾跟城墙相距不足一条锚链长的水域里可以安全停泊一个舰队。

知识延伸

信风：指的是在低空从副热带高压带吹向赤道低气压带的风。信风在赤道两边的低层大气中，北半球吹东北风，南半球吹东南风。

几名对我不怀好意的水手，告诉领航员们我是外地人，是一个大的航海家，而领航员又把这一情况报告了一位海关官员，因此我一上岸就受到了海关官员的严格审查。他用科幻国语询问我，由于频繁的贸易往来关系，这个城里的人大部分都会说科幻国语，而税收和海关人员对这种语言尤其精通。我用科幻国语简要叙述了关于我的一些情况，尽可能真实地告诉他们我的经历。但我隐瞒了自己真实的国籍，骗他

词苑撷英

不怀好意：没安好心。怀：包藏。

们说我是荷兰人，因为我想去日本，而我知道欧洲各国中只允许荷兰人到日本国去。于是我告诉他们，我的船在科幻国海岸触礁沉没，我被救到勒普塔，就是飞岛上，现在正在想办法去日本，也许会从那里找到一条回国的便船。那位官员说要把我囚禁起来，听候宫廷的处理。他立刻给宫廷写了一封信，希望在两星期后得到答复。我被带到附近一处地方，门口站有哨兵，然而我可以在一个大花园里自由走动，而且他们以很人道的方式待我，囚禁期间的一切开支由国家承担。有些人来看过我，他们听说我来自一个他们从未听说过的遥远国度，都觉得十分好奇。

简要说明
当时的日本只允许荷兰人在日本从事海上贸易。

我雇用了一个同船的年轻人做我的翻译。他是拉格奈格人，在迈尔杜纳多生活过几年，精通两国的语言。在他的帮助下，我可以和前来拜访我的人进行交流，但主要是回答他们的提问。

宫廷的判决书如期送来了，只是一张传票，十位骑兵奉命把我和我的随从押送到揣尔德拉格达布，或者叫揣尔德若格椎布。我的随从就是那个同船为我做翻译的年轻小伙，他是在我的请求下才答应做我的随从的，在我的恳求下，骑兵们才允许我们二人骑着骡子赶路。一位送信的差官半天前就上路了，为了准确向皇帝陛下报告我的行程，希望他能指定一个合适的时间，赏赐我“舔他脚凳前面灰尘”的荣耀。这是宫里定的规矩，而且我发现这可不是空有的形式。我们到达了目的地，两天后，我上朝拜见皇帝，他们命令我在地上匍匐前进，一面爬一面舔地板，因为我是外国人，他们给了我特殊的照顾，把地板擦得干干净净，这样使我感到不是太难堪。这是一种特殊的恩典，只有官位最高的大臣在觐见时才有资格享受。若来拜见的人碰巧在宫内有仇人，那么就会有人故意在地板上撒上尘土。我曾看到一位大贵族嘴里全是尘土，以至于爬到了皇帝的宝座前要朝拜时，根本讲不出话。而且这也是无可奈何的，因为在皇帝接见时擦嘴或吐痰都是要杀头的。还有一种我无法接受的习俗。当皇帝决定以善良的手法处死一位贵族时，他会下令向地板上撒一层黑色

讽刺手法
介绍见国王时的古怪规定“一边爬一边舔地板。”这种奇特的礼仪体现这个朝廷王权的至高无上，实质上是讽刺统治者缺乏人性，无视人权。

词苑撷英
无可奈何：没有办法，没有办法可想。

粉末，里面含有剧毒，舔上一口一天之内就会死亡。但是平心而论，这位君主还是慈悲为怀的，他对子民们的生命还是重视的。为此我必须说明，每次这样行刑过后，他都会下达严令，要求把撒过毒药的地板清洗得一尘不染。若仆人们对此贯彻不力，他便会龙颜大怒。我亲耳听到他下令，鞭笞一位仆人，因为在一次死刑执行结束以后，该轮到这位仆人通知清洗地板，他却心怀诡计，故意不去通知。由于他的过错，以致一位年轻有为的贵族在拜见皇帝时，不幸中毒死亡，而当时皇帝并没有想过要杀死他。但听到那位仆人发誓无特殊命令绝不再犯同样的错误时，这位善良的皇帝宽恕了那位可怜的仆人，并且免去他受鞭笞之苦。

词苑撷英

一尘不染：形容环境非常清洁。

讽刺手法

对杀人者做出的处罚无足轻重，可见君主的残忍。

有些离题，我爬到离皇帝的宝座不到四英码的地方，稍微地跪起来，在地上磕了七个响头，并按照昨天晚上他们教我的那样高呼："Ickpling gloffthrobb squutserumm blhiop mashnalt zwin tnodbalkguffh slhiophad gurdlubh asht."这是法律规定的赞美之词，不管是谁在得到皇帝接见时都必须说的一句话。翻译成我们的语言就是："愿天皇陛下与日月同辉，万寿无疆。"对此皇帝回答了一句，尽管我不明白他的意思，还是按别人的吩咐回答道："Fluft drin yalerick dwuldom prastrad mirpush."这句话字面意思是："我的舌头放在我的朋友的嘴里。"言外之意是我请求把我的翻译带上来。说完，我之前提到的那位年轻人被召了进来，接下来的一个多小时内，通过他的翻译，我回答了皇帝许多的问题。我用科幻国语讲，我的翻译用拉格奈格语表达我的意思。

皇帝愉快地和我交谈了一番，他下令叫他的"Bliffmanrklub"（宫内的总管）为我和我的翻译安排住所，并且为我们提供一日三餐，还赏给了我一大袋金子当作我的零花钱。

我奉旨在这个国家生活了三个月。国王很高兴，对我非常友好，并提出要赐我官爵。但是我想，为安全起见我还是和我的家人共度下辈子比较好。

生字背囊

爵（jué）：1. 古代饮酒的器皿，三足，以不同的形状显示使用者的身份。2. 君主国家贵族封号（中国古代分为"公""侯""伯""子""男"五等）。

精彩点拨

在本章，作者擅长以神奇的想象、夸张的手段、寓言的讽刺笔法，不留情面地批判，尤其对统治阶级的腐败、无能、无聊、毒辣、荒淫、贪婪、自大等作了痛快淋漓的鞭挞。最高超的是他的讽刺艺术，如：介绍见国王时的古怪规定“一边爬一边舔地板”却说“是一种特殊的恩典”；述说国王在地上撒上毒粉让贵族舔到嘴里毒发身亡等残酷做法，却说“是非常仁慈”。不露声色，却体现出尖锐深刻的讽刺。

阅读积累

兰 学

16 世纪，随着航海技术的发展，西方国家纷纷开始了到东方抢占殖民地的航程。葡萄牙最早到达日本，宣传基督教，进行通商贸易。直到江户时代，日本实行锁国政策，加上禁止基督教，所以终止了与葡萄牙等国的交往。此时，欧洲各国中，只有荷兰取得了以长崎为贸易港与日本进行往来的权利。直到 19 世纪初，日本结束锁国政策的二百多年间，日本一直通过荷兰吸收学习欧洲的先进文明。医学、天文学、世界地理学等先进的西方近代科学整体性、系统性地通过荷兰人来到了日本。而日本上至将军下至普通民众，通过一箱箱的荷兰书籍学习欧洲先进的科学技术知识，“兰学”盛行一时。

第十章

精彩导读

本章集中地写了“长生不死者”问题。“我”来到“长寿国”后，起初也幻想长生不死，并且还规划好了自己未来的一生。“我”从岛内高层人士那里详细了解了关于长寿者的情况，听到，甚至见到六个已经活到二百岁的长寿老人。特别有趣的是：本书作者相当科学地虚构了长生不死（是“老而不死”）者这样的可怜人物，其寓意原来就深藏在本章结尾一段当中。

拉格奈格的人们是个善讲礼仪、热情好客的民族，尽管他们有些自大，这是所有东方国家共有的。但是他们对外国人，特别是受到宫廷赞许的外国人都很有礼貌。我认识了很多知名人士，在我的翻译的协助下，我们的谈话进行得比较顺利。

词苑撷英

长生不老：原为道教的话，后也用作对年长者的祝愿语。长生：永生。

一天，我们许多人坐在一起，一位学士问我是不是见过他们国家的斯特鲁布鲁格人，也就是长生不老的人。我说没有见过，希望他能向我说明一下为何要给他们这样一个称呼。他告诉我，这种人非常少，偶尔一个家庭会生出一个额头上有个红圆点的婴儿，这个圆点恰好在左眉之上，是长生的标记。据他所述，这个圆点跟一个三便士的银币差不多大，但随着时间的推移，它会逐渐变大，颜色也会发生变化。孩子到十二岁时，圆点由红开始变绿；到二十五岁时，变成了深蓝色；到四十五岁时，又变成炭黑色，变得像一枚英国先令那样大，但颜色不会再有任何变化。因为这样的孩子极少，他认为全国的斯特鲁布鲁格人总数也不会超过一千一百人，据他的估计，生活在首都的大约有五十人，其中有一名女孩是在三年前出生的。他们的出生并不是由某个家族的遗传因素决定的，而是纯属巧合罢了，而且他们的后

代同样也会是普通人。

说实话，通过他的讲述，我心里产生了一种无法描述的喜悦，给我讲这些话的人恰好懂科幻国语，而我也恰好精通这种语言，于是我情不自禁地大叫起来，好像在世界的末日得到了拯救一样："多么美好的国家，这里的孩子至少有希望长生不老！多么幸运的民族，他们可以受到很多祖先遗留下来的传统美德的鲜活事例的熏陶，得到汲取了每个历史时期知识的大师们的指点！然而最幸福的还要算斯特鲁布鲁格人，他们从一出生起就躲过了困扰全人类的噩运。他们的内心是自由的，没有束缚的，没有与生俱来对死亡的害怕所带来的精神上的压抑和负担。我很奇怪在宫廷上遇不到这样知名的人士，额头上有黑色的圆痣，是很明显的特征，我不会轻易地忽视这种印记的。而如此聪明的皇帝陛下怎么不让这些有智慧和才干的人做他的顾问呢？不过或许这些受人尊重的圣人贤哲不能容忍与宫廷中的腐败无能的官员同流合污。我们也经常有这样的体验，倔强和狂妄的年轻人根本听不进去长者们严厉的教导。既然皇帝很乐意让我拜见他本人，我决定一有时机，就在翻译的协助下尽可能彻底地向他阐述我对这件事情的看法，不论皇帝是否愿意接受我的建议。那么这次我会以万分感激的心情去接受皇帝对我的关怀，既然这样，如果斯特鲁布鲁格人愿意的话，我就能和他们这些奇人一起交流思想，过完下半辈子。"

语言描写

从古至今长生不老是多少帝王梦寐以求的事情，格列佛在这里居然遇到了，接下来又会有什么事情发生呢？他对长生不老又有怎样美好的幻想呢？

词苑撷英

同流合污：指跟坏人一起干坏事。流：流俗；污：肮脏。

我把这些话讲给那个绅士听，因为他听得懂科幻国语，他露出了一丝微笑来同情我的无知，并对我说，他很高兴我愿意留下来和他们在一起，并希望我允许他把我的一席话讲给在座的各位听。结果，他们用母语争论了一番，而我连一个音符也听不懂，从他们的表情上也看不出他们对我的建议有什么想法。沉默了一会儿，还是那位绅士告诉我，他的朋友们和我的朋友一致认为我对长生不老的优点和幸福做出了正确的评价，对此他们非常高兴。但他们很想知道如果我出生时恰好是个斯特鲁布鲁格人，我对自己的生活有何打算。

我谈了自己的看法，当我谈到自己了解并且感兴趣的话题，就很容易变得口若悬河，特别是我这种平时总在幻想自

己要是做了皇帝、将军或大贵族时该如何做的人来说，对于长生不老这件事我也曾多次仔细地考虑过，若我能长生不死，我该做些什么，该怎样打发无尽的时光。

我说，若我有幸是斯特鲁布鲁格人的话，如果我理解了生死的差别，懂得了自己所拥有的幸福，首先，我将想尽办法让自己先富起来。为了追求利益，我要勤俭持家，相信大概在两百年之内我将是王国内最富有的人。其次，我将从青少年起就致力于科学和艺术方面的研究，相信总有一天我的学识会超过所有人。最后，我要仔细记录下公众生活中的每一次活动和每一件大事，通过自己对各方面的了解，客观地勾勒出几代君王及贤臣们的性格。我将精确记录习俗、语言和饮食、服饰、娱乐时尚的变化。通过这一切，我将成为有血有肉的智慧和知识的活宝库，而且一定会成为国家的知名人士。

六十岁以后，我不再结婚，而是热情待客，广交朋友，但仍然会注重节俭。我将努力教育和指导有为的年轻人，我会用自己的知识、经历，用听到和看到的许多事例向年轻人展示美德为社会和个人生活所带来的好处，并以此教育他们。我会从在古代到与我同时代的人中挑选十来个长生不死的兄弟做我永恒的朋友。他们中谁要是没有家产，我会用我的产业为他提供舒适的住所，我会一直和他们中的一些人交流，我将和普通人中最高尚的人为友，而时间的流逝会令我的心肠变硬，不再为他们的死去而感到悲伤，我会以同样的方式对待他们的后人，就像一个人每年会去欣赏新开的石竹和郁金香而并不会为去年的落花而悲伤一样。

在漫长的日子里，我和斯特鲁布鲁格人相互交流我们的观点和对过去的回忆，我们关注导致腐败或乘虚而入的几种道德败坏的行为，并采取各种措施制止它，我们会时刻对公众发出警告和指导，再加上我们作为榜样的巨大力量，尽可能防止历代人们所感叹的人性的日趋堕落。

此外，我们将亲眼看到帝国和小邦所经历过的各种变革，上流社会和下流社会的变化，古城化为废墟，不出名的村庄变成帝王之城。看到举世闻名的大河变成浅浅的小溪，一边沧海变桑田，另一边却洪水肆虐；还会见到很多未被发现的国家现在为人所知。见识野蛮暴力最终统治礼仪之邦及最荒凉的民族文明化。我将会看到经度、永恒运动和万能的灵丹妙药，还有很多伟大的发明发展到已臻化境。

在天文学上，我们将做出许多重大的发现，我们将通过观测彗星的运行，以及日月星辰的运动，有幸看到我们预言的实现。我还谈了许多其他方面的设想，对长生不死和美好生活的本能渴望很容易让我变得心情激动。我所讲的话仍旧被翻译给在座的每一位听，他们用本国语交流了好长时间，我的见解偶尔会引发出他们几阵的笑声。最后还是我的翻译告诉我，他们希望他帮助改正我的一些错误想法，这些错误是因为人的愚蠢天性所造成的，不是我个人的问题。他告诉我斯特鲁布鲁格人是他们国家特有的人种，在科幻国和日本都不存在这种人，他曾有幸地代表皇帝陛下做过两国的外交大使，发现那里的人根本不相信有这种人的存在。而当他开始告诉我这件事时，我也把它当作一件闻所未闻的新鲜事，怀疑过它的真实性。在刚才提到的那两个国家里，他曾和许多人说过，长生不死是人类共同的愿望。一脚踏进坟墓的人总是想尽办法不让另一只脚也踏进去。再长寿的人也会希望不死，将死亡看作最大的魔鬼，天性使得人们害怕死亡。只有在拉格奈格岛上，人们的求生欲望才不是那么强烈，因为他们眼前时时刻刻有斯特鲁布鲁格人做榜样。

他说我所假想的生活规划是不切实际的，因为它的前提是必须永远青春、健康和充满活力，而这些只是人们愚蠢的愿望，尽管人可以在心里存在这种幻想。因此问题不是人是不是可以选择永远年轻、美丽和健康，而是应该如何在年老体衰、面对诸多危险的情况下永远地活下去。尽管无人愿意在这种艰难的情况下长生不死，但在前面提到的科幻国和日本，他发现每个人都想晚点死，活得越长越好。他几乎没有听说过谁愿意死，除非是受到了受不了的痛苦的折磨，才会产生这个念头。他问我在我的祖国和我所旅行过的国家里，是不是注意到这种普遍存在的现象。

一番话结束后，他向我详细地讲述了他们国家的斯特鲁布鲁格人。他说，他们在三十岁之前和普通人没什么两样，三十岁之后直到八十岁，他们逐渐变得悲伤和沮丧。这是他从他们的口中亲耳听到的，不然，一代人中只出现两三个这样的人，很难推出普遍性的结论。这个国家的人八十岁就算是到了古稀之年，他们不但有普通老人一样的毛病和缺点，并且还对长生不死感到害怕，并因此产生许多烦恼。他们不仅倔强、贪婪、暴躁、虚荣、郁闷、唠叨，而且很难相处，缺乏对子孙后代们应有的关爱，嫉妒和妄想常伴他们左右。他们对年轻人的纵欲和老年人的死亡有着非常强烈的忌妒心。年轻人的纵欲使他们想到自己已无法再享受这种快乐；一看到别人举行葬礼，他们就悲叹和埋怨，别人都进入安息的港湾了，而他们自己却永远都不可能有安息之所。他们只记得自己在年轻时学到的知识和经历过的事情，而这些也都不十分全面。因此要探讨事情的真相和细节，根据常识和传说都要比他们的记忆更可靠。而他们中间最幸运的要算那些变糊涂并彻底失去记忆的老人：这些人不像其他同类那样卑劣，所以会受到普通人的怜悯和照顾。

如果两个斯特鲁布鲁格人结婚，按照国家的法律，夫妇双方都到了八十岁，婚姻关系就自动解除。用法律的眼光看，这样做合乎情理，那些人并没有犯错，却注定要在世上永远地活下去，所以不应再让他们承受一个妻子的拖累，使他们感到更加痛苦。

如果他们到了八十岁，法律将他们当成已死的人，他们的后代可以立刻继承他们的产业，只给他们留下很少的一点抚恤金，一无所有的斯特鲁布鲁格老人由国家来养活。八十岁后，他们就会被看成没有劳动能力的人，且不能为公众谋利益，他们不能购买和租赁土地，也不允许在民事和刑事案件中做证人，更不能参与地界的勘测。

九十岁时，他们的牙齿和头发开始脱落，辨别不出任何味道，他们面对任何食物都无食欲和胃口。他们身患的疾病既不会加重也不会减轻。谈话中，他们会忘记常见物品的名

称，连关系最近的亲友的名字也想不起来了。同样他们没办法看书，因为他们连一个字母也不认得了。失忆症让他们再也享受不到什么乐趣了。

他们国家的语言经常变化，上一代的斯特鲁布鲁格人已听不懂下一代人说的话，两百岁时，他们除了寒暄打招呼外，已不能和他们的凡人邻居们进行更多的交流了。这样，他们在自己的国家就像外国人一样，生活有很多不便。

这就是他们对斯特鲁布鲁格人的描述，我能记起的也就只有这些。后来我见过几个不同年龄的斯特鲁布鲁格人，最年轻的还没到二百岁，我的朋友带他们来见过我几回。尽管有人告诉他们我是个出色的旅行家，去过许多国家，他们却一点也不感兴趣，没问过我一个问题。只是希望我能给他们一些"斯兰姆斯库达斯克"，就是一件纪念品，这是最委婉的乞讨方法，因为他们由国家来赡养，所以尽管他们只能拿到非常少的津贴，但法律也严格禁止他们乞讨。

他们受到很多人的轻视和讨厌，他们的出生被认为是不好的征兆，他们的出生日期被详细地记载下来，因此只要向户籍登记处查询，就可以知道他们的年龄，登记处都没有超过一千年的资料，先前的资料都因太久或公众反对而被销毁。一般计算他们年龄的方法是问他们记得的君王或者伟人的名字，然后考察历史。毫无疑问，他们记得的最后一位君王一定是在他们八十岁之后才登基。

他们是我所见过的最伤心的人，女人比男人的情景还要悲惨。漫长的日子摧残了她们的容貌，随着年龄的增长，她们也变得越来越令人害怕，简直无法形容。在五六个人中，我能轻易地辨认出年纪最大的，尽管她们之间年龄相差不会超过一两百岁。

读者很容易想到，我所听到和看到的事情一定大大地减弱了我对长生不老的兴趣。自己开始的美好的幻想让我由衷地惭愧，我想只要能逃避这样长生不死的命运，我就是被暴虐的君王用任何一种极刑处死也愿意。我和朋友们对这件事的讨论被皇帝知道了，他很高兴地召我进宫，希望我能带几个斯特鲁布鲁格人返回自己的祖国，以此打消我国人民对死

知识延伸

登基：又称即位，即皇帝即位。新皇帝继位，纪年改元，以示万象一新。有些皇帝登基并不改元，如后周世宗、恭帝都未改元，而是沿用太祖的"显德"年号，由此可看出国家的兴衰变化。

叙议结合

格列佛得出了不能永远健康、青春的长生不老比死亡更恐惧的结论。

亡的恐惧。但该国的法律好像严禁这种行为，否则我会不惜一切代价、不辞劳苦地带他们回国。

我不得不承认该国为斯特鲁布鲁格人制定如此的法律是很有必要的，任何一个国家遇到这种情况都会这样做。否则，随着年龄的增长而导致的贪婪会令这些长生不死的人们掌控全国的财富，控制民事权利，而他们又没有管理才能，必然会给人们带来巨大的灾难。

本章借斯特鲁布鲁格人的长生不老，探讨了千百年来人们对长生不老的渴望，并打破人们的幻想，不朽者是痛苦的，因为永不死亡的可怕前景而带给他们的种种毛病，他们不仅固执、贪婪、孤僻、自负、饶舌，而且毫无人情味和友爱精神，他们成了被遗弃的人，长生不老确实是无尽的痛苦。

阅读积累

南极洲

南极洲存在丰富的煤炭资源，煤是古植物经成煤地质作用形成的，由于南极洲冰天雪地的寒冷气候环境，不可能生长大量的植物，在地质时期中南极洲不在现在的位置。南极洲距离南美洲最近，中间隔着只有970千米的德雷克海峡。南极洲是由冈瓦纳大陆分离解体而成，是世界上第四高的大陆，平均海拔几十到几百米。横贯南极山脉将南极大陆分成东西两部分。这两部分在地理和地质上差别很大。东南极洲是一块很古老的大陆，据科学家推算，已有几亿年的历史。它的中心位于南极点，从任何海边到南极点的距离都很远。东南极洲平均海拔高度2500米，最大高度4800米。

第十一章

精彩导读

本章写“我”带着长寿国国王的介绍信搭荷兰人的船来到日本，再在日本天皇的关照下回到英国与家人团聚。与小说的所有各章不同，本章写的都像是真人真事，似乎没有丝毫虚构成分。前面的几个岛国都是“假”的，但后一个“日本国”是真的，以真支撑假，让假变成真，真真假假，真假难辨，虚构巧妙，饶有趣味。

设置悬念
欧洲游记文学的流行伴随着对外殖民扩张的全过程。

我认为读者们可能会对斯特鲁布鲁格人的故事非常感兴趣，因为它有些与众不同，至少在我所读过的游记中独一无二。若我记错了，还请大家谅解，因为在描绘一个国家时，旅行家们往往必须注意相同的细节，花费更多笔墨，但不该因此就怀疑他有盗窃或借用前人著作之嫌而攻击他。

的确，该国和日本帝国有着长久的贸易关系，因此日本的某些作家或许讲述过斯特鲁布鲁格人的故事。但我在那里停留的时间很久，又完全不懂日语，所以没有办法进行查询。我希望对此事感兴趣的荷兰人在听了我的叙述后能够弥补我有错误的地方。

皇帝陛下经常想让我在宫廷里担任官职，却发现我已决心要返回祖国，于是就爽快地答应为我签发出境证，我很高兴能得到一封他为我向日本天皇亲笔写的介绍信。同时他还赏赐了我四百四十四块大金子，外加一颗红宝石，我在英国把它卖了一万一千英镑。

词苑撷英
道别：离别；分手（一般要打个招呼或说句话）。

1709年5月6日，我向皇帝陛下和我的朋友们郑重道别。皇帝非常仁慈，命令他的卫兵护送我去位于该岛西南部的格兰格文斯泰德皇家港口。六天后我找到一条可以送我去日本的船，我们在海上行驶了半个月。最后我们来了日本东南部的一个小港城市滨关，港口的西边是城市中心，那里有一个非常窄的海峡，其北与一条狭长的内海相连，首府江户就位于内海的西北部。一上岸我就拿出了拉格奈格皇帝陛下写给日本天皇的亲笔信，他们对信上的印鉴很熟悉。那印鉴跟我的手掌差不多大小，上面的图案是皇帝从地上扶起一位跛脚乞丐。那里的官员听说我是拉格奈格皇帝介绍来的，就把我当作公共事务大臣一样来接待。他们为我备好马车并派了几个随从，马上将我送往江户。在江户我受到了天皇的接见，我呈上那封信，看信时他们还举行了非常隆重的仪式，一位翻译将信中的内容翻译给天皇，然后再把天皇的御令转达给我，天皇让我说说我的请求。当然是看在拉格奈格皇兄的情面上，天皇答应了我所有的请求。这位翻译的工作主要是和荷兰人打交道，他从我的容貌上很快猜出我是欧洲人，就用熟练的低地荷兰语向我转述皇帝的命令。按照事先的决定，我对他说我是一位荷兰商人，在旅行中，船沉没了，乘船来到了拉格奈格，然后再从那里搭船来到日本。我知道自己的同胞经常来这里做生意，希望将来能有机会和他们一起返回欧洲，为此献上最真挚的请求，请求天皇的帮助，希望他下令将我送到长崎。另外我还提出一个请求，我知道按照日本国的规定，我的同胞来到这里都要举行践踏十字架的仪式，但是我是因遇难才来到这里的，并不是来做生意的，因此请天皇看在拉格奈格皇帝的情面上，格外开恩免除我参加这种仪式。当翻译把我的第二个请求转达给天皇时，天皇觉得有点吃惊，他说我是第一个因这个仪式而感到内疚的荷兰人，他开始怀疑我是不是真的荷兰人，但他更怀疑我是基督徒。由于我提出了上述请求，又是看在拉格奈格皇帝的面子上，他特别开恩地迁就了我这与众不同的脾气。不过事情还得安排得巧妙，吩咐他的官吏像是一时忘了那样把我放过去，因为要是我的同胞荷兰人发现了其中的秘密，他们一定会在途中将我的喉管割断。我通过翻译感谢天皇对

知识延伸

江户：即现在的东京，日本的首都。

细节描写

践踏十字架是日本人探明外人是否为基督徒的一种仪式。

词苑撷英

与众不同：跟大家不一样。

我格外开恩。那时恰巧有一支军队要开到长崎去，天皇就命令指挥官护送我前往那里，关于十字架的事还特别作了关照。

知识延伸
长崎：是日本九州岛西岸著名港口城市，长崎县首府。

1709年6月9日，经过长途旅行，我来到了长崎。很快我结识了“安波伊安”号船上的荷兰水手，这是一艘来自阿姆斯特丹的船，建造得很结实，负重达四百五十吨。我在荷兰待过很长一段时间，并在莱顿读过书，荷兰语说得很好。水手们很快知道了我的来历，他们很好奇，询问我历次航海和生活的经历。我尽可能将故事讲得简短而真实，略去了大部分的内容。我在荷兰认识很多人，我可以杜撰我父母的姓名，我假称他们是盖德尔德省人。我本想让船长开个价，算作我去荷兰的费用，但当他知道我是个外科医生时，只收取我一半的费用，条件是我能用职业技术帮助他做些事。在出发前，有几个水手老是问我有没有参加刚才所提的那种仪式。我总是支支吾吾地说我已经满足了天皇和宫廷的所有请求。一个不怀好意的渔船船长向一位官员报告，说我还没有参加践踏十字架的仪式。但那位官员已接到将我放行的命令，因此在这个多事的船长的肩膀上抽打了二十下，以后再也没人对我提起这个事情了。

词苑撷英
一帆风顺：形容非常顺利，毫无波折或挫折。

一路上没有发生什么奇事。我们一帆风顺地到达好望角，在那里补充了饮用水后又接着上路了。1710年4月10日，我们平安到达阿姆斯特丹港口，路上仅有三个水手因病而死，还有一个水手在离几内亚海岸不远处，因从前桅上掉到海里被淹死了。到阿姆斯特丹后我很快就乘上一艘小船回到了英国。

离开祖国整整五年半后，我又重新回到祖国。我马上赶到瑞德里夫去，当天的下午两点钟就回到了家中，见到了我的妻子和家人，他们都非常健康。

精彩点拨

“他特别开恩地迁就了我这与众不同的脾气。不过事情还得安排得巧妙，吩咐他的官吏像是一时忘了那样把我放过去，因为要是我的同胞荷兰人发现了其中的秘密，他们一定会在途中将我的喉管割断。我通过翻译感谢天皇对我格外开恩。那时恰巧有一支军队要开到长崎去，天皇就命令指挥官护送我前往那里，关于十字架的事还特别作了关照。”作者对荷兰人时时刻刻不忘记挖苦和讽刺，仔细琢磨还能发现格列佛对日本人的周到细致的描写。

阿姆斯特丹

阿姆斯特丹，荷兰首都及最大城市，现在人口约110万。位于该国西部省份北荷兰省，世界著名的国际大都市。其名称源于Amstel dam，这表明了该城市的起源：一个位于阿姆斯特尔河上的水坝，即今水坝广场址。

12世纪晚期一个小渔村建于此，而后由于贸易的发展，阿姆斯特丹在荷兰黄金时代一跃而成为世界上重要的港口。在那个时代，该城是金融和钻石的中心。19和20世纪，该城扩展，许多新的街坊与近郊住宅区形成。现为欧洲第四大航空港（前三大分别为伦敦、巴黎、法兰克福）。

第四部 慧骃国游记

第一章

精彩导读

本章写“我”又离家远航南洋，这次是当船长；航行途中，新招来的水手与原来的船员狼狈为奸，阴谋夺取了船只，把“我”禁闭在船舱里，后来把“我”抛弃在浅滩上。“我”涉水上岸，进入陆地，在路上碰上了一群猢狲之类的动物——耶胡，耶胡是没有或丧失了人性或理性的猢狲类动物。“我”被四十头耶胡团团围住；就在这危险关头，耶胡们被一匹灰色的慧骃吓跑。

我和妻子孩子们在家里快乐地生活了五个月，如果我当时意识到，我的生活多么美好就好了。很快我离开了正怀孕的妻子，接受了在一艘三百五十吨的巨大商船——“冒险号”上当船长的邀约。我如今已掌握了航海技术，厌烦了在海上做大夫，当然偶尔干干老本行也还是可以的，我雇用了一位名叫罗伯特·皮尔佛的年轻人做船上的大夫，他的医术很高明。1710年8月2日，我们从朴次茅斯起航。14号在田纳瑞夫岛遇见了布利斯托的坡考克船长，他计划去坎披契湾砍伐苏木。16号我们被一场暴风雨扰散了，回来后我才听说他的船出事了，船上仅有舱内的一名仆人活下来。坡考克船长是个老实人，也是名好水手，就是有些固执己见，这是他死亡的根本原因，还有一些水手也是这样过早地告别了人世。如果他当时能虚心听取我的建议，可能此刻和我一样，正安稳地待在家中享福。

> **简要说明**
> 行船的过程中，总会遇到一些灾害，这些挫折，都是不得不面对的。作者在介绍现在的一些情况。

船上有几位水手由于患热带狂热病身亡，所以需要在巴巴多斯和背风群岛周围招募几名新的水手。我听从雇主的命令停留在那里，但很快我便为此后悔不已：事后我才发现在这里招募的水手大部分曾经做过海盗。我的船上共有五十

人，雇主给我的指示，在南洋一带和印度人做生意并尽量开拓新的市场。我沿途雇来的这些无赖将我的部下带坏了，他们串通夺取船只，并把我软禁起来。一天早晨，他们开始行动了，跑进我的座舱内，捆住我的手脚，并威胁说如果我反抗，就让我葬身大海。我告诉他们我是他们的阶下囚，任凭他们处置。他们因此让我发誓，然后才给我松绑，最后在床边用链子拴住我的一条腿，门口还特意安排了一名看守兵，他的枪弹已经上膛，并且还得到命令，一旦我想逃脱，立刻击毙。他们给我送了些饭菜，船只正在他们的掌控之下。他们准备做海盗抢劫西班牙人，但眼下人手不足，还不是下手时机。他们决定先把船上的货物卖掉，然后去马达加斯加招募人手，在我被关押的期间又死了几个人。经过漫长的航行，他们同印度人做了几笔生意，但我是个被软禁在舱内受到严密监视的囚犯，并不了解他们的航海路线。他们经常威胁要杀掉我，我只有听他们发落。

知识延伸

马达加斯加：全称马达加斯加共和国，非洲岛国，位于印度洋西部，隔莫桑比克海峡与非洲大陆相望，全岛由火山岩构成。

1711年5月9日，有一位名叫詹姆士·威尔西的人进入我的舱内，声称他接到船长的命令送我上岸。我哀求了半天却没有一点作用。他也不肯告诉我新的船长到底是谁。他们强迫我上了一艘小船，让我穿上自己最好的衣服，这套衣服还是崭新的，还让我带上了一个包裹，但除了腰刀外不允许我带任何其他武器。他们还算有人性，没有搜查我的口袋，所有的钱都被我放在那里面，还带了一些其他必需品。后来，他们划行了一里格后，将我放到近海的浅滩上。我让他们告诉我这是什么地方，他们信誓旦旦地说他们也不清楚，只是船长已经命令：只要船上的货卖光，先找块陆地把我扔下。他们划船继续上路，告诉我涨潮前赶快离开，不然就会被淹死，就这样，他们话别了我。

词苑撷英

信誓旦旦：誓言诚恳可信。

在孤立无助的状况下，我起身朝前走，很快发现了坚实的陆地。我坐在堤岸上一边休息，一边打算接下来该怎么办。稍作休息后，我又开始上路了。心想一见到野人，就束手投降，然后用随身携带的手镯、玻璃戒指和其他水手们在航海中常带的小东西同他们做交易，换一条命。陆地上到处都是一行行的树，不是人工规划种植的，而是自

然生长的。还有遍地的野草地和几块燕麦田。我小心翼翼地前行，生怕遭到突袭，或被从左右两侧或后面飞来的冷箭击中。我走到一条看上去经常有人来往的路上，上面有很多人走过的足迹，还有一些牛的脚印，但大概多数是马蹄印。最后我在田间看到几只动物，它们一只或两只地坐在树上。它们的外形特别奇怪而丑陋，使我有些害怕，所以我就藏在一丛灌木后想仔细观察一下它们。有几只距离我的藏身之处很近，这样我就有机会识别它们的外貌。它们的头和胸部长着一层浓厚的毛发，有的密集在一块，有的却稀稀疏疏，还长着山羊胡，背部和腿脚的前部都有一丝长毛，除此之外，身体的其他部分都是光秃秃的，因此我就清楚地看见它们的皮肤是黄褐色的。它们没有长尾巴，除了肛门旁边，屁股上其他别处都是光溜溜的。我想，这就为它们坐下时提供了一种天然的保护，它们除了坐和躺之外，经常保持后腿站立的姿势。它们在树上攀缘时，像松鼠一样快捷，这主要靠它们的前后爪，它们的爪子长而坚硬，末端就像锋利的钩子。它们经常跳跃飞蹿，动作极其灵活。雄性的比雌性的体形大。它们的头上长着稀疏的长毛，除了肛门和阴部外，身体的其他部分也都有一层茸毛。它们的乳房耷拉在两条前腿之间，行走时，经常坠落到地。无论雌雄，毛发都有褐、红、黑、黄四种颜色。总之，在我的旅途中这是第一次见到这么令我不舒服和厌恶的动物。等到看够了，我内心已充满了对它们的轻视和讨厌，于是沿着刚才的路前行，希望这条路能通往某个印第安人的小屋。刚走不远，我前方的去路就被这样一只丑陋的怪物挡住了，它向我走来。看到了我，它先做了几个鬼脸，不停地盯着我看，仿佛我是它从没见过的一种奇怪的东西。然后走到我跟前，伸出它的前爪，我不知它这样做是出于好奇还是胡闹。我用腰刀的刀背狠狠地抽了它一下，我不敢用刀刃，害怕当地人认为我打伤了他们的一头畜生，而被激怒。那畜生受到攻击后感到一阵痛，便向后退去，并大声地嚎叫。呼叫声引来了另一块地里的它的四十只伙伴，它们成群地跑来，一边嚎叫，一边做出各种丑恶的神情。我撒腿跑到一棵树下，倚着树干，挥舞着腰刀，以免它们靠近。

词苑撷英

小心翼翼：原形容严肃虔敬的样子，现用来形容举动十分谨慎，丝毫不敢疏忽。

形象描写

从这段对“动物”的描写中，“没有长尾巴，除了肛门旁边，屁股上其他别处都是光溜溜的”“经常保持后腿站立的姿势”，能清楚地感受到“人”动物化的恐怖。

有几只狡猾的畜生抓住我身后的树枝爬到树上，朝我头上拉屎撒尿。我紧靠树干，赶快躲避，粪便落到我的周围，臭气熏天。

正当我困苦的时候，它们突然四处逃窜。我这才敢离开大树，继续前行，心里纳闷到底是什么让它们惊慌逃窜。我看到左方有匹马正在田里漫步，围攻我的野兽们一定是发现了它，因此才逃走的。那匹马见了我慌了一下，但很快又恢复正常，端望着我，流露出惊奇的眼神。它瞄了瞄我的手脚，绕着我转了几圈，我本来打算赶路，可是它阻挡了我的去路，它的眼神很温和，毫无冒犯我的意图。我们就这样站着对望了一阵，最后我壮着胆子伸出手，像赛马师要驯服野马那样吹着口哨拍打它的脖子。它对我友好的举动表示不满，摇了摇头，皱了皱眉，伸出右前蹄轻轻推开我的手。它叫了三四声，每次的音调都不相同，我认为它是在用一种特有的语言自言自语。

词苑撷英
逃窜：逃跑流窜。

就这样我们站着时，又有一匹马走过来，用一种很正规的方式走向第一匹马，它们轻碰对方的蹄子，然后轮流变换着音调嘶鸣了几声，好像在说话。它们走了几步，好像要商议些什么，它们并排来回走动，仿佛在讨论一件有分量的事情，还不时转眼望我，仿佛在监视我，防止我逃跑。面对这些畜生的举动，我非常惊奇。我心想，若这里的居民也拥有更高程度的思维能力，他们肯定算是地球上最聪明的民族。这个想法使我感到欣慰，我决定继续赶路，直到找到一个村庄，或碰见一个当地人，让这两匹马爱谈多久就谈多久。然而第一匹马，那只身上有灰色斑纹的马，见我要开溜，向我嘶叫，仿佛要表达什么，我竟以为自己明白了它的意思。我于是转身，走到它跟前，听从它的吩咐，我尽量掩饰住自己的恐惧，因为我开始担心这次冒险的下场会不乐观。读者们不难想到在当时的处境下我的心情会是多么糟糕。

词苑撷英
欣慰：喜欢而心安。

两匹马靠近我，仔细地看着我的脸和手。我的帽子被那匹灰色的马用它的右前蹄摸了一圈，被它糟蹋得不成样子，我只得重新整理帽子，把它再戴好。这令它和它的同伴非常吃惊。栗色马又触摸了我外衣的衣襟，发现它松松地垂在我的身上，它俩就又露出惊奇的表情。它轻轻触我的右手，好像羡慕它的白嫩。它把我的手夹在它的蹄子和蹄骹之间，用劲一踩，痛得我直叫，而后它们触摸我时尽量地把动作放轻柔些。令它们非常感兴趣的是我的鞋和袜子，它们摸了好几次，并彼此嘶鸣，做出各种姿态，好像哲学家们在企图解答某种新奇的难题。

> **比喻手法**
> 是马如哲学家，还是哲学家如马，在作者笔下，你或许可以读到不同的意义。

总之，这种动物的举止是有序、理性、敏锐和明智的。我最后判定它们一定是魔术师，懂得变形术，在路上遇见陌生人，决定逗他乐一乐；或者是看到一个可能来自异国他乡的人，他的行为、特征和相貌与众不同，使它们感到稀奇。这样一来，我觉得又拥有了勇气，大胆地和它们讲话：先生们，我有充足的理由相信你们是魔术师，能够听懂任何语言，我就大胆地告诉尊敬的先生们，我是一位可怜而命运悲惨的英国人，不幸被驱赶到你们的海滩上，如果你们中有一位是真马，就让我骑在马背上，把我送到一户人家或一个村子里，使我得到解救。为了表示感激之情，我献上这把刀和这串手镯作慰劳。这两个动物纹丝不动地站在那里，专心地听我讲话，我一讲完，它们就不断地嘶叫，仿佛在进行严肃的对话。我发现，它们的语言能够充分地表达它们的情感，这些词儿可以一点也不费力地用字母拼写出来，比中文更简单明了。

> **词苑撷英**
> 纹丝不动：一点儿也不动。形容没有丝毫改变。

从它们的谈话里我经常听到“耶胡”这个词，它们分别讲了好几次，尽管我没法猜测出它的具体含义，然而当它们忙于交谈时，我试图念这个词，它们一安静下来，我就大胆高喊“耶胡”这个词，并尽力模仿马的鸣叫声。它们俩果然吃了一惊，灰马紧跟着重复了两次，仿佛是在纠正我的发音，我跟着它念，发现每一次发音都有明显的改进，不过还是不够纯正。然后栗色马示意让我试读第二个更难读的一些词，把它译成英文的读音应该是“Houyhnhnm”。我念这个单词时，发音不如上一个准确，但尝试了若干次之后大有进步，我学习语言的能力使它们倍感惊奇。

它们又交谈了一阵，这次我断定谈话内容与我密切相关，然后两个朋友互碰蹄子表示道别。灰马指示让我走在它的前面，在没有发现一个更好的向导之前，我认为还是顺从它的指示为妙。当我放慢脚步的时候，它就发出“混混”的声音，我大概可以猜出它的意思，但是我也尽量让它理解我累了，走不动了。这时它便停下来，让我休息一会儿。

精彩点拨

“我和妻子孩子们在家里快乐地生活了五个月，如果我当时意识到，我的生活多么美好就好了。很快我离开了正怀孕的妻子，接受了在一艘三百五十吨的巨大商船——‘冒险号’上当船长的邀约。我如今已掌握了航海技术，厌烦了在海上做大夫，当然偶尔干干老本行也还是可以的，我雇用了一位名叫罗伯特·皮尔佛的年轻人做船上的大夫，他的医术很高明。”本章一开头就用“如果我当时意识到，我的生活多么美好就好了。”为格列佛在这次的不平凡经历做了暗示，人总是事后才想到当初的愚蠢，更何况当时还有巨大的诱惑“在一艘三百五十吨的巨大商船——‘冒险号’上当船长”，拿破仑都说：不想当将军的士兵不是好士兵，同样，每个出海远洋的船员都有成为船长的欲望，格列佛也不例外。

人的生物定义

人，是一种灵长目人科人属的物种。线粒体DNA与化石证明人类大约于500万年前起源于东非。与黑猩猩、大猩猩、猩猩、长臂猿、合趾猿同属人科的灵长目动物。发现人类2号染色体可能是黑猩猩丙条染色体着丝粒融合的产物，（平衡易位）并且有臂间多次倒位，其余的染色体都有很强的同源性，动物学家莫利斯戏称人类为裸猿，并著述从各个角度论述人类种种行为的起源。

第二章

精彩导读

本章写慧骃把“我”当成耶胡带回家中后的安排，重点写了“我”的饮食问题，当然也描写了“我”主人的家及成员、他的仆人以及他圈养的一群耶胡。从情节的描写中读者可以进一步认定：这一家子都是好马、骏马、宝马，是有理智、有智慧、有自己的语言、通人性、懂礼貌、能用屁股坐的慧骃。

走了三英里路，一所长方形的房子出现在眼前，它的桩是用木头做的，上面用树枝条横着编织，屋顶低矮，用茅草覆盖。此时，我才稍感安慰，拿出一些小东西——旅行者们一般把这些东西视为礼品赠送给美洲和其他地区的印第安人，我想用这些小东西贿赂房屋的主人，希望它们友好对待我。这匹马表示由我先进屋。这个房子很宽大，用黏土铺成的地板十分平整。房子的一边是一排饲草架和食槽。屋内有三匹小马，两匹母马，它们并不是在吃草，有的正后腿蜷曲端坐着，这令我很惊讶。但更令我惊奇的是其他几匹马正在勤劳地干家务活。它们看上去是普通的牲口，然而这进一步证明了我开始的猜想，能将畜生驯化得这样文明的民族一定是世界上最有智慧的民族。灰马随后进来，这样我就可避免遭受其他牲口的欺负。灰马表现出一种权威者的风范，对它们嘶鸣了几声，并得到它们的回应。

> **平铺直叙**
>
> “旅行者们一般把这些东西视为礼品赠送给美洲和其他地区的印第安人”，这是欧洲人对美洲征服的第一阶段使用的方法。拿着一些廉价的工业品，就可以换取大量昂贵的东西，比如，拿几件不值几毛钱的玻璃物品，就可以换取大量的黄金。

从这间房进去，里面还有三间房，通过相对的房门可以从屋子的一端走到另一端。我们由第二道门走向第三道门，这时灰马先进去，示意我在外等候。我在第二道门里等候，准备好了两把刀、三串假珍珠手镯、一个小镜子和一串珠子串成的项链作为礼物送给主人夫妇。那匹马嘶叫了三四次，我等待聆听人的应答声，但我却只听到马的嘶叫声，只是声音比灰马更尖厉一些。我猜这个房子一定是国内大人物的府邸，因为在接见我之前，有特别多的仪式。但令我实在不解的是一个有修养的人全权由马来伺候。我怕痛苦和不幸遭遇再次打乱我的思绪，于是起身，独自审视房间的情况。它的摆设和第一间房一样，只是布置得更精致些。我认真揉了揉眼睛，但看到的还是同样的物品，我拧了拧自己的胳膊和腰想让自己更清醒一下，希望这一切只是一场梦。我可以彻底断定这一切只是魔法幻术。但没容我细想，灰马已来到了门口，表示让我跟随它进入第三个房间。在那里我看见一匹相当漂亮的母马和一匹小公马及一匹小母马，它们蹲坐在草席上，草席编织得很精致且非常整洁干净。

动作描写
对眼前所见无法理解，更无法接受，所以只希望是一场梦境。

我一进来，那匹美丽的母马便从草席上站起，走近我，仔细地观看了我的手和脸，露出最蔑视的神情。随后转向那匹灰马，从它们的交谈中我经常听到“耶胡”这个词。当时我不理解它的意思，尽管它是我学会讲的第一个单词。但不久我就知道了它的意思，它给我带来的羞耻令我永生难忘。此时，灰马用头示意我靠近，并不停地说“混混”，跟它在路上说得一模一样。我清楚它是要我跟它走，它带我出去，走进一座庭院，那里又有一座离马的房屋不远的房子。我们走进去，我看见三只令人讨厌的动物，就是我刚上岸碰到的那种动物，它们正在款款地吃草根和兽肉，后来我看出那是驴肉和狗肉，它们有时也吃因受伤而死或病死的牛肉。它们的脖子上拴着结实的柳条，柳条的另一头拴在一根横木上，它们利用前爪取食，然后用牙齿撕烂了再吃。

设置悬念
格列佛为什么在理解了“耶胡”这个词的意思之后感到永生难忘的羞耻？

管事的那匹马命令它的仆人——一匹栗色小马，把那群动物中看上去最大的一只牵到院子里。它们把我和那只野兽排在一起，那匹主事的马和它的仆人仔细地把我们的相貌做了对比，它们反复念着“耶胡”。当我发现这头可恶的畜生具备人的相貌时，我心中不时泛起极度的恐惧和惊慌。它的脸又扁又宽，鼻子塌陷，嘴唇厚，嘴巴大。但这些区别是所有野蛮族群和人之间常见的，因为土著人习惯让自己的婴儿

在地上爬来爬去，或把孩子背在背上，脸靠在母亲的肩上蹭来蹭去，脸部形状都蹭得不成样子。耶胡的前爪和我的手没有一点差别，只是指甲长度不同，手掌粗糙，呈褐色，手背多毛，我们的脚和手一样也有相同和不同之处，因为我穿着鞋袜，我对此很明白，只是这些马不了解。我们身体的各部分都很相似，只是颜色和毛发长度不一样，我刚才已经提到这一点。

简单介绍

非洲的原始部落现在还是这样养育孩子。

我身体的其余部分和耶胡的巨大差异是最令这两匹马不得其解的，这主要是由于我的着装打扮，而它们对服装根本没有意识。栗色的小马用它的蹄子和蹄骰夹住一根草递给我，我拿在手里，闻了闻，礼貌地还给了它。它又从耶胡的窝里拿出一块特别难闻的驴肉，我讨厌得把头扭向一边。于是它扔给耶胡，耶胡立刻贪婪地吃起来。然后它又给我拿来一小捆干草和一球节燕麦。我摇头示意这些都不是我想要的食物。实际上，我现在已经开始害怕，如果我不能找到我的同类，我完全可能会被饿死。那时没有谁会比我更爱人类了，这些龌龊的耶胡是我看到的最厌恶的动物。在那个国家，接近它们只能增加我对它们的厌恶感。管事的那匹马从我的举止中发现了这一点，所以将耶胡送回它原来的窝里。然后它将自己的前蹄放进嘴里，这使我感到十分意外，尽管它这样做很随便而且特别自然。它还做了几个动作表示它想弄清楚我到底要吃什么。但我却无法使它明白，即使它清楚了我的意思，我也不知道他怎样才能想个办法为我找些吃的东西。我们正在彼此为难的时候，我看见一头牛经过，我就指着它，表示我要过去挤奶喝。这样一指很起作用，它带我回到房间，命令一匹母马仆人，打开一个房间，里面整齐干净地存放着很多盛放牛奶的陶罐木盆。它给了我整整一大碗，我非常高兴地一口喝下去，感觉自己的精神爽多了。

词苑撷英

龌龊：1. 不干净，脏。2. 品质恶劣。3. 气量狭小，拘于小节。

正是中午，我发现四个耶胡拉着一辆状似雪橇的车朝屋子这边跑来，车上坐着一匹老马，身份高贵，下车时后蹄先落地，它的左前蹄不小心被扭伤了。原来它受到盛情的款待，是来这里参加宴会的。它们在最好的房间用餐，除了第二道菜牛奶煮燕麦是热的，其他的菜都是凉的。它们的食槽在屋子中间摆成圆形并分成几个格子，它们围着食槽边的草垫坐下来，这样每匹公马和母马都能吃到自己的干草、燕麦牛奶糊，而不失体统。小马驹也显得很懂礼貌，请客的马夫妇热情愉快地招待着各位来宾。灰马让我站在它身旁，健谈的它和它的朋友们谈了许多，谈话中，从来没有见过面的那匹马不时地看看我，它们经常谈到耶胡，所以我知道它们在议论我。

我恰巧戴着手套，那匹灰色的管事的马注意到了，表示奇怪和不解。它用蹄子摸了好几次，仿佛示意我使它们恢复原形，我马上照办，把手套摘下来放进口袋。这又引起了它们的一场谈论，我发现大家对我的举动非常满意，而且产生了良好的效应。它们要求我说几个我学过的慧骃词，它们吃饭的时候，管事的马又教我如何说燕麦、牛奶、火、水和其他的一些简单词语。我能很快跟着它念，这要全靠我年轻时学习语言的天赋。

吃完饭，我被管事的马拉到一旁，它边说边用手势示意，希望我知道它对我没东西吃这件事情很关心。它们把燕麦称为“和囹”。我把这个词重复说了好几次，尽管我开始拒绝吃燕麦，但转念一想，我可以用它做成面包，就着牛奶吃下去，暂时填饱肚子，等有时机逃到别的国家，或遇上我的同类，再另想办法。这匹马马上命令家中的仆人——一匹白色的母马，用木盘盛了许多燕麦送给我。我把它们烤干，然后搓下麦皮，将皮筛掉，然后用两块大石头将麦粒捣烂，掺些水和成面饼或面糊，在火上烤熟之后趁热吃，再喝些牛奶。尽管这是欧洲很多地方的常见食物，但一开始我觉得并不好吃，后来才慢慢习惯。我这一生经常沦落到吃粗茶淡饭的地步，而且也很多次体验到人是很容易满足的动物。但在该岛停留期间，我没有得过任何病。我有时还会用耶胡的毛发织成网捉只鸟或兔子，换换口味。我还经常去挖一些营养充足的野菜，用水煮过，当沙拉就着面包吃。还会做少量的奶油这样的稀罕物，而且会喝掉做奶油后余下的乳清。起初，没有盐吃，我感到无法适应，后来，对吃没盐的食物也逐渐习惯了。我确信我们经常吃盐是种奢侈的享受，开始，只是将盐作为饮用的调味品，因此除了有特殊的情况，如长距离航行或距离市场远的一些地区需要用盐存放肉类，盐并非生活必需品。我们注意到除了人之外，没有动物喜欢吃盐。对我而言，离开这个国家后，过了很长一段时间我才适应吃盐。

关于我的饮食方面就谈到这儿，其他旅行家也在书中对饮食谈论得很多，仿佛读者们对我们饮食的好坏很关心。有必要在此提一提饮食，使人们清楚我在这样的一个国家和这些居民们一块儿怎样生存了三年多。

临近傍晚，管事的马命令为我安排住所。我的住所离马的屋子有六码远，我和耶胡不住在一起。我在那里弄了些草，盖上自己的衣服，睡得很香甜。但不久我就有了更舒适的住处，我还会把我在这里的生活更详细地讲述一下，读者们随后便会明白我的状况。

精彩点拨

本章中进一步描写了耶胡的生活状态，耶胡具有人的外形，它们的身上，集中着人性中丑恶的东西，如丑陋龌龊、贪婪淫荡、残酷好斗、野蛮等；这里的马虽没有人的外形，却善良、公正、充满智慧。这两种不同生物的对比，使其各自的特点更加突出鲜明。这是对“具有人的外形”的“动物们”的辛辣讽刺。作品虚构的生活，虚构的各种形象，无不含沙射影，有所指代。如对耶胡的描绘，影射了当时生活中的某一类人，他们徒有人的外形，却丝毫没有人性，他们的存在给善良的人们带来伤害，令人厌恶与鄙弃。

阅读积累

雪橇

古代冬季雪上的一种交通工具和游戏活动，起源于瑞士，后逐渐在欧洲、北美和亚洲等国家流行。雪橇最初为木制，后发展成用金属制作。1884 年英国举行首次雪橇公开赛，1924 年被列为首届冬奥会比赛项目，分有舵雪橇和无舵雪橇两种类型。

有舵雪橇又称长雪橇，起源于瑞士，由无舵雪橇发展而来。18 世纪 80 年代，两位美国考察人员惠内和蔡尔兹在瑞士的圣莫里茨将两个无舵雪橇前后用木板钉在一起，前面的用于控制转弯，并进行了一次比赛，引起观众的兴趣。1888 年瑞士的马蒂斯研制成装有操纵舵的长雪橇，木制架子，铁制滑板。1903 年在圣莫里茨建成世界上第一条人工有舵雪橇滑道。雪橇形如小舟，金属制成。橇首有流线型罩，橇底前部是一对舵板，上与方向盘相接，橇底后部为一对固定平行滑板，橇尾装有制动器。

无舵雪橇又称平底雪橇、短雪橇、运动雪橇，据记载，早在 1480 年挪威就已出现无舵雪橇。1883 年瑞士在达沃斯举行了世界上第一次无舵雪橇比赛，1889 年德国成立无舵雪橇俱乐部，有男子单人、双人和女子单人三个比赛项目，均从 1964 年起被列为冬奥会比赛项目。雪橇为木制，底面有一对平行的金属滑板。滑板不得装置能操纵滑板的舵和制动器。男、女单人项目比赛每队限报 3 人，每名运动员可滑行 4 次，以 4 次滑降时间总和计算名次，少者为胜。双人项目比赛时每队不得超过两名运动员，每名运动员可滑行两次，以两次滑降时间总和评定名次，少者列前。

第三章

精彩导读

本章专门写“我”学习慧骃国的语言。“我”在慧骃国住了三年，当然要学习慧骃国的语言。但用一章专门写外语学习的，在整个小说里，仅有这一次。而本章描写的外语教学法，合乎成年人学习外语的心理过程。

我努力学习该国的语言，我的主人，包括它的幼驹和家里的每一个仆人都用心地教导我。它们认为一个畜生拥有理性动物的特征，是奇迹。我指着所有物品询问它们的名字，然后等没人时把它们抄到日记本上，我请求家里的成员尽量多说几次，来矫正我的发音。此时，一匹栗色的小马仆人总是不厌其烦地教我。

它们发音用的是鼻子和喉咙，它们的语言和高地荷兰语及德语极相似，但却更为优雅，内涵也更为丰富。查理五世赞同我的观点，他认为如果他和他的坐骑说话，肯定会用高地荷兰语。

> **知识延伸**
> 查理五世：神圣的罗马帝国皇帝。据说他曾说过，他跟他的上帝谈话说西班牙语，跟他的情妇说意大利语，跟他的马说德语。

我的主人对我好奇，而且很有耐心，它用大部分的空闲时间来指导我。它认为我是只耶胡，但我聪明、容易教化、懂礼貌而且整洁，这使它非常诧异，我的这些品质完全和那些动物的习性完全不同。最令它迷惑不解的是我的服饰，有时它会暗自猜想，我的衣服或许是我身体的一部分，因为我总在屋里背着别人才将衣服脱下，在第二天它们起床时就已经穿上。对于我来自哪里，我的理性的行为方式是从哪里习得的，我的主人非常疑惑，它想亲口听我讲述我的亲身经历，它希望我能把它们的语言学好、说好，这样它就可以尽快地知道我的身世。为了方便记忆，我把所学的语言自编成

> **巧设铺垫**
> 这段文字的描写，为下文情节的发展做了铺垫。

英文字母，把新学的词和对应的英语译文写下来。过了一些日子后我才敢在主人面前公开用这种方法学习。我费了好大的工夫才向它解释清楚我在做什么，因为当地的马从来没有书或文学的概念。

十个星期过后，我差不多能听懂它所有的提问，三个月以后，它的问题我能够简单地回答。它特别好奇我的国籍和模仿理性动物的才能，因为耶胡尽管看上去狡猾，但非常不听话，是最难以驯化的畜生。我回答说，我来自一个特别遥远的地方，和我的许多同类乘坐一只用树干做成的船从海上来到此地。我的同伴强迫我在这里登陆，让我自谋出路。我竭力表述，还使用了很多手势才让它清楚我的意思。它回答说，我一定搞错了，要么我是在虚构故事。它认为海的另一端不可能有其他的国家，一群畜生也不可能随心所欲地乘坐船在水中航行。它认为这样的容器它们都造不出来，更别提耶胡了。

在它们的语言中“慧骃”这个词是马的意思，就词源来说，是指“完美的大自然”。我对我的主人说，我还不能准确表达自己的意思，但会尽力提高我的语言水平，希望在以后的日子能告诉它一些奇怪而有趣的事情。它高兴地指示它的母马、小马驹和家里的仆人们尽可能利用机会指导我学习，它也每天不辞劳苦地花两到三小时辅导我学习。邻里几匹有身份的公马和母马听说我们这里来了一位耶胡天才，会讲慧骃国语而且言行举止经常闪烁着理性的光芒，于是就愉快地和我交谈。它们问了我许多问题，我尽可能地做出回答。五个月过去了，我的语言学习进步很大，我能够完全明白它们的话，并能较准确地表达出自己的意思。

所有来家看我、和我交谈的慧骃都不相信我是真的耶胡，因为我的身体和其他耶胡外表看上去很不同。它们惊奇地发现我除了头、脸和手以外，其他部位没有毛发。但在两星期前的一个夜晚，发生了一件事，使我把这其中的秘密，告诉给了我的主人。

我已经说过，每天晚上，当屋里人都睡熟时，我就脱下外衣盖在身上睡觉。一天早晨，我的主人派它的贴身仆人，那匹栗色马来找我，它进来时，我睡得正香，我的外衣落在一边，衬衣也被扯开了，我的腰裸露在了外面。栗色马进来的声响把我吵醒了，我看见它吞吞吐吐地传达了主人的命令，然后跑到主人那里，惶恐地讲述了它所见到的一切。很快我就知道了，我匆匆忙忙穿上衣服去见我的主人，它问我它的仆人说的是怎么回事，我为什么睡觉时和别的时候的样子不同。它的贴身仆人对我说，我的身体一部分是白的，一部分是黄色的，至少不太白，还有一部分是黑色的。

为了尽量证实我同那该死的耶胡不是同类，我保守了着装这个秘密，但现在没法再隐瞒下去了。此外，我的衣服鞋子快穿坏了，必须要用耶胡或其他畜生的皮毛另做一套，不然这一切的秘密就要公布于众。我因此给我的主人讲述，在我的国家，我和同类们总是把某种动物的毛制成衣服遮盖身体，预防炎热和寒冷空气的侵袭。我可以马上证明，如它想

要看。但我希望它能谅解我遮盖某些部位，因为这是大自然的教导。它说我的话很奇怪，尤其最后一句，它不明白大自然为何会让我们将天赋的东西遮掩住，它和它的家人从不会为自己身体的任何一个部位而感到羞耻。他允许我按照自己的想法做，于是我先解开外衣，把它脱下，然后逐个脱下马甲、鞋子、袜子和裤子。我把衬衣解到腰部，把底襟拉起来在中间打了一个结，遮掩住赤裸的身体。

我的主人看着我的脱衣表演，显得既好奇又惊讶。它用蹄骹把我的衣服一件件地拿起来，认真地观察，然后稍微触摸我的身体，围着我看了好多次，之后它说我简直是一个另类的耶胡，但我和我的同类们不太一样，我的皮肤柔软、白皙和光滑，身上有些部位没毛，前后爪子的形状和长短与我的同类都不一样，而且我习惯用两条后腿走路。它看完后，见我冷得直打哆嗦，就让我把衣服穿上。

它经常叫我耶胡，使我很不舒服，那是我最憎恨和蔑视的动物，所以我恳求它不要再用那个词称呼我，并请求它的家人和它那些来看望我的朋友们也别这样称呼我。我同时请求它为我保守我衣服下隐藏的秘密，至少在我的衣服还能穿时别告诉任何人。对于它的贴身仆人栗色小马看见的，它也得命令它不准泄露。

直抒胸臆

格列佛的态度就是作者的态度，斯威夫特厌恶资产阶级的所有罪恶本性——贪婪、虚伪、欺骗、残酷、嫉妒、淫荡、仇恨和野心。

我的主人真诚地答应了我的请求。我的秘密将一直保守到我的衣服穿破为止，我还得想办法缝制衣服，这是后话。同时，它希望我能竭尽全力学习它们的语言，因为我的语言和思维能力比我的身体更使它感到好奇。我穿不穿衣服并不重要，它已经迫不及待地想听到我答应要讲给它的神奇故事。

词苑撷英

迫不及待：急迫得不能再等待。形容心情急切。迫：紧急。

自此以后，它决定更加耐心地指导我。它让我时刻都跟随它的左右，命令它的朋友对我要以礼相待，还悄悄告诉它们，这是为了让我保持好心情，从而变得越来越有趣。

当我每天侍奉它时，它除了耐心指导我之外，还问我数个关于我身世的问题，我尽力回答，这样它对我的情况就有了一个基本的了解。至于经历了多少环节，我们才开始进行

较正式的谈话，这里不再多述。但我第一次对自己的身世进行详细而有条理的叙述时，谈了以下的内容：

比如我讲过的，我来自一个很遥远的地方，同行的有五十多个同伴。我们乘坐一只巨型船在海上航行，这个容器比主人的房间还要大。我用自己所知道的词向它描述那艘船，用我的手绢做演示，形象地展示它顺风而行的样子。一场争夺过后，他们把我送到这个海岸上，我坚持漫无目的地向前赶路，多亏它的解救，我才逃脱那令人厌恶的耶胡的欺侮。它想知道是谁造的船，并且疑惑为什么在我的国家把船交给畜生经营管理。我不敢再说下去，所以没有立即回应它，除非它许诺它听后不会生气，我才会给它讲述我答应要讲的奇事。有了它的承诺，我才告诉它这艘船是和我的同类共同制造的，在我到过的国家中，我的同类主宰着国家的命运而且是那里唯一理性的动物，我自己的祖国，情况也相同。我刚到这里时，令我吃惊的就是慧骃国遇事理性的态度，就如同你和你的朋友在所谓的耶胡身上看到理性的特征时那样惊奇，虽然我的身体和它们身体的各部分相似，但是这不意味着我像它们那样颓废和凶恶。我继续说，如果我回到我的国家，重获新生，讲述我在这里的经历，他们肯定认为我在胡编乱造，无中生有。虽然我非常尊敬它和它的家人、朋友，而且它也答应了不会生气，但我仍要说我的同胞们肯定会怀疑慧骃会是一国的主宰，而耶胡竟是畜生。

承上启下

从经历到身世，由此自然衔接，内容不会显得突兀或割裂。

知识延伸

理性：指人在正常思维状态下时为了获得预期结果，有自信与勇气冷静地面对现状，并快速全面了解现实分析出多种可行性方案，再判断出最佳方案且对其有效执行的能力。

精彩点拨

这里很重要的一个情节是格列佛把衣服脱了，慧骃说“我”简直是一个另类的耶胡，对于原始、野蛮、丑陋的耶胡来说只有学习社会文明，用道德行为规范约束自己的言行，才能称之为“人”。从这一个意义上来说，衣服就是道德行为规范的标志。

阅读积累

原始人类服装的发展阶段

远古的时候，人类经历了漫长的裸态生活期，依靠自身体毛这种天然的“衣服”生活，同时也能用火取暖御寒。人类服装的育成时期是在旧石器时代，约在175万年前到1万年前，是人类从直接采用植物为服装，到以植物纤维去制作服装的探索过程。这一阶段包括人类服装史上的三个时期：

1.裸态生活阶段

从距今300万年延续到1万多年前的旧石器时代，可分为早期、中期和晚期3个阶段，即直立人阶段、早期智人阶段、晚期智人阶段。人类的裸态时期从距今约300万年前开始，延续到距今1.5万年左右止。

2.兽皮、树皮等原始衣物阶段

人类裸态生活了近200万年后，在距今5万年前的旧石器时代晚期，出现了原始服装的萌芽，即树叶、兽皮时代。

3.纤维织物阶段

约一万五千年前，旧石器时代开始向新石器时代过渡，史称重石器时代。人类逐渐掌握了制造皮革以及纺织棉、麻、毛和编织等技能，原始服饰有了重大的进步，标志着人类对纤维衣料的使用由此开始。

第四章

精彩导读

描写慧骃辨别是非的能力。主要写主人（慧骃）与“我”（主人眼里的特殊“耶胡”）的对话。确切地说，是“我”用主人的语言比较勉强、生硬地向主人介绍“我”的身世、来历，特别是最后一次航海的遭遇。这一次艰难的长时间谈话占去了它们好几天。谈话内容涉及“放纵、怨恨、嫉妒、淫欲，特别是权力欲与财富欲的可怕后果”，揭露了人性中的劣根顽症。

听着我的讲述，我的主人脸上流露出严肃的表情，因为在这个国家，就没有“怀疑”或“不信”这个概念，它们也不知道怎么表达。虽然大多数时候它的判断力很敏捷，但一提到人性方面的问题，它就会表现得难以理解。它是这样认为的：语言让我们彼此进行了解交流，获取客观的信息，如果讲一些没影的事，语言原有的目的性就变质了，因为我不仅不能获得信息，而且得到的这种没影的信息比不知道事实更可怕。因为它引起我误导，黑白颠倒，长短不分。这就是它对撒谎的认识，而人类早已对撒谎认识得更为透彻。

叙议结合 语言是人类最重要的交际工具，是人们进行沟通的主要表达方式。人们借助语言保存和传递人类文明的成果，语言是民族的重要特征之一。

切入正题，我重申我国唯一占统治地位的动物是耶胡时，我的主人说简直不敢相信，它希望知道我们那里是不是有慧骃，它们在国内的职位是什么。我告诉它，我们拥有许多的慧骃，它们夏天在田野尽情吃草，冬天被圈在房子里，房子里存放着干草和燕麦，充当仆人的耶胡们为它们刷毛，梳理鬃毛，修蹄子，喂食，修圈。“我弄清楚了，”我的主人说，“很明显，你说的就是不论耶胡假装有多理智，慧骃仍是你们的主人，我盼望着我们的耶胡也能被驯服。”我乞求主人谈话到此为止，因为我十分肯定我下面的讲话会使它十分不快。但是它坚决要我告诉它，不论结果如何。我告诉它我会讲下去的，我讲在我们那里，慧骃的名字

词苑撷英 鬃毛：一般指马、猪颈上的硬长毛。

叫“马”，是最帅气的动物，它们的力气大，速度快。有身份的人驯养它们是为了旅行、赛马或拉车，它们因此受到细心周到的照顾。如果它们意外得病，就会被卖掉，一生从事苦役。死后它们的皮会被剥下来，论价出售，它们的肉会被留下喂其他一些食肉动物。但普通的马种命运就没那么好，它们会被农夫、车夫和其他下等人用来干繁重的体力活，吃得也最差。我尽可能地描述清楚我们骑马的方法，以及缰绳、马鞍、马刺、马鞭、马具和车轮的形状及用途。我还着重说明，我们把一种叫“蹄铁”的坚硬铁皮钉在它的脚底，因为我们经常走的是石子路，这样可避免马蹄被石子磨伤。

正面描写
这段文字详细地介绍了在人类社会，是如何对待马的。这何尝不是对社会底层人的描述？联想到在奴隶社会时期，奴隶的价格只有马的几分之一，这就是作者不动声色的辛辣讽刺。

对此，我的主人表示极为愤怒。它对我们敢骑在慧骃的背上感到十分奇怪，它坚信，它家里最软弱的仆人都能将最强壮的耶胡摔下来，或者躺下打个滚将骑在背上的耶胡压死。我回答说我们的马从小小年纪开始就接受专门的技能训练，以备我们以后使用。一少部分马性格顽劣，就用它们拉车，年少时就因为放浪形骸受到严厉的鞭笞。用来骑的和拉车的公马在两岁时就被阉割，这样它们的性情就容易驯服，变得更加温顺。这些马确实能领悟到奖赏惩罚的道理，但阁下您应该体会到这一点，它们和在慧骃国的耶胡一样，相对来说缺少理性。

词苑撷英
放浪形骸：行为放纵，不受世俗礼法的束缚。

为了让它完全明白我的意思，我费了不少口舌，这是由于它们的需求和感情变化比我们少，所以它们的词汇也不够丰富。我们对待慧骃的野蛮行径使我的主人万分憎恨，尤其在我讲述完对马进行阉割可以节制它们的生育，使它们更驯服时，主人表示非常愤怒。它说如果在一个国家仅有耶胡有理性，那么它们肯定占据统治地位，因为理性终究战胜野蛮。但就我们的体格来说，尤其是我的，它认为在同样大小的动物中我们的体形最丑，怎么可能在日常生活中运用理性，所以它想知道和我一块生活的人是否长得和我及它们国家的耶胡一样。我明确地回答，我和大多数同龄人的体形一样，而小孩和妇女的体形更纤细柔软，妇女的皮肤大多白皙像牛奶。它说我的确和其他的耶胡不一样，我更干净，而且也不难看，但就用处来讲，我的另类只能使我处于劣势。我的指甲对前后脚都没有用处，我的前脚名不符实，它从没有见过我用它走路，它们太柔嫩经不住地面的磨损，而且我几乎不用东西遮盖它们，就是我有时戴着相同的东西也不像后脚上穿的东西那样牢固。我走路也不稳当，如果有只后脚一滑，就会跌倒。它接着还讲了我身体其他部位的特点，说我的脸太平，鼻子太突出，眼睛长在正前方，不扭头就无法看见左右两侧。我如果不用一只前脚，食物就不能被送到嘴里，因此自然才赋予我这些指关节以满足需求。它不明白我后脚分叉有什么用途，它们也太娇嫩难以经受地面锋利石子的摩擦，因此必须穿上其他兽类的毛皮用以保护。我的整个身体也需要有防冷热的保护层，每天必须不厌其烦地将这些保护层穿上脱下。最后它说，它注意到全国动物都讨厌耶胡，弱者躲避他，强者驱赶他。所以如果我们有思维的天赋，它还是不清楚怎样才能消除所有生物对我们的憎恨并驯服它们为我们卖力。然而，它表示这事至此为止不再争论，因为我的故事，我出生的国家，以及我以前的经历都是它更渴望知道的。

我告诉它我非常愿意满足它对所有事情的好奇心。我也不敢保证能把一些话题讲得透彻明了，因为它对这些事都不了解，我只能在它的国家找到相似的东西，设法用类比的方法讲明白，并希望它能给予帮助，为我提供一些恰当的词语。它十分痛快地答应了。

我告诉它，我出生于英国，父母都是正直诚实的人。英国是一个很遥远的岛国，即使是它最强壮的仆人也需要走上十二个月才能到那里。我是一名外科医生，主治因意外或强力引起的伤害。我们国家由一位女性统治，我们尊称她为女王。我离家是为了寻求财富，这样回去后才有能力养活妻子儿女。在最后一次航海中，我出任船长，手下拥有五十多只耶胡，他们大多数死于途中，我必须在其他国家招募水手代替他们。我们的船遭遇两次灾难，第一次遇上了暴风雨，第二次碰上了礁石。这时我的主人打断我说，既然我遭受了损失，遇到了灾难，那我是怎样说服异国的陌生人和我一块冒险的。我说他们是群亡命之徒，由于贫困或犯罪才背井离乡。有些败了官司身无分文；有的因为吃喝嫖赌，糟蹋浪费掉了所有财产；有些是卖国贼；还有很多因为杀人、盗窃、投毒、抢劫、作伪证、伪造证件、造假币、强奸、鸡奸、叛变或投敌等罪行离家。大部分人是越狱而逃出来的，他们不敢返回国土，害怕被吊死或被关在监狱活活饿死，因此不得不在异国他乡谋求生路。

我在讲述中，主人有三四次打断了我。我费了很长时间才向它描述清楚几种罪行的性质，我们的水手大部分由于犯罪才必须离开祖国。这样谈了许多天，我的主人才弄清楚。使它疑惑的是人为什么要做那些邪恶的事情，为了让它明白这一点，我企图向它讲述权力和财富的欲望、淫欲、放纵、怨恨、嫉妒带来的恶果，我必须采用举例和假设的方法进行阐释。听完我的讲解，它特别惊奇和愤慨，双眼圆睁，好像第一次听说这样的惊骇事件。权力、政府、战争、法律、惩罚及其他多种名称在它们的语言中没有相对应的词汇，我费了九牛二虎之力才让我的主人明白我的意思。它的理解力很强，经过思考和交谈，最终对我们世界中的人类行为有了足够的了解。此时，它更希望我能详细描述我们称为欧洲的那片土地，特别是对我的国家进行详细的描述。

精彩点拨

本章中格列佛借介绍自己这次冒险经历，向慧骃国的主人讲述了是怎样的一群人必须在其他国家谋求出路。他揭露了在英国发生工业革命后的社会现实：许多传统工人被机器取代，高失业诱发高犯罪率，穷人常因盗窃被关进监狱，思想启蒙又出现了大量的政治犯、清教徒，监狱人满为患。英国政府为了缓解社会矛盾，许多犯人最早是被送往美洲垦荒，随着英国1770年发现澳大利亚和新西兰并将其划入殖民地，英国又将犯人送往遥远的澳洲，犯人几乎无法回到英国再犯罪。

现代语言起源的化石解剖学思考

语言起源的研究对象不是人类符号系统的起源，而是现代人类语言的起源。化石解剖学的研究表明，人类有声分节语言的成熟有赖于咽腔成熟。依据分子遗传学的夏娃理论，现代人类祖先和现代人类语言都具有同源性。人类思维交际符号的演变表现为从原始体态语、手势语、胚胎语到现代有声分节语的连续性。3.5万年前考古记录中突然出现的艺术表现力和精巧技术，是体现现代人进化为心智现代人的清晰信号。语言的成熟被确定为“人性”出现过程中达到顶点的事件。“人性” 就是“语言性”，“人的世界”就是“语言符号的世界”，现代语言造就了现代人类和现代文化。

第五章

精彩导读

本章写了两个主题：战争与法律。关于战争的原因，“主人”与“我”的对话，特别是“我”的回答，语言生动、幽默、有趣，观点也很明确。本书作者借慧骃之口，把战争的原因归结为人类失去理性(所谓“理性的堕落”)。关于法律，主要写了律师和法官。这里对“吃了被告吃原告”的那种法官与律师揭露得淋漓尽致，但同时也提到那些保持人性与尊严的好律师与好法官。

也许读者们想了解我和主人之间的对话，下面就是我在两年间与主人几次重要谈话的概括内容。随着我的慧骃语水平日益提高，主人经常希望我能尽快满足它的好奇心。我竭尽全力向它描述整个欧洲的情况，我谈论那里的贸易和制造业、艺术和科学，而且积极回答它对几个学科提出的所有问题，而这些话题是很难言尽的。这里我主要记载的是我们对于我国的探讨，我严格按照客观事实，把谈话内容组成有机的统一体，不考虑时间及其他因素，详细地记录了下来。不能够准确地反映主人的观点和看法是我唯一担心的，由于我能力有限，而且必须把他的话译成粗俗的英文，所以难免有不足的地方。

开门见山：这段文字，开门见山地点出了接下来作者将要写的内容。

在主人的要求下，我讲述了奥伦治亲王率领下的革命和与法国的长期斗争，在他的继任者也就是现在的女王的率领下，英法再一次爆发战争，纷纷参战的还有信奉基督教的列强们，至今战争还未结束。在它的询问下，我算了一下，在这场战争中丧生的耶胡大概有一百万，被占领的城市有一百多个，被焚毁或击沉的战船有三百多艘。它问我，引起各国纷纷征战的原因或动机是什么。我回答说，原因有许多，这里我只说几个主要原因。有时是由于君王们的勃勃野心，对

知识延伸：奥伦治亲王：威廉三世（1650—1702），他在1688年政变（所谓“光荣革命”）后即位，是资产阶级和地主贵族阶级的傀儡。

统治的土地和臣民并不感到满足。有时是因为大臣们的腐化，操纵君王参战，以此转移或扼杀人民对他们罪恶统治的不满。意见不同也会导致许许多多的生灵遭到涂炭。例如，在圣餐中，到底用肉当面包，还是用面包当肉？某种浆果汁是血还是酒的辩论？吹口哨是坏事还是好事？拿棍子是吻它一下好呢，还是最好把它扔进火里？什么颜色的上衣最好，是黑的，白的，还是红的，灰的？是长一点呢还是短一点？瘦一点呢还是肥一点？是脏一点好呢还是干净一点好？诸如此类的争论举不胜举。也没有什么战争能像由意见不合引起的战争来得那么凶残、血腥而持久，尤其是当他们在无关紧要的事情上意见不合时，引起的战争就更是如此了。

有时为争夺第三块领土，两国君主不断争吵，但两国实际上都无权占领。有时一位君王担心其他君王和他争论，于是就先发制人。有时，敌国过于强大或弱小也会引发战争。相邻两国想掠夺自己缺乏的东西也会引发战争，直到他们获得我们的所有，或我们攫取了他们的所有。如果哪个国家的人民正经受饥荒和疾病之苦，流离失所，或党派倾轧引起政权动荡，这时正有充分的理由对此国发动侵略战争。当相邻盟国的城市很容易得手或它的一块领土能使我们的疆域更加完整时，我们就可以明目张胆地和它开战。如果君王入侵一个贫穷而落后的国家，他可以合法地将一半的臣民处死，让其余的人成为奴隶，这样可以使他们文明化，摆脱原先野蛮的生活方式。一国君王请求另一国君王援助驱赶侵略者，援助国将国土据为己有，并将邀请他前来的君王囚禁或驱逐，这种事经常发生。血缘或联姻组成的同盟是君王间经常发生争战的一个起因，血缘关系越近，发生争执的概率越大；贫国饥馑，富国傲慢，骄傲和贫困互不相容。出于上述原因，士兵是最好的职业，一个充当士兵的耶胡要无情地杀死那么多的同类，尽管他们或许从来没有冒犯他。

> **词苑撷英**
> 先发制人：先动手以制伏对方；先于对手采取行动以获得主动。

在欧洲有一种君主穷如乞丐，他们无力发动战争，就把自己的军队雇佣于富国，出租每个士兵所得的钱，四分之三归君王们所拥有，充当他们最主要的经费来源，德国和欧洲北部的一些地区就是这种情况。

我的主人说，你们自诩的所谓理性到底有多大的效用在你所谈的有关战争的话题中确实显示出来了。然而庆幸的是，这种理性只是卑鄙无耻下流罢了，危害性并没有想象中的大，而这一本性使你们没法干太多的坏事。由于你们的嘴扁平，在无特殊的情况下，无法蓄意互相撕咬。就你们前后脚上的爪子来说，太短、太柔嫩，我们慧骃国的一只耶胡就可以驱逐你们十多个人。因此，你估计的战争死亡人数，我认为是虚无的事情。

我禁不住摇头，笑它见识浅薄。由于我对战争略知一二，就给它讲述了加农炮、长炮、火枪、马枪、手枪、子弹、火药、剑、刺刀、战役、围攻、撤退、进攻、挖地道、埋地雷、炮轰、海战等等，我还讲述沉没的载有上千人的战舰，交战双方战死各达二百万人，垂死者的挣扎，血肉横飞的惨局，硝烟，枪炮声，马蹄从死者身上一跃而过的混乱惨状，逃亡，追逐，胜利，满山遍地的尸骨成了狼狗和鹰鹫口中的食物，还有劫掠、抢夺、奸淫和烧杀的情况。为了表现我亲爱同胞的英勇奋战，我告诉它，在一次围攻中，我看到一百个敌人被炸死，战舰上一百个敌人被炸沉，到处是横七竖八的尸首，而旁观者却看热闹。

当我想描绘得更详细时，我的主人却要求我不要再说下去。它说每一个了解耶胡习性的慧骃都会容易相信，若令这种畜生的力气和狡诈与它的邪恶等同，那么它们完全有可能做出我说的这些事。不过我的一番话使它对耶胡一族更加厌恶，让它感受到从未有过的不安。它认为如果它的耳朵习惯了这些恶毒的话，它对耶胡的嫌恶就会逐渐减少。尽管它很讨厌慧骃国耶胡的可恶习性，但厌恶程度还和对格纳雅残忍的厌恶或对割伤它蹄子的锋利石头的憎恨一样。但这种可恶的事情由一只自认为有理性的动物做出来，它担心理性会堕落得比野蛮更害怕。它确信，我们人所拥有的不是理性，而是某种使我们的邪恶本性变本加厉的特殊本质，就像动荡的潮水中映出的影子比畸形的原物看起来更丑陋，更扭曲。

它继续说，在几次谈话中，它听到了很多关于战争的

词苑撷英

蓄意：早就有这个意思（指坏的）；存心。

概括说明

这段对战争造成的灾难的描写，表现了作者对战争的厌恶，对发动战争的人的无情嘲讽。

词苑撷英

变本加厉：指比原来更加发展。现指情况变得比本来更加严重。厉：猛烈。

话题，至今有一点还难以理解。我告诉过它，我们的一些水手被法律所不容，必须背井离乡。我也跟它解释过法律这个词的概念，但它感到费解的是，法律怎么能执行，法律本来是用来保护每个人的，怎么会毁灭一些人。所以它希望我能按照我国现行的状况和执法人的情况向它清晰阐述法律的概念，因为它认为天性和理性可以充当理性动物的向导，正如我们所鼓吹的那样，理性可以告诉我们什么应该做而什么不应该做。

> **讽刺手法**
> 点出了英国法律的实质，是特权阶级维持地位的工具。用疑问句式表达了肯定，是讽刺手法的运用。

我对我的主人说，法律是一门科学，我没有过多地研究过，只是请过几位律师，为我辩护正义，但都以失败告终。然而，我会尽量做出令它满意的回答。

我告诉它，我们生活中有一群从青年时代就开始接受教育的人，他们也会玩弄文字的艺术，并根据雇主的需求，黑白颠倒。在这个社会里，其他的人都是他们的奴隶。例如，我家的一头奶牛被我的邻居看上了，他可以雇用律师，证明我的牛应该被他带走。然后我必须雇用另外一个律师来维护我的利益，按照法律的各项条款，任何人都有权为自己申辩。在这场官司中，作为奶牛的合法所有人，对我不利的有两点。首先，我的律师可能就一直在为虚假辩论，因此在为正义辩论时他显得很外行，这又不是他分内之事，他做起来也就存在抵触心理。其次，我的律师必须谨慎办案，不然会遭到法官的申斥，同行的讨厌，认为他这样做会减少律师的生意。因此，要保住我的奶牛只有采取两种方法。第一种是用双倍的费用来争取对方的律师，这样，他就会背叛他的当事人，暗示正义在他的一方。第二种方法是让我的律师将我的情况尽量地丑化，把奶牛说成归属对方。若手段高明的话，肯定会得到有利的判决。

> **直抒胸臆**
> 律师“根据雇主的需求，黑白颠倒”揭示了当时英国的社会现实。

> **分层叙述**
> 开头交代保住奶牛有两种方法，接着分层介绍方法具体怎样，这样条理就会更加清晰。

主人现在知道这些法官是从最聪慧的律师中挑选出来的，专门处理财产纠纷和审判罪犯的，他们大多数年纪很大或已经懒惯了，一生中都在与真理和公道作对，而且不得不施仁慈、作伪证和搞欺压。我就认识几位律师，他们宁可不接受正义方的大笔钱财，也不愿做出任何违背天性和本分的

事，对律师这个行业造成任何损害。

这些律师们都遵从这样一个准则，如果有类似的案例，就是合法的行为。所以他们对先前违背公义和公理的判决都特别仔细地记录。这些记录的“判例”可以成为权威的依据，使不适合道义的事情合法化。法官也总是依据判例来定夺案件。

在辩护时，他们不是从案件的本质问题切入，而是慷慨陈词，很耐心地关注所有和官司目的没有关系的情况。例如，在我刚才谈到的那个案子中，对于我的对手凭什么占有我的奶牛，他们从不想知道，而是问那头奶牛是红色还是黑色的，它的角是长还是短，我让它吃草的田地是圆形还是方形的，是在家里还是在外面为它挤奶，它曾经得过什么病，都是这样的问题。然后他们依照判例，一而再再而三地把案子往后搁，一个案子要等十年、二十年或者三十年才能得出定论。

词苑撷英

慷慨陈词：指意气激昂地陈述自己的见解。慷慨：情绪激动，充满正气；陈：陈述；词：言词。

同样值得注意的是，这个团体拥有他们自己的内部语言，外行人听不明白，他们所有的法律都用这种内部语言制定，并进行记载，这样他们就可以完全混淆黑白、颠倒是非，以至于他们利用三十年的时间才定论我家祖传了六代的那块土地究竟是属于我的还是属于三百里外的一个陌生人的。

词苑撷英

混淆黑白：故意把黑的说成白的，白的说成黑的，制造混乱。指故意制造混乱，使人辨别不清。混淆：使界限模糊。

在对被指控为卖国贼的嫌疑犯审判时，方法要简明得多，而且值得称道。法官首先探一下有权势人的口风，然后就迅速地处死或赦免罪犯，而且称审讯过程是严守法律的所有正当程序。

这时我的主人说话了，他说，就我的叙述，有很高天赋的人才能做律师，可惜的是缺乏鼓励他们成为智慧知识方面的导师。对此我回答说他们除了专业之外，对其他事情全然不知，在日常交谈中，他们是最无知、最愚蠢和最卑贱的人，是知识的公敌，他们在谈论别的话题时，也和做本行一样，习惯违背人的理性。

对比手法

通过巧妙的对比，或许作者并没有给出结论，但是非却已在读者心中，而且毋庸置疑。

精彩点拨

对欧洲社会的批判，体现了作者对欲望动力论的否定。

作者花费大量笔墨对当时欧洲社会进行批判，他借主人公格列佛之口，向慧骃主人讲述当时欧洲的革命和战争。他认为人类犯下杀害千百万人的暴行，其根源就是各国君主们的野心和欲望，以及任由腐败大臣们的挑唆。作者还对本该是确保社会正常运转的律师制度和法律体系进行了抨击，剥离了资本主义法治的华丽外衣，揭示了资产阶级的虚伪和为统治阶级服务的本质。

作者对人性的贪婪也进行了深刻的剖析，在按需分配的慧骃国没有金钱和物质的诱惑，而人类对金钱的贪欲，即使在慧骃国这个世外桃源也难以自制。这不由加深了人们对贪婪人性的认识，也揭示了被无谓贪念所掌控的人类的悲哀。

阅读积累

欧洲的雇佣军

“雇佣军”，是英文 Mercenary 与“唯利是图者”的同义词，从古希腊时代开始，雇佣军就作为一个特殊群体，以“战争”和“冒险”为职业，开始出现在世界舞台上。

第一支规模庞大、装备精良、纪律严明的佣兵团是沃纳·冯·厄斯林根率领的 Great Company，由 6000 名来自德国和瑞士的士兵组成。这支军队在意大利曾为许多不同的派系作战，一直到 1351 年为止。另一支规模更大但出现时间稍晚的雇佣兵团是弗拉·摩利亚勒的 Grand Company，全团上下拥有 7000 名重骑兵和 2000 名十字弓手。这种以重骑兵为主力，辅以较次要的十字弓手与矛兵的军力配置在十四五世纪的大多数雇佣兵团中十分典型，反映出了当时意大利军队本质上的封建特色。

14 世纪初叶拜占庭帝国雇佣的西班牙边民帮助拜占庭帝国打败土耳其人以后，就转过来攻打他们的雇主，并在肆意蹂躏色雷斯两年之后，继续糟蹋马其顿。在 15 世纪，由瑞士、意大利和德国士兵组成的各个“自由连”受雇于各国亲王和公爵。

第六章

精彩导读

通过“我”与主人慧骃的交谈，主要是“我”的谈话，揭露了当时英国的朝廷与上层社会的种种弊病，尖锐地提到了金钱社会贫富悬殊的社会矛盾，描述了医生与疾病，揭露、讽刺，甚至痛斥了当时英国的首相大臣的阴险奸诈、口蜜腹剑，也揭露了贵族阶层的腐败堕落。

对于律师们是出于什么动机组织这样一个不道义的团体，来伤害他们的同类的，我的主人仍然疑惑不解。为什么我说他们是受雇做这些事，它也不是很清楚。于是我又要费很大的工夫为它讲解钱的作用，钱是由什么制成的，各种金属的价值。我告诉它，一个耶胡若有很多的这种稀有物质，就可以疯狂地购物，可以拥有华美的衣服，最富丽的房屋，大片的土地，最昂贵的酒肉，还可以挑选最漂亮的女人。所以只要拥有钱，这些大事都可以干，我们的耶胡认为他们的钱一直不够多，也不够花，因为他们发现他们的天性使他们渴望富裕，变得无比贪婪。富人享受穷人的劳动所得，前者与后者的比例是一比一千。我们中大多数人生活悲惨，每天工作只赚取很少一部分的钱，让少数人过富裕的生活。我在这些方面谈了许多，而且还讲述了相关的许多细节。但我的主人还是不相信，它觉得所有的动物特别是主宰其他动物的动物都应该有权享受一份大地孕育的果实。因此它想清楚这些昂贵的肉是什么肉，我们怎么会吃不到它们？于是我列举了许多的品种，还有各种不同的烹饪方法。要备齐这些肉，还有饮用的酒，调味品和其他各种食品，应该派船只去世界各国采购。我告诉它，为一个富有的母耶胡准备早餐或盛放早餐的器具，至少要围绕地球转三圈。它说那肯定是个悲惨

总领下文

揭示社会矛盾的根源是他们的天性使他们渴望富裕，变得无比贪婪。

夸张手法

用夸张的手法点出了特权阶层的穷奢极欲。

的国家，无法为居民提供食物。但使它不解的主要是，像我描述的广袤无垠的大地怎么可能无淡水资源，居民们必须去海外取饮料。我回答说，据估计，我的祖国英国产出的食物总量是英国居民消耗量的三倍，从谷物中提取的饮料或从水果中榨出的上等饮料，及其他各种食品的产量与消耗量的比例均是三比一。但为了满足男人们的奢侈和贪婪，女人的虚荣，大部分的日常用品被送往国外，换来的却是引发疾病、愚昧和邪恶的物品，并让这些败坏的东西在我们中间蔓延。这样就造成了物资短缺，大批人民迫于生活从事乞讨、抢劫、偷盗、欺骗、拉皮条、作伪证、献媚、教唆、伪造、赌博、撒谎、奉承、威吓、拉选票、滥写文章、星相占卜、投毒、卖淫、说大话、诽谤、胡思乱想等各种勾当。上述的每一种术语，为了让它弄清楚我都费尽心思。

> **词苑撷英**
> 广袤无垠：形容广阔得望不到边际，辽阔无边。比喻非常广阔。

> **照应前文**
> 列举英国社会的种种丑恶现象，巧妙揭示社会罪恶的根源。

从国外进口的那种葡萄酒不是为了解决水源或其他饮料的缺乏问题，而是由于它可以使我们的精神放纵，还可以消除忧愁，令大脑产生粗野的想法，重燃希望之火，驱逐恐惧，令理性一时丧失，四肢麻痹，进入昏睡状态。虽然这样，我们必须承认，我们酒醒后，总会感到恶心、没精神，饮用这种酒可以使我们产生许多疾病，让生活变得不舒适，让生命过早结束。

还有我们中大部分人的生活靠为富人或为彼此提供必需品和食物来维持。比如，我在家穿着讲究，我的一身衣服是一百个工匠的手艺；我的屋子里面所摆的家具需要更多人来设计、制作；而我妻子的装扮则需要五百个工匠付出劳动。

我告诉它还有一类人，他们靠照顾病人维持生活，有几次我曾告诉我的主人我的船上有很多水手患病而死。不过我好不容易才使得它明白那是怎么一回事。它能很容易地想象慧骃在临死前的情景，身体虚弱，行动不便，或偶尔不幸弄伤了四肢。但大自然将万物造得极其完美，使我们的身体免于遭受痛苦，因此主人想知道这种令其质疑的灾难的起因。我告诉它，我们吃多达一千种食物，它们互相克制。我们饿了就吃，渴了就喝。我们通宵达旦地空着肚子饮酒，这造成我们疲惫不堪，身上发烧，使得消化加速或消化不良。卖淫

> **词苑撷英**
> 通宵达旦：整整一夜，从天黑到天亮。通宵：通夜，整夜；达：到；旦：天亮。

的母耶胡会得一种怪病，使得对她们投怀送抱的人都会骨头腐烂而死。这种病和其他许多病能够遗传，所以许多人得出天生难以医治的病症。若是把人体所得的各种疾病逐一说给它听，是不可能的。光是四肢和关节方面的疾病，就不下五六百种。总之，人体的每一部位，外部和内脏都可能患相应的疾病。为了使这些疾病能被治愈，使得病人不再痛苦，我们国家专门培养了一种人，其中也有一些是骗取钱财的。由于我具备这种技术，所以我愿意与主人分享其中的奥秘和治病方法。

它们认为，所有的疾病是由过度的饮食造成的，所以得出结论，无论是通过自然排泄或者呕吐，必须将体内先清理干净。接下来它们要做的就是用药草、矿石、树脂、甘油、贝壳、盐、果汁、海草、粪便、树皮、蛇、蛤蟆、癞青蛙、蜘蛛、人的尸骨、鸟、兽、鱼混合，制成味道难吃的药剂，这样，吃下去由于恶心就容易反胃，他们称之为呕吐剂。或用上述相同的药物，另外再加上几种其他有毒的药物制成同样令肠胃恶心不适合的药剂，他们告知我们从嘴或肛门中灌进去，这种药剂可以让肚子排空，让肚子放松，这种药剂被称作泻药或灌肠剂。按照医生的说法，我们本来用嘴吃喝，用肛门排泄。这些医生大胆地推测，一切疾病都是由于违反天然的规律，如果要再次恢复到正常，必须反其道而行，将上下部位对调使用，将液体和固体从肛门强行灌进去，而用嘴呕吐排泄。

> **讽刺手法**
> 通过生活的经验，加之适当的夸张，营造巧妙的讽刺效果。

但是除了患上身体疾病外，我们还会患一些心病，对此，医生们研究出了心理治疗法，这些疗法有相应的名称，也有治疗的药物，我们的母耶胡们就经常得这种病。

这一帮人医术高明，可以将病情的后果预测出来，他们的诊断极为准确。如果病人患有身体疾病，若病情严重，危在旦夕，那么他们的预测就会很准确。在断定患上不治之症后，若病情令人出乎意料地好转，为了证明他们医术高明，他们就会采用一种有效抢救药剂，让别人了解他们的判断力。

> **词苑撷英**
> 危在旦夕：指危险就在眼前。旦夕：早晨和晚上。

同样对于厌倦配偶的妻子或丈夫、长子、国务大臣，特别是君王，这个职业都会起到特殊作用。

就政府的一般职能，我曾和我的主人谈过，特别是我们较为完善的宪法，值得全世界的人关注。在此，我还无意中谈到了大臣，主人要求我以后有机会再向它讲述我提到的“大臣”。

我告诉我的主人我所提到的首相大臣从不显露各种真实的情感，完全摒弃了喜怒哀乐，他们只追求所谓的财富权势与官位。他们处理大小事务，从不表露自己的真实想法。他只是在你认为他说谎时讲真话，在你认为他说真话时说谎，使你捉摸不定。他私下咒骂的人一定是他仰慕的人，他若在别人或你本人的面前夸奖你，你就要倒霉了。最糟的是他对你做出承诺，特别是又发了誓。明智的人此后就会退隐还乡，舍弃一切希望。

这里有三种方法登上首相的宝座：第一种是能够深谋远虑，知道如何安排自己的妻子、女儿和姐妹；第二种方法是出卖或陷害上任首相；第三种方法是在公共集会上强烈抨击宫廷的腐败。但是一个明智的君王会任用采用第三种办法的人做首相，因为这些激进分子总是了解主子的意愿爱好，从而有意迎合。这些大臣们一旦大权在握，就会通过贿赂参议院或枢密院的大部分官员来巩固他们的势力。最后，他们凭借所谓的“赦免令”保证他们事后不遭报复，满载贪污的国家资产归隐。

> **讽刺手法**
> 叙述爬上首相大臣的办法，人类为了权利可以选择任何手段不惜任何代价。政府官员的腐败，政府职能发挥不了应有的作用，反而成了腐败人员敛财的工具。

首相培育同党的场所是他的官邸。而他的随从、仆人和看门人也会积极响应他们的主子，都成为不同管辖区的大官，把无耻、撒谎和贿赂三个主要本事掌握得淋漓尽致，从而也拥有自己的小宫廷，接受达官显贵们的供奉。有时，他们会运用技巧和无耻的手段一级级向上爬，最终成为他们主子的继承人。

> **词苑撷英**
> 达官显贵：古代指职位高的官吏，声名显赫。

首相大多受控于一个年老色衰的荡妇或得宠的男仆。趋炎附势的人都要通过他们这一关，因此，说他们是王国的统治者也不为过。

一天，和主人谈话时谈及我国的贵族，它就夸奖了我几句，但我难以接受。它坚信我肯定出身于一个豪门贵族家庭，由于我的体形、肤色和爱整洁的习惯都远远强于它的国

家里的耶胡，尽管我的力气不大，动作不灵活，这肯定是生活方式的差异造成的。此外，我具有语言天赋，而且还有几分理性，这就足以让我被它及其相识的慧骃们称为奇才。

它告诉我，在慧骃中，白马、栗色马、铁青马和火红马、灰斑马、黑马的样子并不完全相同，它们的智力水平或潜在的能力也不尽相同，因此它们总是处于仆人的地位，从没有奢望超过它们的同类，而且这种背叛的想法在那个国家被认为是一件可怕不平常的事。

我十分感激我的主人对我如此友好，我还告诉它我出身贫寒，父母都是普通平凡的老实人，他们只能让我接受一般的教育。我们中的贵族和慧骃国的贵族是两个完全不同的概念，我们年轻的贵族从小生活优越散漫，一成年，他们就鬼混在荡妇中，浪费青年时光，沾染上各种恶邪的疾病。当财产将要耗尽了，为了钱，他们会娶一些他们轻视或厌恶的女人，这些女人出身卑贱、身体孱弱、脾气暴躁。这种婚姻的结晶成果大部分是患结核病、佝偻病或残疾的孩子。这样的家庭不足三代就断了后代，除非妻子想在邻居或仆人中找一个身体健康的父亲，改良品种传宗接代。身体孱弱、面容消瘦就是贵族血统的真正标志，而强健的体魄成了一个贵族的大耻辱，因为人们会猜想仆人或马夫一定是他的亲生父亲。贵族的头脑也和身体一样先天性不足，集中表现为忧郁、迟钝、无知、任性、淫欲和傲慢等陋习。

如果没有经过显赫贵族的同意，任何法律都无法实施、取消或修改。他们对我们的所有财产有裁决权，且不允许我们进行任何申诉。

作者以漫画式的夸张手法无限扩大人物的可恶与怪诞，勾画一幅群丑图。善于用严肃、认真，甚至天真的口吻叙述渺小无聊的事情，造成形式和内容诸多方面的不一致而形成一种内在的张力，从而产生了强而有力的反讽效果。以丰富的想象和生动的描写来展示讽刺性场景，通过高度概括化的细节进行辛辣的讽刺。描摹当时英国的朝廷与上层社会的种种弊病，如贫富悬殊的社会矛盾、医生与疾病、首相以及他的随从、仆人和看门人如何把持朝政。

阅读积累

英国首相的由来

英国首相，一般情况下国会下议院的多数党党魁或执政联盟的首领自动成为首相人选，人选经国王或者女王任命后正式成为首相。

英国确立君主立宪制后，1714 年英国女王安妮驾崩无嗣，在乔治一世的前面还有五十位血缘关系和安妮女王更接近的贵族，但他们都是天主教徒，不能继承英国王位，乔治一世则是血缘和安妮女王最接近的新教徒贵族，所以根据 1714 年的遗嘱继承英国王位，称乔治一世，成为汉诺威王室的第一位国王，也是一个母语是德语，而且无法使用流利英语的国王，他敕命辉格党领袖罗伯特 · 沃波尔为内阁首领，自己并不出席内阁会议。并从此开创了英国君主不出席先例，会议改由国王令一名亲信大臣主持，成为英国首相制度的开端。

1721 年，下院多数党领袖财政大臣，领袖罗伯特 · 沃波尔爵士被英王乔治一世任命为内阁首领，是为英国首相一职之始，但职位正式名称并非首相，而是“首席财政大臣”。

首相的地位和名称是 1783 年的小皮特内阁正式确定下来的。1878 年首相迪斯累里签订《柏林条约》时，首相名称第一次见于公文。早期，首相多由贵族议员出任，后来下院议员任首相者居多。1902 年起形成首相只能由下院多数党领袖担任并由英王任命的宪法惯例。

1905 年，亨利 · 坎贝尔 - 班纳文爵士获任英国首相。在任命他的英王敕令上，首相一词首次出现，成为一个正式的英国官衔。至 1937 年《国王大臣法》颁布，首相一词始为法律确认。

第七章

精彩导读

本章作者又一次借慧骃之口，揭露了人类在生理上，特别是心理上，也就是本性上的严重缺陷。本章具体地写到丧失人性（天良）理智（良心）的我们人类与本来没有理智的耶胡之间的相似之处，从而讽刺了人类社会的种种弊病。

读者们也许对我在这平凡的慧骃族中随便地评判自己的同类而感到奇怪，而慧骃早已对人类产生了偏见。原因是我和它们国家的耶胡外表相同，但是我必须承认，这些优秀的四脚动物身上有许多优异的美德，与人类的腐败形成鲜明对比，开阔了我的视野和知识面，我开始学会用一种全新的目光审视人类的情形，而没有必要维护同类的尊严。同时，在判断力极强的主人面前，我也没法顾及这种尊严，每天，从主人身上，我都感受到自身的不足，这是我以前没有意识到的，而且这些缺点在我们人类中完全不算为人性的弱点。此外，在主人身上，我学到了对虚假或遮掩无比地憎恨，真理变得如此亲近，我决定为了真理不惜牺牲自己的一切。

总领全文 这句话在本章中起到了总领全篇的作用，为后文揭露了人类在生理上，特别是心理上的严重缺陷做铺垫。

我必须向读者坦率地承认有一种强烈的动机在驱使我做出这样自由的评论。在慧骃国不到一年，我就对当地的居民产生了深厚的热爱和尊敬之情，我潜意识地决定，下半辈子要在这群令人敬佩的慧骃中度过，思考和实践它们的每一种美德。在这里，我不会受到邪恶的诱惑，也不会学坏。但命运不允许我将这种幸福进行到底。然而，令我感到欣慰的是，在这位严苛的考官面前谈论我的同胞时，我尽量辩解他们的缺点，在每一件事上，都尽力向好的方面说。确实，有

知识延伸 潜意识：心理学术语，是指人类心理活动中，不能认知或没有认知到的部分，是人们“已经发生但并未达到意识状态的心理活动过程”。弗洛伊德又将潜意识分为前意识和无意识两个部分，有的又译为前意识和潜意识。

谁不袒护自己的祖国呢?

在那段最美好的时光里，我有幸听命于主人，我们进行了几次交谈，谈话的主要内容我已经向读者做了说明，但为了简明起见，更多内容只得略去不谈。

主人问的所有问题我都做出相应的回答，它的好奇心也彻底得到了满足。一天清晨，它把我叫来，要求我坐在不远处，它说，我们之间进行的关于我本人和祖国的谈话，引起了它的深思熟虑。它认为我们只是一种动物，莫名其妙地在不经意间得到了少量的理性，在理性的协助下，让我们腐败的天性更加腐化，而且后天还获取了坏习性。我们将上天给予我们的一些能力抛弃，却成功地助长了原始的欲望，然后耗尽一辈子来做毫无意义的努力，利用各种物品来满足这些欲望。就我而言，我既不拥有一般耶胡的力气也不具备它们的灵敏，我用后肢走路并不稳当，而且想尽办法让自己的爪子没有一点用处和抵抗力，并褪去下巴上用来遮阳、抵御风寒的毛发。除此之外，我也不像慧骃国的耶胡那样能够快速地奔跑和攀岩。

叙议结合

承接上文，揭露了人类在生理上严重的缺陷。

因为我们的理性和道德方面都有许多缺陷，所以建立了政府和法律机构。事实上用理性就能够管理理性动物。尽管它清楚我在偏袒自己的同胞，我的确隐瞒了很多细节而且说了许多子虚乌有之事，但根据我对同胞的这些描述，也能够说明我们没有资格宣称自己是理性的动物。

词苑撷英

子虚乌有：指假设的、不存在的、不真实的事情。子虚：并非真实；乌有：哪有。

它的看法得到了更充分的证实，因为除了我在身体部位及特征与其他耶胡相同外，我的体力、速度、灵敏度都不及它们，而且我的爪子短，还有某些细节差别。根据我对我们生活的讲述，它发现人和耶胡的性情相似，它说，耶胡对同类的仇恨超过对异类的敌视。仇恨的原因通常源于厌恶其他耶胡丑陋的外表，但却不自省看不到自己外表的丑陋。为此，它刚开始还认为我们掩盖身体是明智的，掩盖身体的缺陷，不然，我们无法忍受对方的存在。但是现在它认为自己完全错了，它们国家发生在畜生上的争端也和我们人大同小异，它说若把五十只耶胡的食物扔给五只耶胡吃，这五只耶胡也不会心安理得，而是打成一团，每一只都巴不得把所有

食物占为己有。因此，如果在屋外喂它们时，一般就雇用一个仆人站在旁边看着，留在家里的耶胡则分开距离拴着。若有头奶牛老死或不幸身亡，慧骃还没来得及留给自己的耶胡吃，邻里的耶胡就会集体争夺这头奶牛，然后就会爆发一场类似我所描述的战争，双方都会抓伤对方的利爪，留下可怕的伤痕，但不至于杀死对方。有些时候，几个邻区的耶胡还会无端发生争斗。一个区域的耶胡会伺机而动，趁邻区的耶胡没防备进行突袭。若它们的计划失败，它们会先回家，在无共同敌人的时候，它们就会发生内讧，按照我的话讲，就是内战。

值得一提的是，在它们国家的田野里有一些不同颜色闪闪发光的石头，耶胡们都特别喜爱它，有时这些石头恰好被掩埋在土里，它们就整天用爪子不停地挖呀挖，挖出来后带走，将其成堆地藏在窝里。但仍然十分警惕，生怕它们的宝物被同类们发现。我的主人一直对它们这种怪异嗜好感到疑惑，这些石头对一个耶胡来说也没有什么用途，但是现在它认为，这种嗜好类似于我们的贪婪。有一次它试探性地把一只耶胡埋藏的一堆宝贝石头偷偷地从原地移走，那只丢失了财宝的下贱耶胡哀嚎不停，招来了一大群的耶胡。那只耶胡一边凄惨地嚎哭着，一边动口撕咬其他的耶胡，此后便变得闷闷不乐，茶饭不思，也无心干活。后来它派了一名仆人悄悄地把这些石头运回原地，按原状放好，那只耶胡找到了石头后，很快就恢复了神采，心情好转，同时小心翼翼地把石头转移到一个更神秘的地方，从此变成了一个非常勤恳的畜生。

主人更明确地告诉我，随着邻里耶胡的不断侵入，在盛产闪光石头的田里时常会发生最激烈的斗争而且次数也很频繁。

它还说，两只耶胡在田里找到一颗这样的石头，争论谁该拥有这块石头时，第三只耶胡就会坐享其成，很容易地拿走那块石头，这样的事情经常发生。我的主人认为这很像我们人类打官司。我觉得不应该欺骗它，因为它所谈到的裁决比我们的法令公正得多，在这里，被告和原告损失的不过是

简单介绍
“闪闪发光的石头”指钻石。

词苑撷英
闷闷不乐：因有不如意的事而心里不快活。

词苑撷英
坐享其成：自己不出力而享受别人劳动的成果。享：享受；成：成果。

那块引起争端的石头，而我们公正的法庭在了结案子之前一定会将双方搞得一无所有。

我的主人接着说，耶胡并不分辨食物的好坏，遇到什么就吃什么，无论是草，是根，是浆果，还是腐烂的动物尸体，而且还将所有的东西混杂在一块吞咽下去，这一点很恶心。它们还有一个特殊的脾性，总觉得家里提供的食物不如从远处抢来或偷来的更可口。若抢来的猎物太多，它们会吃到肚子快撑破了为止。然后去吃一种草根，将食物统统排泄出来。

词苑撷英

吮吸：把嘴唇聚拢在乳头或其他有小口儿的物体上吸取东西。

还有一种比较罕见的多汁的草根，耶胡们总是无比急切地搜寻，一旦发现，就会高兴地吮吸，它在耶胡身上所产生的效果和葡萄酒对我们产生的效果相似。它们又是互相拥抱，又是彼此撕扯，它们还会嚎叫和狂笑，喃喃自语，踉踉跄跄，然后就摔在泥地里睡着了。

我的确发现在它的国家，唯一会得病的动物就是耶胡。它们生病的次数与我们的马相比要少得多，但它们生病不是因为遭受了虐待，而是由于自身太肮脏和好吃。它们对这些病有统一的称谓，而且主要是根据畜生的名字起的，这些病叫Hnea-Yahoo，或者直接称作耶胡病，治病的药方是将耶胡的粪便和尿混合好后强行从耶胡的口中灌下。据我了解，这个方子非常起效，可以放心地推荐给我的同胞，为了公众利益，它可以作为一种奇妙的良方，治愈因饮食过度而引起的各种疾病。

讽刺手法

通过戏谑之言，极尽讽刺之效，让人拍案叫绝！

至于学术、政治、医术、制造业等方面，我的主人承认，该国的耶胡与我们不同。它只是想观察一下我们天性中具有的类似之处。它确实听到一些好奇的慧骃说在大部分耶胡群里，都有一位所谓的耶胡首领，而首领普遍都比其他耶胡的外形更加丑陋，脾气也更加顽劣。这个首领通常会找一位跟它长相相似的耶胡做替代，这位替代者的职责就是伺候首领，还要把母耶胡赶到首领窝里，它会时不时得到首领赏赐的一块驴肉。其他的耶胡都厌恶这只宠臣，为了自我防护，这个宠臣总是不离首领的左右。一般在找到一只更恶的耶胡后，这只宠臣就将离职。当它被解职的那一刻，它的继任者统领该区所有的耶胡，带着男女老少的耶胡一块往它的身上拉屎撒尿，从头到脚都不放过。这和我们人所设立的宫廷、宠臣和国务大臣究竟有几分类似，我的主人说，这就由我自己来分析。

我不敢反驳这种不怀好意的暗讽，它认为人类的认知能力还不如普通的猎犬，因为猎犬还可以正确判断狗群中的佼佼者并听从它的指令。

我的主人注意到我在谈论人类时没有提到，或一带而过耶胡身上其他显著的特征。于是它接着告诉我说，这些动物，与其他的畜生一样，有公母之分，不同的是，母耶胡在怀孕期间还会和公耶胡交配，而且公母耶胡也会像两只公耶胡那样彼此发生激烈的争吵。它们争执时的粗鲁劲让其他敏感动物只是在旁观看而不敢规劝。

它们对肮脏和污垢的喜爱也是让它感到惊奇的事，因为其他动物都好像天生爱清洁。对前面的指责，我只好一带而过，没有作答，因为我实在无任何话语为我的同类辩护一番的。但是，就刚才谈到的这一点坏习性，我却可以为人类辩护，前提是该国必须有猪，虽然和耶胡相比，猪是更温和的四肢动物，但我却无法昧心假称猪比耶胡更清洁。若它亲眼看到了猪进食的肮脏样和它们在泥泞里打滚与睡觉，我的主人肯定也会这样认为的。

我的主人还谈到了对于仆人们从几只耶胡身上发现的另外一种特性，它认为其非常不可思议。它说，耶胡有时爱躲在角落里幻想，它们躺着，嚎叫和呻吟着，赶走那些凑上前的耶胡，虽然它们又肥又小，却能不吃不喝，仆人们也不知道它得了什么病。它们发现唯一的治疗方法是让它多干活，然后它肯定会恢复正常。对此，我出于对同类的偏袒，一直保持沉默。然而这却让我很容易地找到了抑郁症真正的病根，只有懒惰、奢侈和富有的人才会得这种病。如果强迫他们采用同样的治疗方法，我保证可以治好他们。

我的主人还发现一个母耶胡经常站在堤岸或灌木丛后，观察从它前面经过的年轻的公耶胡，然后羞羞答答的样子，做出各种奇怪的姿势和鬼脸，同时可以察觉到它发出一种极为刺鼻的气味。当有一只公耶胡靠近时，它就缓缓后退，假装害怕的样子，偶尔还往后看看，随后逃到一个合适的地方，它心里明白那只公耶胡肯定会随后追来的。有的时候，若走近它的是一只不相识的母耶胡，会有三四只母耶胡聚过来，它们盯着那只母耶胡，喋喋不休，面目狞笑，闻闻它的全身，然后转身做出一些轻视与不屑的动作。

上述都是我的主人亲眼所见或从其他的慧骃那里听到的，也许这事还被主人转述得文雅了一些。然而，淫荡、风骚、刻薄和诽谤的萌芽已经深深扎根于女性的本能中。回想起这些，难免令我悲伤和惊异。

我时刻都在等着主人指责公母耶胡违反天性的欲望，而这些欲望在我们当中极为平常，但是大自然似乎不是一个高明的教师，而在我们地球的这一边，这些比较文雅的享受完全是艺术和理性的产物。

精彩点拨

有人常常认为耶胡是丑化人类，企图证明斯威夫特仇恨人类。但从斯威夫特晚年的言行来看，他是热爱人民的，而慧骃国游记正是他最接近人民的时期写成的，仇恨人类的说法是没有根据的。耶胡好吃懒做、贪得无厌，特别喜欢在田间寻找一种发亮的石头。为了争夺石头，它们就会搏斗起来，甚至发动大规模的战争。它们喜欢吮吸一种草根，吃多了以后就互相搂抱厮打，丑态百出。它们也有自己的头目，头目还有宠臣，这些宠臣被主子抛弃以后就会受到全族类的侮辱。从耶胡的种种特性来看，当时社会的罪恶都集中在耶胡的身上。斯威夫特所创造的耶胡无非是对当时英国的社会政治生活和恶劣风尚的集中讽刺。当格列佛向马主人批判介绍了英国统治集团的种种腐化堕落情况以后，马主人也肯定格列佛所说的“人”（即英国的统治集团和当时社会上的坏人）就是耶胡，虽然“人”具有几分理性，却助长腐化堕落。斯威夫特只是通过耶胡和慧骃的对比来批判英国的统治集团的罪恶和社会恶习。

19世纪前的英国法律历史沿革

盎格鲁·撒克逊习惯法时期（5世纪—11世纪60年代）英国曾较长时期保留奴隶制和军事部落的分散统治，其后陆续存在的若干萌芽性的封建王国权力都有限。各地设郡法庭和百户法庭，根据盎格鲁·撒克逊习惯法以简易程序审决案件，其原则因地而异，并杂以罗马人征服时遗留下来的罗马法原则；基督教会还自设宗教法庭，按教会法原则处理婚姻、继承等案件。

普通法形成时期（11世纪60年代—16世纪末），诺曼底公爵威廉征服英国，建立了以国王为中心的封建土地制度，逐步形成王权专制国家，封建主义有较大发展。国王除发布为数不多的敕令作为全国必须遵行的法律以外，还通过王国法院和巡回法院的判例，宣示某些习惯法原则为全国普遍适用的普通法；14世纪末又通过大法官及其后建立的衡平法院的判例发展了衡平法。由此逐步积累，形成英国法的三项渊源：制定法、普通法和衡平法。

普通法资本主义化时期（17—18世纪）英国经历了产业革命，资本主义生产迅速发展，资产阶级在政治上确立了统治地位。但是，法律形式和司法体系没有作重大改革，主要是对封建的普通法进行了逐步的调整，做了新的解释，以适应资本主义的需要。

第八章

精彩导读

本章前一半写耶胡的生理特征与生活习性，主要是耶胡的野性：淫荡与刁怪；后一半写慧骃的美德，主要写他们夫妻和睦、教育子女有方、对待同类热情友好。

我以为主人对人性的理解不如我透彻，所以它描述的耶胡性格很容易被我套用在自己和同胞身上，我相信通过亲身经历自己还会发现更多。于是我经常请求主人，准许我到附近的耶胡帮里转一转，它总是仁慈地答应，坚信我对这些畜生厌恶至极，绝不会让自己沦落到这些畜生手里而被腐蚀掉。主人还命令它的栗色小马仆人做我的护卫保护我的安全，它十分诚实而且性情温和，没有它的护卫，我是不敢进行这次探险的。就比如我刚到这里时曾经受到这些丑陋的动物们的骚扰。后来，有三四次我散步走远了，又没有佩带腰刀，差点落入它们的魔爪。我有理由相信它们会偶尔感觉我是它们的同类，在护卫跟随我的时候，我经常在它们面前挽袖子露胳膊、拍胸脯给自己壮胆。此时它们大胆靠近，像猴子一样模仿我的动作，但也流露出敌视我的神情，我就像一只被驯化过的穴鸟戴帽穿袜回到一群野生穴鸟中一样，总被同类伤害。

埋下伏笔 以一本正经的严肃态度、细致逼真的细节描写，刻画了格列佛与耶胡之间发生的几件事，从中让读者了解耶胡的生理特征与生活习性，通过自己亲身经历来证实耶胡的野性：淫荡与刁怪，使得小说情节生动而紧张，为后文继续写耶胡的来历做埋下伏笔。

它们身手从小就敏捷。然而，我却抓住了一只三岁的小雄耶胡，我对它温柔相待，希望使它平静下来。但是这只小鬼却使劲地挣扎和抓扯，还咬了我，我只好把它放了。正在这时，一群老耶胡听声赶来，看到小家伙安然无恙，而我的栗色小马守在旁边，所以不敢贸然进犯我们。我发现年幼的耶胡身上发出一股既像黄鼬又像狐狸的臭味，甚至更难闻。我又想起一件事，那次，我把那讨厌的小畜生抱在怀里，它排泄出黄色液体状的浊物，污了我一身，幸好附近有一条小溪，我费了好大劲才把自己清洗干净，直到我身上的臭味全部消失，我才敢出现在主人的面前。

> **情景描写**
> 格列佛深入耶胡之中进行考察，却发现连三岁小耶胡也不温顺，还拉了他一身稀屎。

据我所观察，最不可教化的动物就是耶胡，它们的能力只局限于拖拉或扛运东西。我认为，这种缺陷是由它们懒惰和扭曲的性情造成的。它们狡猾、恶毒、诡计多端、报复心强。它们强壮、结实，但胆小怕事，因此变得骄横，卑鄙而残忍。我观察过红毛耶胡，不论公母，都是最淫荡和顽劣的，力气也更大，动作更灵敏。

常用的耶胡被慧骃养在附近的茅屋内，其他的耶胡则被慧骃赶到田间，它们在那里挖草根，吃野草，寻找野兽的尸体，有时还去捕捉黄鼬和鲁黑姆，把捉到的猎物狼吞虎咽地吃个精光。它们在隆起的土坡上用利爪挖洞，然后在里面休息，不过母耶胡的窝稍大些，可以容纳两三只耶胡幼崽。

> **词苑撷英**
> 狼吞虎咽：形容吃东西又猛又急的样子。

它们从小就会像青蛙一样游泳，可以在水下停留一段时间，它们能捉鱼，捕到的鱼被耶胡带回窝给幼崽吃。说到这里，我还希望读者原谅我谈起另一次奇特的经历。

一天，我和护卫我的栗色小马到户外，天气非常炎热，我请求它允许我在附近的河里洗澡。得到它的同意后，我马上脱下衣服，全身赤裸裸地走到小河里。正好堤岸的后面站着一只年轻的母耶胡，看到了整个经过，它欲火焚烧，全速奔跑过来，跳进离我洗澡不到五码的水中。我一辈子从没这样害怕过。栗色小马正在远处吃草，没料到我会有危险。那只母耶胡用一种最妩媚的方式抱住我，我用尽全身力气呼喊，栗色小马飞奔过来，母耶胡立即松手，不情愿地跳到对面的堤岸上，我穿衣时，它还站在那里不停地凝望和呼叫。

> **情景描写**
> 更让他羞惭的是，一只母耶胡看见他脱光衣服洗澡，竟强行与他亲热。

这件事被我的主人和它的家人当作笑话，但我却以此为羞辱。虽然我设法否认我在外形上是一只真正的耶胡，但我被母耶胡当成它的同类，对我产生了自然的暧昧。这只畜生的毛发不是红色的，而是像野李子一样黑，它的面容也不比任何的同类丑陋，我猜它的年龄不超过十一岁。

生活在这个国家三年了，我猜想读者们会希望我像其他旅行家一样，描述一下当地居民的风俗，这的确是我主要研究的事情。

这些高尚的慧骃的一切美德是与生俱来的，不像其他理性动物存在邪恶念头，所以它们最伟大的格言就是发扬理性，完全受理性的主宰。对它们来说，理性从来不容争辩，而不像我们人类，就这个问题进行两方面的辩论。它们的理性不受感情和利益的干扰、蒙蔽和扭曲，这点肯定会马上令你信服。我的主人很难明白“意见”这个词的含义，或者一个问题具有什么争议性，因为理性告诉我们，只对有把握的事情表示肯定或否定，没必要争论超出我们知识范围之内的事情。所以这种争论、争吵、争执和对错误的不明确命题肯定是慧骃不曾理解的。同时我向它解释我们自然哲学的几个体系时，它会大笑，认为一个自称为有理性的动物居然看重别人的构想，即使那些构想正确，也没什么用处。它完全赞同柏拉图所表述的苏格拉底的思想，而我只是在谈到苏格拉底的思想时表示了我对其最崇高的敬意。我从此经常反思这种学说对欧洲的图书馆将会造成多大的危害，多少条通往学术界的成名之道就此堵塞。

友谊和仁慈是慧骃族的两大美德，它们是这个民族共有的美德，而不只局限于某些特别的慧骃身上。来自最偏远地带的陌生人和近邻一样受到平等的待遇，不管它走到哪里，都会像回到自己的家一样舒心。它们保持着高度的正义感和谦虚的心态，却不拘泥于形式。它们对小马从不溺爱，而是精心地教育开导它们，完全把理性当作教育的准则。我发现我的主人对待邻居的子女就像对待自己子女一样仁慈。它们遵守客观原则的教导，爱所有的同类，划分慧骃国社会等级的唯一标准是理性，在这个等级划分中，一部分慧骃具有更高的道德。

当母慧骃生下一对子女后，就不再和它的配偶生活在一起了，除非它们其中的一个幼崽突然夭折了，它们才会在一块。若这样的不幸是发生在一个配偶已超过生育期的家庭中，其他的夫妇就生一个幼崽送给它们，这对准备送崽的夫妇就住在一块，直到女方怀孕。这样的措施是必要的，能够避免国家有过多的慧骃。但是长大当仆人的下等慧骃不受这个条款的约束，它们可以生育三对子女，当作贵族家中的仆人。

它们结婚时，为了保证血统的纯正，非常注重对方的毛色。主要看公慧骃的气力，母慧骃的美丽，不是根据它们是不是爱恋对方，而是为了确保种族不断进化。若一个公慧骃的力量十足，就要选取外表美丽的伴侣当作配偶。它们的概念中没有求爱、爱情、礼物、遗产和财产继承，也无法用词语表达这些。两个年轻的慧骃相识结婚完全是由父母和朋友们决定的。它们每天看到类似的事情发生，把它看成理性动物不可逃避的一件事。但是

词苑撷英

相敬如宾：形容夫妻互相尊敬，像对待宾客一样。

不曾听说过婚姻中出现暴力或其他淫秽事件，夫妇俩相敬如宾，它们之间不存在妒忌、溺爱、争吵或不满。

它们对年轻一代进行教育的方法值得推崇和效仿。这些孩子们在年满十八岁之前，除了在个别的日子，不然不会吃到一点燕麦，也很少有牛奶喝，夏天它们早晚吃两小时的青草，父母在一旁监视，而仆人们只有不到一小时的吃草时间，它们把大量的草带回家里，等到最方便的时候也是最悠闲的时候进食。

青年男女必须学习节制、勤劳、运动和清洁的功课。我的主人认为除了一些管理家务的事项之外，我们人将男女进行不同的教育是荒谬的。的确，我们一半的国民除了生孩子什么都不会干，让这样无能的动物照看孩子，它认为，就更能表明我们的残忍。

另外，慧骃还在力气、速度和耐性方面对下一代进行了训练，让它们在陡峭的山岭上跑上跑下，在坚硬的石子路上奔跑以此磨炼它们。跑得全身是汗时，就命令它们一头扎进池塘或河里。某个地区里年轻的一代一年有四次聚在一块针对跑跳的能力、体力和敏捷程度进行比赛，优胜者获得的奖赏是一首赞扬的歌曲。这个特殊日子里，仆人们赶着一群耶胡送干草、燕麦和牛奶到竞技场内作为慧骃的膳食。因为害怕这些畜生在大会上闹事，运送结束，它们就马上将这些畜生赶回去。

巧设铺垫

本段写慧骃国全国代表大会，为格列佛离开慧骃国做好铺垫。

每四年举行一次全国代表大会来商讨生产和生活方面的问题。赞美了慧骃国简单理性的管理体制。

这里有一个全国代表大会，每隔四年举行一次，并且是在春分的那一天举行，大会成员聚集在离我们家约二十英里的平原上。会上它们会打听几个区的现状，它们的干草、燕麦、奶牛或耶胡是短缺还是富余。若哪里出现短缺，大家会一致决定马上捐赠。同样，关于孩子们的调整也能够得到安排。例如，一个慧骃有两个公幼崽，它就会同有两个母幼崽的慧骃交换子女。如果有子女死亡，而母亲又没有生育能力，就会由大会来决定本地区的哪一家为丧崽的一家再生育一个作为补充。

精彩点拨

文中的耶胡具有人的外形，它们的身上集中着人性中丑恶的东西，如贪婪、野蛮等；慧骃虽没有人的外形，却善良、公正、智慧。这两种不同生物的对比，使其各自的特点更加突出鲜明，这是对“具有人的外形”的“动物们”的辛辣讽刺，作品虚构的生活，虚构的各种形象，无不含沙射影，有所指代，如对耶胡的描绘，影射了当时生活中的某一类人，他们徒有人的外形，却丝毫没有人性，他们的存在给善良的人们带来伤害，令人厌恶与鄙弃。

阅读积累

讽　刺

讽刺是一种文学手法，用于暴露对象的缺点和可笑之处，常采用夸张或反讽等方式，从而产生幽默的效果。用讥刺和嘲讽笔法描写敌对的落后的事物，有时用夸张的手法加以暴露，以达到贬低的效果。当然也可以用拙劣模仿、作戏、毗邻、并置、并列、对比、类似、类推等。

讽刺手法种类：

1. 漫画法

鲁迅说：“漫画要使人一目了然，所以最普通的方法是夸张。”夸张是漫画的特点。漫画式的讽刺手法其特点也是夸张，把人或事的假、丑、恶加以扩大或缩小，使之变相、变形，以突出这一侧面的特征，达到讽刺的目的。

2. 对比法

即把被讽刺的对象，在对待同一人或事的前后不同的言行上进行描述，以显示被讽刺对象的愚蠢可笑。

3. 托物法

这是一种把讽刺对象托比于某物，使讽刺对象具体化、形象化的手法。

4. 反说法（反语）

人的感情发展到了极顶，往往会以完全相反的方式表现出来；在语言上就是“说反话”。作为讽刺手段的“反话”，是“反话正说”，用肯定赞美的语言描述明显的丑恶、虚假的现象，表达作者的鄙视与挖苦。

第九章

精彩导读

本章前一半介绍耶胡的来历，原来耶胡不是本地的，是海外来的。后一半介绍慧骃的习俗与文化。作者对慧骃的诗歌、语言，特别是它们对死的态度，虚构得合乎情理，饶有趣味。

提出论点

“它们争论的问题是耶胡是否应该从地球上消失。”这真是惊世骇俗的一句话。一直以来人类对自然和其他生灵肆意妄为地破坏和捕杀，何曾想过有一天其他生灵争论的是要不要把人类从地球上消灭了？

该国在我离开的前三个月举行了一次盛大的会议，我的主人作为我们区的代表参加了会议。在会上，它们继续讨论争论已久的话题，这确实也是这个国家曾有过的唯一一个存在争议的话题，我的主人开会归来后，将会议的具体情况给我讲述了一遍。

它们争论的问题是耶胡是否应该从地球上消失。同意这项提议的一名大会成员提出了几项很有力度和分量的论点，它认为耶胡是自然界中最肮脏、恶臭和丑陋的动物，所以它们是最难管束和驾驭的，最顽劣和最邪恶的。若不刻意加以看管，它们会偷喝慧骃奶牛的奶，猎杀它们的猫吃，踩它们的燕麦和草地，还会干出许多过分的坏事。一个世代流传的传说引起了它的关注，据说，这个国家开始并没有耶胡，很多年前，两只这样的畜生开始在一座山上出没，至于它们是由烂泥遇到阳光生出来的还是从海里混着泡沫的淤泥里长出来的就无从知道。这一对耶胡繁衍得很快，在短时间内它们的后代急剧增加，遍布全国，四处残害生灵。慧骃族为了消灭这个邪恶的种族，进行大规模捕猎，最终，它们把所有的耶胡群包围起来了，消灭了年长的耶胡，每一个慧骃负责喂养两只小耶胡，把它们关在窝里，进行驯化，让它们拖拉、背负重物，这种天性无比野蛮的动物也只能驯成这样。这个传说好像有极大的可信度，这些动物不可能是“伊恩尼爱姆

筛”（意思是当地的土著），因为它们受到慧骃和其他一切动物的嫌弃。尽管它们天性邪恶，讨人厌，但若是土生土长的，不至于讨厌到被铲除的程度。居民们幻想利用耶胡为它们服务，但这轻率的举动减少了对驴子的驯养。驴子是种很不错的动物，它们容易饲养，更温驯听话，身上也无难闻的气味，有力气干活，尽管它们身体的灵活性差一些，尽管它们的叫声不大悦耳，但也比耶胡恐怖的嚎叫声要好听得多。

其他几个代表也赞同上述观点，这时我的主人受我的启发向大会提出了一项权宜之计。对刚才发言的那位尊贵的成员所提到的传说，它也表示赞同，并且肯定最先出现在这里的那两只耶胡肯定是从海外流亡过来的。它们被同伴遗弃，登陆来到这里，归隐在山林，开始堕落，跟它们原来所在国的同类相比，随着时间的流逝，它们变得更加野蛮。它提出这样主张的理由是，在座的大部分代表已经听说过，它现在拥有一位出色的耶胡，很多成员还亲眼见过。它然后讲述了它是如何发现我的。我的身体被一层动物皮毛制成的东西掩盖着，我讲的是自己的语言，也彻底通晓了它们的语言。我向它讲述过我来这里的不幸遭遇，当它看到我脱去那层遮盖物时，发现我完完全全是一只耶胡，只是皮肤白皙，毛发较少，爪子短些。它还说了我令它信服的经过，在我的祖国和其他很多国家里，占统治地位的理性动物是耶胡，而处于仆人地位的是慧骃。它在我身上看到了耶胡的所有特征，只是理性使我更加文明些，但我的理性比慧骃族却低下得多，就像慧骃国的耶胡比我要低劣许多一样。我也曾谈到阉割慧骃的习俗，为了驯服慧骃，它们在幼年时就被阉割了，这项手术安全容易，它说向野兽学习智慧也并不丢脸，就像学习蚂蚁的勤劳，效仿燕子筑巢建屋。这种发明也可用在这年幼的耶胡身上，不仅可以使耶胡驯良，便于差遣，而且可以在不杀害生命的前提下，在某个年代最终达到使整个耶胡族灭绝的目的。同时应该劝诫慧骃族对驴子进一步驯化，驴子在各方面都是比较有利用价值的畜生，它们还有一个优点，五岁

对比手法

用驴子和耶胡进行对比。驴子的灵活性差一些，叫声不悦耳，但耶胡嚎叫好听得多。

简要说明

耶胡的来历，暗示了就是那些侵略者、掠夺者，在脱离了文明的限制后的丑态。

时就能够干活，而其他动物起码要等到十二岁。

关于大会开展的情况，主人就告诉我这么多。但它隐瞒了一点，这和我本人有关系，我很快就感受到了它的恶劣后果，读者们将在后文了解到这件事的真相，自此以后，果然不出我的意料，我生活中不幸的事件接二连三地发生。

埋下伏笔
为后文故事情节的发展埋下伏笔。

慧骃族没有文字，它们都是用口耳传播知识。由于这个民族非常团结，生来具有各种美德，又完全受理性的支配，和别的国家从不互通有无，不会发生什么重大事件，历史也就很容易保存，不会太令它们费心。我已经说过它们从不生病，因此不需要医生。然而它们有优质的中药，蹄骰和蹄叉上偶尔被利石撞得淤紫或割伤，或身体其他部位受到伤害，都可以服用这些药。

知识延伸
月食：也作月蚀。地球运行到月球和太阳的中间并成一线时，太阳的光正好被地球挡住，不能射到月球上去，便成月食。月球全部进入地球阴影时叫月全食；部分进入地球阴影时叫月偏食。月食发生在农历十五前后。

它们根据太阳和月亮的周转来计算年月，但不用星期划分时间。它们对这两个发光体的运行掌握得很透彻，清楚月食、日食的形成，它们的天文学就发展到这一步。

在诗歌方面的造诣，可以确切地说它们超出了一切其他动物，它们的比喻恰当，描写细微准确，都是我们难以企及的。它们的诗歌用丰富的比喻和描写，内容大多数是关于崇高的友谊和仁爱，以及赞扬赛跑或其他体力竞技的优胜者。它们的房屋虽然破旧，但设计周密，可以抵抗冷热的侵袭，所以住进去很舒适。它们有一种树，四十岁时树根就松动了，遇到第一场暴雨就会被劈倒。这种树长得笔直，慧骃用利石将树削成木桩，每隔十英寸就在地上立一根，然后用编好的枝条或燕麦秸在树桩间围起来，房顶和门都是这样做成的。

慧骃前足的蹄骰和蹄子中间的凹处和我们的手相似，可以用来拿东西，开始我没想到它会那么灵巧。我曾见过我们家的一匹白色母马用那个关节穿针，它们还用相同的方式挤奶、收割燕麦，做其他一切的手工活。它们用一种坚硬的燧石，放在其他石头上进行打磨，可以打造楔子、斧头和榔头等工具。田野里自然生长的干草和燕麦，就是用这种火燧石制成的工具收割的。耶胡把一捆捆的燕麦搬回家，仆人们就开始在茅屋里踩燕麦，将打出的麦粒收进仓库。它们还制作了简陋的陶器、木器，陶器是放在太阳下晒烤成的。

假如不是意外身亡，它们就只有老死，之后被埋葬在最偏僻的地方，它们的朋友和亲戚对它们的逝去毫无感觉。垂死的人对离开人世也不感到难过，就如同它要离家串门一样。我记得有一次我的主人约好了一位朋友和它的家人上门做客，要谈一件重要的事情，约会的那天，那家的女主人和它的两个孩子却来得意外的晚，来后表示了两次歉意，首先代表它的丈夫致歉，它说，就在当天早晨，它的丈夫碰巧“是努务恩”了。这个词在它们的语言里有多种含义，很难译成英语，这个词的含义是：“他回到生身母亲那里了。”它又为来晚了表示歉意，因为它丈夫早上去世的时候不早了，它和仆人商量了好长时间，想找个恰当的地方埋葬它。我注意到那个女主人的举止自如，和屋子里的其他慧骃一样愉快，而它在三个月之后也死了。

详细介绍
介绍慧骃的生死观。

它们大多数能活到七十至七十五岁，极少能活到八十岁。在临死前的几周内，它们身体一天比一天衰弱，但感觉不到痛苦。这时，会有朋友不断拜访它，因为它们无法像以前那样悠闲地走出家门。但是，在它们去世的前十天，它们估算得很准确，它们会舒服地坐在耶胡拉的雪橇上，探访那些住得最近的邻居。它们只有在这种场合下，或在年纪大了需要走长路还有偶尔脚跛了的时候才使用雪橇。因此，当垂死的慧骃回访时，它们就会庄严地和朋友们道别，似乎要去最偏远的地区并在那里度过下半生。

生字背囊
跛（bǒ）：腿或脚有病，走路时身体不平衡，瘸。

我不知是否有必要说一下，除了从耶胡丑陋或恶行中借用，慧骃的语言中没有一个词可以形象地表达厌恶。这样，假如它们表达仆人的愚蠢，孩子的懒惰，石头割伤蹄子，接连的坏天气，类似于这样的事情，就会在每个词后加上耶胡作修饰词。比如，“何姆恩耶胡”“务恩那霍恩耶胡”“外恩姆恩德维户纳耶胡”，一座建造不美观的房子就称为“外恩姆恩姆若何恩无耶胡”。

对于能进一步讲述这个优秀民族的美德和习俗，我感到非常荣幸。我计划不久之后特意写一本研讨这个话题的书，而这时我要继续讲述我的悲惨遭遇。

承上启下
承接上文，又对下一章内容做了铺垫。

本章采用对比手法，一方面写耶胡的顽劣和邪恶，所以慧骃国召开会议讨论耶胡是否应该从地球上消失；另一方面写慧骃的理性和文明，甚至它们的语言中从来没有表达厌恶的词语。由此作者的褒贬已尽在不言之中。

阅读积累

阳历、月历、星期

阳历：太阳历又称为阳历，是以地球绕太阳公转的运动周期为基础而制定的历法。太阳历的历年近似于回归年，一年 12 个月。

月历：月是历法中的一种时间单位，传统上都是以月相变化的周期作为一个月的长度，一个月（太阴月）的长度大约是29.53日，即一轮“朔望月”。

星期：文中的星期的概念随犹太宗教衍生出来的基督教传播到欧洲。“星期”在口语也以“礼拜”方式称呼，星期日则称为“礼拜天”，一个星期又称为一个“礼拜”。

第十章

精彩导读

本章写“我”在慧骃当中安家落户的打算与修身养性的愉快生活，“我”羡慕他们友爱的人际关系，喜欢他们内容丰富、言简意赅的谈话，从中获得很多教益。特别是“我”的主人，言传身教，耳濡目染，对“我”的道德修养帮助极大。末尾写主人要“我”离开的理由与主仆告别的情景，虽然纯属虚构，但合乎情理，颇有人情味。

我的日子过得很滋润，我的主人依照它们的习俗在离它的屋子有六英码地方为我建造了一间房子。我用黏土把房间内的墙壁和地板涂抹了一层，然后再将编的灯芯草席铺好。我把野生大麻松柏制成褥套，再往里面填上鸟的羽毛，这些鸟是我用耶胡的毛发制作的弹弓打下来的，鸟肉很香。我用我的刀子做了两把椅子，栗色小马帮我干了一些粗活。衣服穿破了，我用兔皮和一种叫“恩奴赫瑙赫”的动物皮制衣，这种叫“恩奴赫瑙赫”的漂亮动物跟兔子一样大，它的皮上覆盖着细软的绒毛。我还用它们制成舒服的袜子。我从树上砍下木片做鞋底，再把鞋底和皮面钉在一起，当鞋穿破了，我再用晒干的耶胡皮做鞋面。我经常把从枯树洞里掏的蜂蜜加水冲饮，有时就着面包吃。人类的两句格言，“人的需要很容易满足”和“需要是发明之母”，在我身上得到了最好的验证。我的身体很健康，心境也十分平和，因为我不必担心朋友的陷害或背叛，也不用提防敌人的明枪暗箭；我不必用贿赂、阿谀奉承或用美色取悦大人物和他们爪牙的欢心；我不用担心受骗或受迫害；这里没有杀害我身体的庸医，毁灭我财产的律师；没有监视我说话行动的内奸，也无诬陷我的受雇者；这里没有人相互冷嘲热讽、监察刁难、诽谤中

> **正面描写**
> 这段叙述文字，清楚地交代了格列佛生活的状况，自力更生，丰衣足食。这种生活却让格列佛感到满足，原因是没有人类社会的一切罪恶。

> **词苑撷英**
> 阿谀奉承：曲从拍马，迎合别人，竭力向人讨好。阿谀：用言语恭维别人；奉承：恭维，讨好。

伤；没有扒手、劫匪、盗窃犯、律师、鸨母、小丑、赌徒、政客、才子、性情乖戾之人、言语乏味之徒、辩论家、强奸犯、杀人犯、抢劫犯和贩古董的；无政党和派系的领袖及其追随者；无用言语行动教唆别人的坏人；无地牢、斧头、绞架、笞刑柱或枷锁；无奸商和骗人的工匠；无自大、虚荣或矫饰；无纨绔子弟、恶霸、醉汉、游荡的妓女或梅毒患者；无喜欢吹嘘、淫荡、奢侈的妇人；无愚蠢、自大的学究；无啰唆、盛气凌人、爱惹事、吵吵闹闹、大吼大叫、肤浅、自大、脏话连篇的同伴；无为非作歹、平步青云的流氓，也无与流氓为伍的贵族；无上等人、琴师、法官和舞蹈老师。

词苑撷英
乖戾：（性情、言语、行为）别扭，不合情理。

词苑撷英
盛气凌人：傲慢的气势逼人。凌：欺压。

令我感到荣幸的是，我曾得到几位慧骃的接见。它们在拜访我的主人并和它吃饭的时候，主人特意让我留在屋内听它们之间的谈话。主人和它的同伴们经常屈尊问我一些问题，我逐一作答。有时我有机会陪伴我的主人拜访其他慧骃。除了回答它们向我提出的问题，我就保持沉默，从不说话。每次回话后，我心里都有点后悔，因为我为此失去了修身的许多时间。它们很少说废话，都是金玉良言，切中要害，因此我十分乐意去做一个谦恭的听众；它们的谈话处处流露着高雅，从不拘泥于礼仪，讲话的讲得高兴，朋友们听得也高兴；有人在讲话时，其他人从不打断话题，没有啰里啰唆的对话，也不会出现激烈的争论或话题不一致的情况。它们有这样一种观念：大家聚在一起，短时间的缄默能够使谈话进行得更顺利。我发现这种想法是明智的，因为在短暂的缄默中，它们会产生新的想法，这些想法可以使谈话更加生动形象。它们谈话的主题大多是友谊和仁慈，或者是秩序和经济，偶尔谈些自然界的现象，旧的传统；谈美德的限度和范围，理性的正确规则；或下一次全国大会该做出的决议；常常还会谈到诗歌的各种绝妙之处。我可以明确地说我的出席也给它们增添了话题，因为我的主人可以借机向它的朋友们介绍我和我的国家的历史，就此事，它们喜欢慢慢地谈论，但对人类却显得不尊。对于它们相关的谈话，我不愿再重复。只是令我敬佩的是我的主人似乎对每一个国家的耶胡了解得比我更深刻。它历数我们的邪恶和愚昧，发现了许

正面描写
从文字可以看出格列佛谦虚、好学、不多嘴，抓住每一个提高自己修养的机会。

多我没有向它提及过的事，它能通过设想推断出该国的耶胡有了些理性后将会做些什么事，并且较肯定地得出结论，说这种动物有多么卑鄙和凄惨啊。

我要将我从主人的教诲中、它的朋友们的谈话中获得的有用的知识细节坦诚地向读者交代。听到这些话语比听到欧洲最伟大的智者们的谈话更令我感到自豪。慧骃居民们所拥有的力量和端庄的体态，还有它们的速度都令我羡慕不已，还有可爱的慧骃身上凝聚了如此多的美德使我感到无比崇敬。开始，我确实无法理解耶胡和其他动物对它们怀有敬畏。但是这种敬畏之情逐渐增长，超出我的想象，其中还夹杂着一种敬慕和感激，因为它们竟愿意屈尊把我和我的同类分开特殊对待。

词苑撷英
教诲：教训；教导。

每当我想起我的家人、朋友、同胞甚至整个人类时，我就会客观地去看待他们，他们的体形和脾性都像耶胡，可能只是更文明、更善谈一些，理性除了令他们更邪恶之外别无用处。而在这个国家，他们的兄弟们只有天赋的那份邪恶。当我碰巧在湖上或喷泉的泉水中看到自己的倒影，我都会不觉惊恐和厌恶地掉转身，感觉看到我本人还没有看到一只普通的耶胡使我好受。因为与慧骃进行交谈时，看着它们的样子会令我感到愉悦，我开始模仿它们的步态和姿势，现在已经养成一种习惯，我的朋友们有时会突然冒出一句，我疾走时像马一样，而这被我当成一种赞誉。谈话时我也不受控地采用慧骃族的腔调和姿态，当别人为此嘲笑我时，我也一点不感到难堪与尴尬。

叙议结合
通过格列佛的感受来对比，表达了作者对自诩为“世界文明国家标本”的英国社会的厌恶。

在这愉快的时光里，我真舍不得离开这里。一天早上，我的主人早早地就召我过去。我从它的表情上看出它有些焦虑不安的样子，不知如何开口。沉默了一会儿，它告诉我它不敢想象我听了它的话后会有什么反应。在最近的一次全国大会上，谈到耶胡的事情时，代表们对它在家里养了一只耶胡表示不满，而且它把我当慧骃对待。众所周知，它经常和我交谈，似乎为有我这样的同伴而感到扬扬自得。这种行为的理性和天性是悖逆的，这种事情在它们中间也是前所未有的。大会因此劝诫它，让它把我和其他耶胡同等对待，或者赶快命令我游回本国。所有看到过我的慧骃一致反对第一项提议：它们宣称我有基本的理性，还具有这些动物的劣根性，害怕那些耶胡被我引诱进入多林多山的地区，夜间成群结队地杀害慧骃的牛群，因为耶胡属于天生懒惰的食肉动物。

我的主人还说，每天它都遭受附近的慧骃的逼迫，让它立即执行大会的劝诫，它无法再拖延下去了。它怀疑我无法游到另一个国家，因此希望我制造一种交通工具，比如我曾向它介绍的能够在海上运载的工具。它能干的仆人还有邻居的仆人们可以帮助我完成这项工程。最后它说，就它本人而言，它很乐意让我一生陪伴它的左右，因为它发现我已经改掉了一些坏习惯和脾性，尽管先天不足，却一直尽最大努力模仿慧骃族。

这里我要向读者阐明，这个国家的全国代表大会的法令是用“赫恩赫娄阿伊姆”这个词表示的，它的意思是劝诫，这样的译法最贴近。它们对理性动物的反抗毫无概念，仅仅是建议或劝诫而已，因为放弃理性动物的称号去做违背理性的事是所有慧骃所不愿意的。

听了主人的话，我无法忍受这种痛楚，我当时就晕倒在它的脚下。当我清醒过来以后，它说它以为我死了。我用微弱的声音回答说，死亡将会是这时我最大的幸福，尽管对于大会的劝诫，它的朋友们的催促，我无法干涉遣责，然而就我微弱不太正确的判断来说，我认为对我没那么严厉也算是违背理性吧。我连一里格的路程都游不了，离它们最近的陆地也有一百多千米。而制作一艘载我的小船的许多原材料在这个国家也找不到，尽管我断定做条船是很难的，也自认为是死路一条，然而为了表达我对主人的感激之情，我会尝试一下的。我说这种非自然的死亡还是最小的不幸，因为如果我几经风险，生存下来，没有榜样带领我沿着美德的道路前进，我将要和耶胡们在一起度过下半生，我会逐渐沾染上以前的恶习，我多么难过啊！我深知明智的慧骃的所有打算都有可靠的理性作基础，不会因我的话而动摇。因此，对主人建议让仆人帮我建船这件事，我表达了最诚挚的感谢，并请

词苑撷英
谴责：斥责；责备。

对比手法
生存与死亡对比，生存反而更加难过，可见在“我”心中，对于人类自己的恶习是多么厌恶至极。

求给我充足的时间完成这项艰巨的工程，之后我告诉它我会尽量保全这可悲的性命，假设我回到英国，就有为我同类做些有用的事的希望，向他们赞扬慧骃，建议人类效仿它们的美德。

主人爽快地答应了我的请求，给我两个月的时间建造船只，并命令栗色小马也就是我的伙计听从我的指挥，因为我告诉主人有它的帮忙已经足够了，而我也了解它对我很友好。

在它的陪同下，我们首先要做的事就是去海岸边，找到反叛的水手把我搁上岸的地方。我站到高处，环顾四周的海面，好像看到东北方有一个小岛。我拿出我的望远镜，那个小岛被看得非常清楚，我估算它有五里格远，但是栗色小马却认为那只不过是一片蓝色的云，因为它从不知道除了它的国家，还会有其他的国家存在，所以它辨认不出海上远处的物体，不像我们这些一直和海打交道的人那么在行。

这块陆地被发现后，我没有多加考虑，决心在可能的情况下把它作为我的第一个流放地，一切听天由命。

回来后，我和栗色小马商讨了一下，来到附近的一个小丛林，我用刀，小马用一块锋利的燧石，依照它们的习惯，燧石很巧妙地系在一个木柄上，我们轻易地砍取了几个拐杖粗细的橡木枝还有几根较大的木材。我就不再多叙述我的造船经过了。总之，六周后，在栗色小马的帮助下，一艘印第安式小船被我建好了，但比一般的大一些。我用自己手搓的麻线把耶胡皮缝制在一起铺在船里。我的船帆也是用一样的材料制成的，我尽可能使用年轻耶胡的皮，而不用又粗又厚的年老耶胡的皮。我还做了四支船桨，预备了一些煮熟的兔肉和禽肉，带了一罐牛奶、一罐清水。

我在主人家附近的一个大池塘里试航，又把有问题的地方修了修。把裂缝用耶胡油封住，把小船修整得结实耐用，可以运载我和货物。做完一切后，在栗色小马和另一位仆人的陪伴下，我让耶胡用车子小心地把小船托运到海边。

一切准备就绪，该出发了，我怀着沉重的心情热泪盈眶地告别了主人全家。但是，出于好奇，或许还出于对我的关

词苑撷英

听天由命：听任事态自然发展变化，不做主观努力。也比喻碰机会，该怎么样就怎么样。由：听从，随顺。

词苑撷英

热泪盈眶：因感情激动而使眼泪充满了眼眶，形容感动至极或非常悲伤。盈：充满；眶：眼眶。

怀，我的主人决定亲自送我上船，同行的还有它的几个邻居。等了一个多小时后，涨潮了，幸运的是，风正朝我要去的岛的方向吹，我再次告别主人。我正要趴倒亲吻它的蹄子，主人却赏脸把蹄子轻轻地送到我的嘴边。我知道我提到这件事会有什么，诽谤我的人认为像我这样的低等动物，高贵的慧骃不可能屈尊相待。我也记得一些旅行家总爱炫耀他们所受到的特殊恩典。这些诽谤的人对慧骃的高贵和文雅并没有太多的了解，否则他们很快便会改变自己的看法。

我向与主人同来的慧骃表示了自己的敬意，然后登上小船，划船离开了海岸。

精彩点拨

“我”的道德修养的提高是因为“我”处在一个友爱的慧骃国环境，特别是“我”的主人，言传身教，耳濡目染，对“我”的道德修养帮助极大。而就后来的“我”个人而言，不像在小人国、大人国、飞岛国等地方那样夸夸其谈、吹嘘卖弄，而是做一个谦恭的听众，这难道不是每个人都应该效仿的吗？

印第安式的小艇

印第安人是美洲（北极地区除外）土著居民，并非单指某一个民族或种族，印第安人分布于南美洲和北美洲各国。

印第安人的独木舟被翻译为了划艇。它的制作过程是：先选用一棵粗大挺直的树干，将树干除去枝杈，然后在不需要挖空的部分涂上湿泥，用火烧烤未涂湿泥的部分，待呈焦炭状后，变得松软就可以用石器挖去，这样重复多次，就能做成理想的形状。

第十一章

精彩导读

本章写“我”从慧骃国经葡萄牙首都里斯本回英国故土的过程。“我”在慧骃国三年，受“慧骃”们教化，本来不想回自己的国家，不愿再见他心目中的耶胡，包括他的“妻子与家人”。这种反常心态可以说明许多，留待年轻的读者思考吧。

1714或1715年的2月15日早上九时，我孤注一掷地起航了。一路顺风，开始我只用我的船桨，但是想到这样很快就会疲劳，风向也有可能改变，我冒险升起了我的小帆。这样，借着涨潮，我大约每小时行驶一里格半。我的主人和它的朋友们一直眺望着我远去直到消失得无影无踪，我听到栗色小马不停地叫喊“赫奴爱·伊拉·乃雅·耶胡”，意思是多保重，温顺的耶胡。

> **词苑撷英**
> 孤注一掷：把所有的钱一下投作赌注，企图最后得胜，比喻在危急时把全部力量拿出来冒一次险。

如果可能，找一个没人居住的小岛，在那里能通过自己的劳动满足基本的生活需要，这是我的计划，我觉得在欧洲最讲礼仪的宫廷当首相，生活也不会这样幸福。每次想到要回到耶胡政府统治下的人类社会，我就有一种恐惧感。至少在这个孤独的地方，我不会受到同类邪恶的腐化和侵蚀，而且可以沉浸在自己的浮想中，回味在慧骃国的幸福时光。

> **心理描写**
> 把这段心理活动描写和前文中关于“首相”的内容联系起来，暗讽欧洲宫廷。

读者们可能记得，我的水手密谋造反把我关在船舱里的情形。几个星期过去了，我对我的航程毫不清楚。当一条长船把我送上岸，不知道等待我的是好与坏，当时水手们发誓，他们不知道我们处于什么位置。然而，我当时确信我们好像在好望角以南十度、南纬四十五度左右，我有时听到他们的谈话，于是猜测他们当时想沿东南走马达加斯加的航

背景提示

赫曼·摩尔：十八世纪著名地图绘制者。

线。尽管这只是猜测，但我仍然决定东行，希望抵达新荷兰的西南海岸，也许新荷兰西边就是我梦想的小岛。那天刮着西风，晚上六时，我估算我向东至少行了十八里格，这时我发现半里格外有一个特别小的岛屿，很快我就将要抵达那里。岛上岩石丛生，只有暴风雨袭击、冲刷出来的一个小港湾。我把小船停靠在这里，爬上一块岩石，我可以很清晰地看到东边有块向南北方向延伸的陆地，我在船上暂住了一夜。第二天清早就又上路了，七个小时后，我到达新荷兰的东南端。这就证实了长久以来我的一个看法，在普通的地图和航海图上，该国的位置比实际位置偏东三度。很久以来，我曾跟我的好友赫曼·摩尔谈过我的看法，并陈述了足够的理由，但是他还是认为其他作家们的说法正确。

在登陆的地方我没发现一个居民，由于没有携带武器，我不敢贸然深入内陆。我在岸边找到一些蚌蛤，由于害怕被当地人发现，而不敢生火，只好生吃下去。为了节省粮食，我连吃了三天牡蛎和海蛾。走运的是我找到了一条清澈的溪流，使我感到特别的欣慰。

第四天，我大胆地向内陆走了走，看见有二三十个当地人站在一块高地上，他们距离我不足五百英码。他们是赤身裸体的男人、女人和孩子，我看到那里正冒着烟，断定他们围在火边。其中的一个人看见了我，告诉了其他的人，有五个人同时向我走来，留下妇女和儿童待在原地。我赶快跑到岸边，上了小船，划离岸边。看到我要逃走，野人们就追赶我，我还没有划出多远，他们就朝我射了一箭，深深地射入我的左膝。我恐怕箭上有毒，划出了他们的射程外，就赶紧吸吮伤口，尽力把它包扎好。

我不知道到底该怎么办，也不敢再返回登岸，于是奋力把船划向北。尽管风很小，迎面吹来的却是西北风。我环顾四处寻找一个安全的登陆点，这时我发现东北方向有一艘帆船，越来越清晰。我在犹豫是否该等候他们，但最后我对耶胡族的憎恶占据上风，我掉转小船，扬帆向南划行，回到早晨离开的那个港湾，我情愿把自己交给这些野蛮的人处置，也不想再和欧洲的耶胡们生活在一起。我尽量把船向岸边靠，藏在小溪边的一块石头后，我已经说过，小溪的水很清。

那艘船划入海湾半里格，水手们就放下长舢板带着容器盛淡水。但是当我发现时，舢板几乎是靠岸了，再找一个藏身之地已经来不及了。登陆的水手们看到我的小船，搜查了一遍，猜出它的主人没有走远。四个全副武装的水手把每一个可能藏身的岩洞都搜遍了，最后他们找到躲在石头后面的我。他们吃惊地打量了一下我古怪和邋遢的衣服，皮质大衣，木底鞋子，毛皮袜。然而从我的穿着上，他们猜出我不是习惯赤身裸体的当地人。一位水手用葡萄牙语要求我起身，问我是谁。我精通葡萄牙语，于是起身，说我是一只被逐出了慧骃国的可怜的耶胡，恳求他们把我放了。他们听到我用他们的语言回话感到很惊讶，而从我的相貌看出我是欧洲人，但却不明白耶胡和慧骃是什么意思，同时我说话时怪腔怪调像马在嘶叫，逗得他们开怀大笑。我心中又怕又恨，不停地颤抖。我再一次请求他们放了我，同时慢慢向小船挪去。但是他们把我抓住，问我是哪国人，从哪里来，还问了许多别的问题。我告诉他们，我是英国人，大约五年前离开那里，那时葡萄牙和英国是和平相处时期。因此我希望他们不要把我看成他们的敌人，我对他们并构不成危害，我只是一只正在寻找一个偏僻的地方度过自己不幸的下半辈子的可怜耶胡。

他们刚开口说话，我感觉像这样不同寻常的事情我还从未听过或见过。好像在英国狗和奶牛开口说话，或在慧骃国耶胡会讲话一样相当怪异。对我的奇异打扮和说话时的怪腔怪调，那些老实的葡萄牙人同样感到惊讶，但我的话他们还是能完全听懂的。他们和我说话时都很有礼貌，而且说他们相信船长会免费把我送到里斯本，从那里我可以返回祖国。两位水手跑回大船上，向船长报告他所见到的情况，并等候他的命令。同时，要我郑重发誓不逃跑，否则他们就会用武力拘留我。我认为我应该相信他们，听从他们的建议。对我的经历他们非常感兴趣，而我却无心满足他们的好奇心，他们都猜测我是因悲惨遭遇而失去了理智。两小时后，载满清水的长舢板带着船长的命令回来了，船长要求把我带到大船上。我跪下请求他们放了我，但根本就没用，水手们用绳索捆绑住我，抬上了长舢板，又把我从舢板抬到大船上，带进船长的座舱里。

船长名叫潘佐·德·满德兹，他是一个非常有礼貌和慷慨大方的人。他请我介绍一下我的详细情况，并问我想吃或喝点什么。他对我以礼相待，表现得很客气，从一个耶胡身上看到如此文明有礼的举止使我感到茫然。然而，我却一直沉默，郁郁不乐的样子。他以及他手下身上的怪味快把我熏得晕倒了。最后我本来想从我的小船上拿些东西吃，但是他却为我点了一只鸡和一些纯正的葡萄酒，然后，安排我在一间特别干净的舱内休息。我没心思脱衣，就连衣躺在床上，半小时后，我趁水手们用餐之时溜了出来，摸到船边，准备跳到海里，宁愿游水逃命也不想和耶胡继续待在一起。恰在这时我被一个水手拦住了，他报告了船长，于是他们把我拘留在座舱内。

> **动作描写**
> 在水边的生活，难免写到船，进而写到水手。作者把故事情节写得生动可爱。

吃过晚饭，潘佐先生过来看我，问我为何要做这种绝望的努力。他安慰我说，他只是想尽所有可能帮助我，他讲得比较感人，最后我开始把他当成还有一些理性的动物。我简单地叙述了自己的航程，手下人的阴谋背叛，我被他们送到一个国家的海岸边，在那里生活了五年。我讲的一切被他当成天方夜谭，这令我很生气，我已经快彻底忘记撒谎是耶胡特有的本能，因此他们对其他同类的话一直持有怀疑的态度。我问他在他的国家是不是有说“乌有之事”的传统。我告诉他我差不多忘记了虚假的含义，假如我在慧骃国住上

> **词苑撷英**
> 天方夜谭：比喻虚妄荒诞的言论。

一千年，从最低贱的仆人那里我都没有听到一句谎话的可能，无论他是否相信我，我都毫不在乎，但是，出于对他帮助的感激，我可以忍受他腐朽的天性，对他提出的反对意见做出回答，然后他就很容易发现事情真相。

这位船长十分聪明，费尽心思想从我的故事中找到纰漏，最后他才开始相信我讲的是实情。而且他曾遇到一位荷兰水手，那位水手说自己和其他五位水手登上了新荷兰南部的某个岛屿，或许是块大陆，他们到那里索取淡水，看见一些动物被一匹马赶着，它们的长相和我描述的耶胡一样，还有一些其他情况，船长说他也记不清楚了，因为他当时认为他们全在撒谎。但是他接着说，既然我声称无条件服从真理，那么我应该用名誉确保一路陪伴他，不再做任何冲动冒险的事情，否则他就把我囚禁起来，带到里斯本。我答应了他的要求，但同时也做出了抗议，我宁愿忍受所有艰辛也不想返回去和耶胡生活在一起。

我们一路上比较顺利。为了感激船长，我偶尔会在他的请求下和他交谈，并且尽量掩饰我对人类的厌恶。尽管我还是时常流露出这种厌恶之情，他却装作没看见。但是，大多数时间，我都把自己关在自己的舱内，避免碰到每一位水手。船长经常请求我脱下我那身野人才穿的衣服，并主动提出把他最好的衣服借给我。但我坚持己见，讨厌穿上被一只耶胡穿过的任何衣服。我只是说我可以借他两件干净的衬衣，他穿过后洗干净，我相信不会太玷污我。我每隔两天换一次衬衣，而且亲自动手洗净。

正面描写
从神态、行为、动作和语言等多方面描写我对他们心里充满了憎恨、厌恶和鄙视。

我们于1715年11月5日抵达里斯本。上岸时，在船长的强烈要求下，我披上了他的外衣，免得招来众人的围观。我被带到他家，在我的恳求下，他让我住到后面顶楼上的房间里。我请求他千万不要把有关慧骃的事告诉任何人，因为稍微透露出去一点我就会招来成群的人围观，宗教法庭还可能把我关进监狱或烧死。船长说服我做一套新衣服，但是我却难以忍受让裁缝量尺寸。不过潘佐先生跟我的体形相近，按他的体形量尺寸，衣服做好后很合身。他为我准备了一套崭新的必需品，我决定把这些东西晾晒二十四小时后再使用。

> **词苑撷英**
> 通情达理：懂得道理，说话做事合情合理。

船长是单身，只有三个仆人，我们就餐不用他们伺候。船长的行为举止很有礼，而且他特别通情达理，我逐渐接受了他，愿意和他待在一起了。我对他慢慢有了好感，也敢从后窗往外望一望。后来，我被带到另外一个房间，在那里我探头向街道望了一眼，立刻吓得缩回了头。一周后，他诱导我出门，我发现我的恐惧感渐渐在消失，但是我的厌恶和蔑视的感觉却好像在逐渐加强。最后我能大胆地和他一起逛街，但是总是用芸香或烟草把鼻孔塞住。

我曾把我家里的情况对潘佐先生介绍过，过了十天，他劝我为了良知和荣誉应该回到祖国，跟妻子、孩子共同生活。他告诉我港口有艘要起航的英国船，他会为我打点一切。在这里重述我前后矛盾的想法和他的观点显得太啰唆。他说要找到一个我希望居住的孤岛是绝对没有希望的，但是我可以在自己的家里做主人，过我想过的隐居生活。

> **简要说明**
> 交代了为什么最终回到家的原因。

实在不能找到更好的办法，最后我只好听从了他的建议。我于11月24日乘坐一艘英国商船离开里斯本，我一直不知道船长是谁。潘佐先生把我送上船，借给我二十英镑。他友好地向我道别，分手时拥抱了我，我也只好尽量忍受。在最后一次航行中，我并没有和船长以及他的部下进行交流，而是假装生病把自己关在座舱里。1715年12月5日早上九点左右我们在唐兹抛锚，下午三点我安全抵达在瑞得里夫的家。

> **心理描写**
> 用心理活动描写了回到家的格列佛对家人都充满了仇恨、厌恶和蔑视。

我的家人见到我回来既惊讶又高兴，因为他们认为我已经死了。但是我必须坦承，看到他们，我的内心便充满了无比的仇恨、厌恶和蔑视，一想到和他们的关系密切，更使我难受。尽管从慧骃国流亡出来的日子里我一直强迫自己容忍耶胡的存在，并且还得和潘佐·德·满德兹先生交谈，但是那些高贵的慧骃族的美德和思想却永远占据了我所有的记忆和想象。每每想到我和一个耶胡进行过交配，并成为几个耶胡的父亲，我就感到无比的羞耻、茫然和惊恐。

我一进家，我的妻子就抱住我、亲吻我，这么多年我都没有碰到过这种丑恶的动物，以至我一下子晕倒了，大约一小时后才醒来。我写这本书时，已经是回到英国的第五年了，刚回来的第一年，我无法忍受妻子和孩子在我的面前出现，我受不了他们的气味，我也不能和他们在一个房间里用餐。直到现在，他们都不敢碰我的面包，或用我的杯子喝水，我也不愿和他们拉手。回来后我花的第一笔钱就是买了两匹年轻的种马，我把他们养在一个上好干净的马圈里，除了马之外，马夫就是我最喜欢的人。因为当我闻到他们从马圈里沾染的气味，就精神焕发。我的马也很理解我，我每天和它们至少交谈四小时。我从不给它们戴辔头和马鞍。我和它们相处得和睦融洽，彼此之间有着深厚的友谊。

精彩点拨

在重回人类生活的环节，作者巧妙地设计了相关故事情节：决心远离人群独自生活，但是在新荷兰被当地人射伤，新荷兰是待不住了，被葡萄牙商船派出取水的水手发现，并被强行带走，受到热心的船长照顾，想偷跑以及请求放他走，都没成功，不得已才回到家中。通过具体描写回家后的第一感受，让读者看到格列佛已经和“耶胡”没有办法一起生活，即使是自己的妻子和孩子。与周边世界格格不入的格列佛对家人都充满了仇恨、厌恶和蔑视，只有和马在一起才感到精神焕发。

第十二章

精彩导读

本章首先写了本书作者的写作宗旨与写作原则：严格遵守真实，写作是为了教导人类。作者接着表明了自己反对侵略战争的鲜明立场：但是我不会建议去征服那样一个高尚的民族，反而希望他们能够或者愿意派足够数量的“慧骃国”居民来开化欧洲，把荣誉、正义、真理、公心、贞洁、友谊、仁爱、忠诚等基本原则教给我们。

亲爱的读者们，我十六年零七个多月的航海经历就这样原本地向您讲述了，我没有刻意地讲究文采，而是尽量尊重事实。虽然我可以像其他人那样讲一些你们意想不到的离奇故事，但是我却愿意用最平实的风格和叙事方式讲述最平凡、真实的事情，因为我写书的目的是传达真相，而不是供您消遣娱乐。

> **承上启下**
> 承上启下，重复提醒读者，内容真实。

英国人和欧洲人很少去偏远国家，而对于我们这些旅行家们就并非难事，所以要描写海上和陆地上的奇妙生物，对我们来说很容易。然而一个旅行家的宗旨应该是使人们变得更明理、善良，并通过描述异乡的好事、坏事来净化人们的心灵。

我真心希望能制定这样一条法律，按照它的规定，任何一个旅行家，在得到出版游记的允许之前，必须向大法官宣誓，保证他所要出版的文字完全属实。这样，世人就不再同过去那样受到欺骗。有些作家，为了使他们的著作得到公众的欢迎，编造弥天谎话蒙蔽缺乏警惕性的读者。年轻的时候，我曾特别兴奋地研读过几本游记，但在走访了全球大部

> **简要说明**
> 这里作者又跳出故事本身，进行一些其他的叙述，使得整个书与作者的距离更近。

分地区之后，我发现那些书中有很多描述严重脱离实际，和我的亲身体验很不相符，这使我后来非常厌恶这类书籍，看到他们这样的书籍作践着人们的信任，我感到愤愤不平。因此，既然我的朋友们认为我的拙作一定会被国民们接受，我就为自己定下一条永久的信条：严格地遵循事实。确实，我也从来没有向任何利益的诱惑妥协过，我一直记得我那高贵的主人和其他杰出的慧骃的教诲，以它们为榜样，我为能够恭听它们的教诲而感到荣幸。

“……虽然厄运使西农落难，却不能强迫他诳语欺人。”

点明主题 它是《慧骃国游记》的结束语，其实也是全书的结束语。

我深知并非是什么天才或有多么高学识的人才能写这样的作品，实际上，也不需要有什么天赋，只要记性好或有准确的日志就足够了，因此这样的作品也不会给我带来什么名望。同样，我也清楚，游记作家和字典编撰者一样，未来肯定会湮没无闻，后代的作品无论在分量上还是数量上肯定会排在最前列。很有可能，这些后代作家将来也会出访我书中所描述的这些国家，从而发现我书中的漏洞，补充许多他们的新发现，把我挤出文坛，占据我的位置，让世人忘记我这个作家。如果说我单纯地为了名誉而写作，这对我确实是一种极大的侮辱。实际上，我唯一的宗旨就是为了公众的利益，如此，我才不会气馁。我在书中提到光辉的慧骃族的各种美德，读者们看后，一想到自己同样是主宰国家的理性动物，没有一个会不感到汗颜！对于耶胡统治的那些偏僻遥远的国家，我就不再讲述了。在那些国家里布罗卜丁奈格族是最廉正的，他们在道德和政府管理上恪守的智慧信条，我们应该愉悦地遵从。在这里我不再做过多其他的阐述，还是让英明的读者自己去评判吧。

令我感到高兴的是我的这部作品可能不会遭到责难。一个只是客观讲述发生在遥远国家故事的作者会受到什么责难呢？要知道那些国家无论在贸易或外交方面都和我们没有任

反问手法 突出文章的客观性，并由此否定会受到责难，而事实上，这或许是作者最担心的。

何关系。一般的作者经常犯一些错误，因此受到指责，这不是什么奇怪的事情。我尽可能避免犯同样的错误。另外，我和任何政党都没有关系，写作时不会感情用事，怀有偏见，对任何人或团体都不怀有恶意。我写作的宗旨是高尚的，是为了向人们传达真相，用真相引导感化公众，为此我可以自豪地说，我的见解比一般人要深刻，这主要是通过和最聪明的慧骃族长时间的交流学来的。我写作的目的不是为了名利。我会用通俗易懂的词语，而不会因用词不准确冒犯那些最容易得罪的人。我希望我可以理直气壮地宣称自己是个完美的作家，任何辩论家、思想家、观察家、批评家、检验家、评论家在我这里都无法施展他们的本领。

坦白地说，私下里有人告诉我，作为一个英国臣民，在刚返回家时我有责任向国务大臣提供一份报告，因为只要是英国公民发现的土地都归属英王。但是，我对我们是否会像斐迪南多·柯太兹征服赤身裸体的美洲人那么容易就征服了这些国家心存怀疑，我认为征服列利波塔国所得的利益还不如派遣海陆军所需的军费开支多；猜疑征服布罗卜丁奈格国是否是慎重安全之举；我也十分怀疑英国军队在飞岛下面作战是否还能谈笑自如。慧骃族的确没什么作战的准备，对战争学，特别是抵挡枪炮的进攻完全不在行。然而，如果我是国务大臣，我绝不会提出侵略它们这样残忍的建议。它们在战术上的缺憾，用它们的远见、团结、无畏、对祖国的热爱就能弥补。想象一下，两万慧骃冲入一支欧洲的军队，冲散了队伍，掀翻了战车，后蹄猛扬踹扁了士兵们的脸。对于这个崇高的民族，我绝不会提议征服的，而希望它们能够或愿意派大批的居民教化欧洲，教导我们荣耀、正义、真理、节制、公德、坚韧、贞洁、仁爱、忠诚等基本原则。这些道德名词在我们人类的大部分语言中仍保留着，古今的作家们都谈过这些名词。我将利用我浅薄的知识去维护这些道义。

知识延伸

斐迪南多·柯太兹（1485—1547）：西班牙冒险家、殖民者。

词苑撷英

缺憾：不够完美，令人感到遗憾的地方。

但是我还有一个理由使我为什么不完全赞同国王陛下要用我发现的地方来扩张其领土。说实话，我对这种扩张活动中的王权正义心存顾虑。例如，一群海盗被暴风雨刮到无名的海域，最后，一名小伙子站在桅杆顶看到了一块陆地，他们一上岸就进行抢劫掠夺。他们碰到一群对他们毫无恶意的人，受到和善的款待，而他们却给这个国家起了一个新名字，正式以皇帝的名义侵占它，他们还在一块立起的破木板或石头上题字留念。他们杀死二三十个土著人，武力挟持着两三个土著人带回家做样本，回国请求皇帝的饶恕。以此用“圣神”的名义获得一块新领土。船只只要一有机会来这里，土著人就被杀光。为了尽可能多地搜刮金子，他们采用各种残忍的手段折磨土著头领，准许所有非人道和放纵的行为，土著人民的鲜血遍地都是。这群从事虚伪的探险事业的万恶不赦的屠夫们就是被派去教化和开导那些崇拜偶像的野蛮民族的现代殖民者。

叙议结合
表明自己反对侵略战争的鲜明立场，同时无情地点出英国开拓殖民地的方法。

但坦白地说，这些描述并没有影射英国，英国人在开拓殖民地方面所发挥出的明智、谨慎和公正，在传播宗教和知识方面的卓越才能为全世界树立了榜样，他们在传播基督教时选派的是敬业能干的传教士。他们以谨慎的态度挑选头脑聪明、说话有条理的人移居各地去各个殖民地担任行政官员；他们派出的最有能力的清廉官员去管理殖民地，最令人感到欣慰的是，他们派出去的总督都是些最警醒、最有德行的人，他们唯一的服务宗旨就是为管辖区人民谋幸福和为皇帝陛下的荣耀而终生效力。

叙议结合
运用反讽的写作手法。表面上赞美英国，为全世界树立了榜样，实际上把英国是如何一步一步地开拓殖民地的写出来，是对英国侵略他国无情的鞭挞。

但是，我所提到的那几个国家似乎并不愿意受到征服和奴役，被殖民者们屠杀和驱赶，而且那些国家也不盛产金子、银子、糖或烟草。我自以为，把我们的热情、勇猛或掠夺的野心展示给这些国家，完全是搞错了对象。然而，若那些利害关系的人和我意见有分歧，我已做好在得到合法召见时要宣誓作证的准备，我会说，在我之前没有欧洲人来过这

知识延伸
殖民者：大都是西方国家，如葡萄牙、西班牙、英国、法国、俄罗斯。这些国家用不合法的方式侵占别国领土。

些国家。我的意思是说，如果相信当地居民的话，那么唯一能引起争议的大概只有很多年前在慧骃国山上遇见的那两只耶胡。这两只耶胡，据我了解，也许是英国人。尽管很丢脸，但是他们后代的面部特征使我做出这样的猜测。这是否可以作为我们有权占领的凭证，就留给精通殖民法的人去探讨吧。

我从没想过借用陛下的名义正式占领统治那些地方。即使那时我曾有过这种想法，但是以我的情况来看，为了慎重起见也为了保全性命，我会暂时把这个想法搁置，不会冲动行事，等以后有时间了再作打算。

作为一个旅行家所招致的唯一的责难，我已经回答了。下面我要和所有尊重我的读者做最后的道别，然后漫步于我在瑞得里夫的小花园中，沉浸在自己的想象中，用我从慧骃那里学来的美德教育我家中的耶胡，使他们尽可能成为驯良的动物。我经常从镜子里反省自己，这样，慢慢让自己养成习惯，可以忍受别人在自己的面前出现。我为我们国内的慧骃身上的兽性感到悲哀，但是看在我的主人、它的家人和朋友及慧骃族的份上，我依旧很尊敬它们。我国的马幸好在外表上和它们相似，可惜的是，智力却退化了。

上一周，我已经允许妻子和我一起进餐了，前提是坐在长餐桌的另一头，我还简要地回答了她的一些问题。可是，我还是无法忍受那种难闻的气味，我总是在鼻孔里塞上芸香、薰衣草或烟草叶。尽管人老了，有些老习惯不容易改变，但我会尽力改变自己，相信总有一天我可以和邻里的耶胡坐在一块，不再害怕他会用牙齿或爪子伤害我。

假设除了天生的那些邪恶和愚昧，耶胡身上不再有别的，我和他们相处会很容易。看到律师、扒手、上校、傻子、贵族、赌徒、政客、嫖客、医生、证人、教唆犯、代理人、叛徒等，我也不生气，他们的存在都是利于自然发展的。但是，看到一个丑陋不堪、身心不健康却趾高气扬的人，我会立即火冒三丈。我也完全不明白这种动物为什么会有这种恶劣的品性。聪明而高贵的慧骃，聚集了理性动物身上的所有优点，值得一提的是，它们的语言中无表示邪恶概念的词语，除了用来表述耶胡可恶品性的词之外，无任何表示可恶的术语。而它们无法区分自大的品性，因为它们对人缺乏透彻的了解，骄傲自大的品性在耶胡统治的各国普遍存在。由于我对人有更多的了解，能够很容易从野生耶胡身上看到自大的因子。

但是在理性统治下的慧骃族，并没有因它们所拥有的许多优秀品质而感到骄傲，就像我不会因四肢健全而骄傲一样，任何人都不会因此而骄傲，尽管缺胳膊少腿那样悲惨。对这个话题我必须要做更多的研究与探讨，主要希望自己在英国耶胡的社会里生活不至于太难受。因此我在这里请求那些沾染了这种毛病的人不要随便出现在我的面前。

精彩点拨

本章内容相当于全书的“跋”，向读者强调他所叙述的都是事实，写作的目的不是为了成名，不是为了国家、团体和个人的利益，而是为了大众。他不赞成给帝国写报告，以扩张英国殖民地；并且他认为征服这些国家得不到好处，也未必打得过他们，更重要的是这样做未必合法。那些打着“神圣”名义的远征者就是对其他国家犯下惨无人道罪行的侵略者。最后写格列佛回到家五年以后才开始写这本书，直到现在才逐渐适应了与各种人交往，唯一不能忍受的是自以为是的笨蛋。作者的写作意图明显，立场坚定。

阅读积累

获得爵士称号的海盗

德雷克爵士并非一直从事着海盗这种龌龊的事业，他最开始是一名奴隶贩子。他人生 23 岁时的第一次出海远航，可惜他刚到达加勒比海地区，就遭遇了船只损坏的意外。由于船只损坏，他们在征得当地西班牙总督的同意后，在墨西哥圣胡安城堡的港口停船维修。然而几天过后，西班牙出尔反尔，屠杀了所有的英国船员，唯有他与他表哥得以逃生。从此在心中埋下了对西班牙怨恨的种子。

有一次，德雷克船长劫了西班牙的一艘满载黄金的大船，他抽出了一部分送给伊丽莎白女王，女王很高兴，给他封了个爵士，然后又给他封了一个英国皇家海军中将军衔。一个海盗，竟然当上了海军中将，最后，德雷克自己建了一个海盗舰队。

悦享摘抄